樂 府

心里滿了，就从口中溢出

隐武者

何大草 著

夜中不能寐,

起坐弹鸣琴。

———

古诗

目录

楔子　01

第一卷

仁者安　05
午炮　07
元雨　15
外姓人　23
连环腿　34
杏花烧　39
元菁　48
小关庙　62
几件小事　80

第二卷

厚背宽刀　83
锅盔夜宴　85
见山见掌　99
两年后　105
水浒里，哪个最厉害？　111
老娘滩　119

第三卷

一了万了   129
入蜀   131
从老郎庙到冻青树   139
拨云见日   153
拜师   157
阿芙蓉   168
一棵稻草人   174
挑战武状元   179
桓侯巷   183
踩桥   190
乱砖红叶飞   200

第四卷

折筷为誓   215
县衙门   217
大月亮   221
鹞子   232
三姨太之死   239
穷亲戚张山   246

第五卷

喜相逢 253
槐下晌午 255
三更鼙鼓 264
叶二自述 276
三根箭 287
翻船 296
喜相逢 314

第六卷

断金亭 339
雁翎刀 341
千两黄金、一千金 357
三崎安次郎 361
别了 379
进印堂 399
雪 407
断金亭 416
空山 428

第七卷

夹关蝉影   *433*

春雨归程   *435*

叫花子踢庙   *446*

夹关蝉影   *462*

四封信   *474*

八月   *480*

天下   *485*

代跋：江浦笔记   *488*

楔子

成都腹心，是明代的蜀藩王府，入了清，改建为贡院。楼宇巍峨，墙高百仞。三座拱券门洞里，广有九百亩之饶，明远楼、致公堂，大院套小院，小径像蜘蛛网。老百姓仰之弥高，望之弥远，称之为皇城。

自民国二十年之后，皇城门洞上又多了块巨匾，从右向左，六个大字：国立四川大学。

门洞外，站了两个制服整肃的校警，背着双手，瞪着眼睛。闲杂人等不敢靠近。

皇城向南，是皇城坝和贡院大街。

大街穿过御河，又穿过金河，直抵红照壁。

金河桥下，左手下缓坡，是一条小街，叫作染房街。丁字口，立了两棵大树。好高的树，比染房街的屋檐，都高出了一大截。枝翼四面铺展，浓荫秀拔，隔了街、隔了河望过来，树冠有如两朵云。

树荫之下，有一家锅盔店。

这树，成都不多见，少说也有百岁之龄了，树根爬了青苔，树皮却很平滑。过路人有识为板栗树，有识为楠木、香樟、爆虼蚤，都错了。

店主说，"是朴树。"

店主也已年高了，个子也高，高而瘦，背微驼。头发白尽了，但还厚厚实实，走到阳光里，风一吹，满头银丝。他点账时，戴一副玳瑁老光眼镜。平时则戴平光镜，钢丝边箍住两块圆玻璃。春月里，他去青羊宫赶花会，换一件蓝布长衫，很不像个卖锅盔的人。

他忌酒、忌荤，爱用盖碗喝茉莉花茶。也抽烟，哈德门、老刀牌、水烟、叶子烟，都可以。他有一根叶子烟杆，六尺多长的斑竹，两头镶了黄铜，摩挲得油光水滑，很是好看。他点烟不用洋火，拿打火镰打燃纸捻子，再伸出长长的手臂，他手臂可真长啊，一伸，点燃烟头，有力地吸口气。良久，吐出来一团清幽幽浓雾。

每早引燃炉子，他挑一根松木棍，鸭蛋粗、半尺长，用小斧头劈成两半，又两半，又两半，很有耐心地劈下去。每一斧都均匀，精细，直到把柴棍劈得像一堆牙签，放入炉底，拿打火镰一敲，刷！火旺旺地腾了起来，还飘着清淡的松香。再压上大块柴和煤，炉子渐渐红通通，一天就开始了。

来买第一炉锅盔的老买主，会提前一点来，专看老店主劈柴引火。边看，边用鼻子吸口气，喃喃说，"好巴适哦。"

招牌，是一块没过漆的杉木板，写了四个工整老实的墨笔字：刘安锅盔。

初上门的买主都会猜，刘安即是店主的名字。这就猜错了。刘安，是一个镇子。刘安镇，是店主的老家。

店主姓何，名焗燉，有点文绉绉的，且二字不好念。好在这个名字，他不说，也没有人晓得。街坊叫他何爷爷，买主熟了，叫他何师傅。没人叫他何老板。店，也实在太小了。就一个灶台，一张案板，靠墙一张小桌，最多能坐三个人。

倒也足够了。好多人坐着吃锅盔？多是拿在手上，边走边啃。譬如混糖锅盔，走一步，咬一口，滚烫的红糖汁淌出来，顺了手腕流，得不住伸出舌头舔，啧啧，味道长。

何爷爷见了，摇摇头，吧嗒一口叶子烟，满脸皱纹里，漾着笑意。

不过，还有一个人，不叫他何爷爷，也不叫何老板，径呼为"老板"。这是百步之外，梨花街上，开烧春楼的刘元聪。

烧春楼是大酒楼，楼后面还有好几重院子，住家，也招待有私谊的客人。进去过的人都感叹，深沉得很哦。

刘元聪说何爷爷，"论年龄，你还不够我的爷爷辈。叫叔伯，反见生疏了。叫何老板，天下老板太多了，张老板、李老板……数不过来呢。叫师傅，你岂止是个师傅啊。只有叫老板。老板，就很不一样了，你就是我的老板嘛。"

何爷爷哈哈一笑。

刘元聪的老家，也在刘安镇。

第一卷

仁者安

午炮

一

刘安镇在成都以西,偏南。从前,倘有一员小吏,火急公事去刘安,早间骑马出皇城,驰出西城门,路上换两回驿马,傍晚就到了。

倘是大员,坐轿子,就要慢多了。又设若这大员是风雅人,走走耍耍,坐十里轿子,又换二十里酒船,在岷江、斜江上吃喝吟唱,行程就更为可观,三天能到,三天或者还不能到。

刘安的镇头,立了块石牌坊,刻了六个字:

仁者安

勇者归

牌坊下，不时有野狗徜徉，间或趴下来打个盹。团转是稻田连着稻田，风吹稻浪，一派丰裕和安闲。气候温湿，黑土肥腻，稻谷一年可收三季。很多农家养了鸭，稻子割了，就驱赶鸭阵上路，几百上千，嘎嘎之声十里可闻。鸭们捡食田间的谷粒，把自己喂得胖嘟嘟的，摇摇摆摆，走进成都城，去做了酒楼、饭馆里喷香的卤鸭子。这一程，约在半个月。

刘安的居民，都姓刘。也颇有开馆子、开茶铺、卖洋布、打铁、打家具的是外来户，且按下，再表。

刘姓之中，能称之为刘府的，却只有一家。

刘府当家的大老爷，也是爱吃鸭子的。每天吃两只，一年吃七百三十只，不多不少。这会把人胀死吧？然而他不会。他不是吃鸭肉，是吃鸭蹼子，且是鸭右蹼。鸭还鲜活乱蹦时，厨子一刀劈下它的右脚杆，飞快洗净后，在沸水中氽一下，捞起剔骨，放入青花盘，滴太和酱油、保宁醋，撒葱花和切碎的海椒，端了上去，供大老爷下烫烫的加饭酒。加饭酒是绍酒中的翘楚，还是二大老爷托人从绍兴采买了，几千里运载回来的。大老爷的牙齿已不是很硬了，但这样吃鸭蹼还正合适，有点像凉拌海蜇，但比海蜇嫩多了，且又入味有嚼劲，再喝口酒，绵厚悠长，颇感这日子，是值得一活再活的。

大老爷十九岁即开米行养家，让十一岁的弟弟专心念书。日子紧巴巴的，他收谷子时，尽量把秤砣往里移，卖谷子时，尽量把秤砣向外拉。有一天，拉得狠了，秤砣落下来，正砸在右脚背上，打瘸了。从此，不良于行。看了好多正骨大夫，均不管用。这心情，就像冬月天气，阴鸷鸷的。

有天店里来了个化缘的老尼，他照例是不给。

但这一次，犹豫了。老尼说，"给吧，给了就好了。"

"是脚好？"

"是心好。"

给了冒尖的一升白米。老尼合十，褶皱里漾起微笑，念了句"阿弥陀佛"，轻快而去。

这事，大老爷跟弟弟议了一夜。弟弟说，"收米，不如收心。刘邦、刘玄德，文不如张良、孔明，武不及韩信、关、张，为啥偏是他们成了王霸之业呢？懂心术。"大老爷听了，嘿嘿笑。俗话说，"矮子心多"，意思是，矮子不长个头，长心眼。刘家兄弟，自幼聪慧，但天生是尖下巴、矮个子。刘母曾自嘲，矮子好，省了多少布料呢。

哥哥笑了，弟弟也笑，兄弟俩心照不宣。

此后，秤砣依旧在秤杆上摆动，但买米时，多朝外边拉，卖米时多朝里边移。渐渐地，大老爷听说了，人们纷纷在背后叫他"刘善人"。米行的生意，不觉间红旺了很多。腊月算总账，比往年多赚了不止一倍。

正月初一，来了个年轻相士，从西岭雪山下来的，一身破棉袄。大老爷酒饭款待，还送了个红包。相士不言谢，指着他的右脚说，"粮米、银子再多，也要守得住。守，重在一个稳。多吃鸭蹼子吧。鸭有五趾，且以蹼相连，比鸡儿呀，雀儿呀，稳当得多了。"

"为啥不是鹅？"

"鹅带笨相，吃不得。"

大老爷又跟弟弟商议。弟弟说，"子不语怪力乱神。这相士油嘴滑舌，专骗吃喝，别信他。"但大老爷觉得，信也无妨，万一有点用呢，反正也还吃得起。自此，就吃了起来。

这辈子他吃的鸭子，要排成鸭阵，该叫作十万大军吧。

二

大老爷自然是姓刘，也有全名、乳名、字。但，都用不上。妻妾叫他老爷，孙儿孙女叫他爷爷，儿女则叫他伯伯。亲爹而不叫爹，称之为伯伯，是当地土话，也算一种古风吧。

下人、外人，统统叫他刘大老爷。他不喜欢。他喜欢"刘善人"，但当面称呼，却不合适。他就传出话去，让人们叫他刘大先生。话虽如此，却并没有叫得开来。一是拗口，一是他并非先生。老爷，就是老爷。爬到刘府的院墙上，四面八方望一望，但凡能望见的田地、沟渠、果园、树林，都是刘府两个老爷的。

二大老爷十七岁在成都中举，其后赴京会试，摘得"同进士出身"，可谓年少得志。做了两年内阁中书，又外放皖北，做了一个七品县令。官不大，但看准了长毛作乱、捻党起事，就练团练，组了一支亲军，投效淮军李鸿章。亲军的骨干，是从老家招募的子弟。而他虽是文人出身，却是出名的不怕死，每临战阵，必有斩获，也就一路升迁了上去。战后，他在安徽、江西、贵州、云南诸省做提督、布政使、巡抚，还署理过湖广总督，做过两广总督。政务冗繁，长年难得还乡，只是把一锭锭上好银子，桑皮纸封了，拿船和骡车，运回了刘安。因功受赏的军中子弟，也纷纷回刘安买田、造房、起院楼。自此骡马、轿子往来不绝，刘安一时繁华，人称小成都。虽说是镇，却压过了斜江、岷江两岸的诸多老县城。

刘府是刘安的肺腑，府中有一秘处，外间传为地牢，其实是地窖。地窖之深，下完二十一级台阶才可以抵达。金子、银子、象牙、宝石，还有烟土，齐整整码放着。还有一坛坛精酿的私酒，周总管家说，够喝八辈子。

大老爷还有一个号，叫印堂。六十寿时，请了当年那位破衣相士来看相。相士姓金，今非昔比，早已穿得像个师爷或账房先生，且在刘安一个寡妇开的客栈里长住，等客上门。这回应邀到刘府，直夸大老爷是吉相，辫子虽然花白，却又粗又长。且印堂开阔、饱满，又红亮、油润，是吉中之吉。大老爷好高兴，就把书斋修整了一番，命之为印堂，又自称为印堂一痴翁。印堂里有一口黑檀小柜子，则用以收藏他的大印。他自忖，三印合一，此中必有妙机。

每天晌午吃了鸭蹼、喝了加饭酒，他就来印堂晕一会儿瞌睡。纸张、字墨的味道，让他有舒服的微醺。

三

刘府坐落于镇子的中段偏北，四面筑有高墙，墙上有雉堞，墙下还挖了壕沟。北大门、南大门包了铁皮，钉了黄铜乳钉，还配了吊桥。另有两扇小门，平日紧闭，备不时之需。朝向阔野的一面，还拿青石砌了一座高峻的碉堡，以防匪患。

县令来刘府做客，登上院墙拍着雉堞，笑道，"壮哉，比县城的墙还高了半丈哦。"

陪同的周总管家也笑道，"大老爷说，是为了替父母官挡箭矢。"

南大门面朝镇街，门上起了一楼，有点像城墙上的箭楼，名为金楼。后来，新聘的塾师谈先生不赞成。谈先生原名谈伯庸，曾坐海船去日本留学，念过东京第一高等学校的预科，还去京都考察了半年，喝过清酒，酒后舞木头倭刀、写俳句。还狎昵过两回艺伎，事后写入日记，以志风雅。他自己说，因为吹了扶桑的秋风，起了鲈鱼之思，就回国了。他在日本剪了辫子，回国又续了根假辫，对朝廷昏聩、民众愚钝，十分痛心。登岸时，把名字改为了谈江山，字胜衣。

金楼的名字，他说，应该改为：望海楼。

但周总管家不以为然，他说，圣人云，修辞立其诚。刘安无海可望，开门见山倒是一句老实话，不若就叫：见山楼。

谈江山是个骄傲的年轻人，但，还懂得尊老。他是周总管家的同乡、晚辈，且是周总管家引荐的，也就不很坚持了。

刘大老爷采用了"见山楼",却又请谈江山手书,还各送了一笔酬劳。

金楼的牌匾换了。见山楼的柱子、门窗、墙壁,都改漆成白色。赶场天,推鸡公车、挑箩筐的农民,三里外就能望见,见山楼白光闪闪,像有两条银龙盘踞在屋脊上。

见山楼上,还架了一门炮,是二大老爷费了周折,用车船运回来的。每天正午,家丁以大老爷印堂里的自鸣钟为准,放炮报时,是为午炮。每日不断。

也还是断过一次的。野鸽子夜里把屎拉进了炮眼,放炮时,居然就成了哑弹。把炮眼清理干净后,时辰已过,只好罢了。周总管家为此很是不安,向大老爷表示,甘愿受罚。

大老爷摆手说,鸽子在天上飞,知天命,随了它吧。

野鸽子平日爱飞到西院里啄虫子、捋翅膀、交尾,是西院的常客。

刘府内,中轴线以西的宅院,是给二大老爷留着的,称之为西院。西院九进,曲曲折折的,有荷塘、梅园、亭阁。屋舍极是精致,门窗都关了起来。早晚家丁巡查,女仆洒扫。此外,除了野鸽子,一个人影都没有。

元雨

四

大老爷虽然印堂饱满，钱过北斗，却有一事不足：老来方才得子，且是个独子。

大太太生了个女儿，取名元和。二姨太没生育，三姨太没生育。四姨太争了点气，娶进门第二年就生了，却也是女儿，取名元贞。大老爷大为失望，成天郁郁不乐。倒也没有怪罪谁，只叹命中缺子。四姨太却自责不已，过了两年，丢下女儿，郁郁而死。大老爷甚为内疚，本不想再纳妾了，无奈，又把四姨太的心腹丫鬟收为五姨太，算是个补偿。

这下，终于见了好，五姨太腹里带来个儿子。这时候，大老爷已过花甲，鬓角雪白，欢喜得成天咧着嘴，像个弥勒佛，慈祥得不行。慈风顺延，又把五姨太的丫鬟收为了六姨太，再生了个女儿。这是儿女中的老幺了，名为元菁，大老爷平日叫她小幺幺。

儿子的大名，大老爷起名刘元魁。后来多了个小心，又请金相士拿说法。相士说，老来得子不易，名字不宜大，要藏，应该如：春风化雨、悄然润物。于是改名刘元雨。

元雨有一个慈父、五个母亲、两个姐姐，宠爱万千，却不恃宠而骄。他亲妈是纯善女子，丫鬟出身的，处处谨慎，以防人嫉。儿子随了母性，在孝悌上十分用心，读书也很肯用功，不到十岁，已把《论语》《孟子》背得烂熟，且又句句入心。

大老爷钟爱独子，也不掩饰，百里之内的名师，重金聘了不止一个。每回考了儿子功课，都会奖励些金玉象牙精雕的小狮子、小麒麟。他收捡好了，悄悄分送给姐妹们。大姐元和出嫁到成都，夫家是开绸缎庄的，人人恭喜。元雨才一岁多，却抱着大姐哭得像个泪人儿，把一屋女人都惹哭了。

元雨六岁时，二姐元贞嫁到了温江。温江在成都西郊，田地肥美，而公公曾做过陕西户县县令，也是有名的肥县，家境相当厚实。这一回，元雨不哭了，却牵着二姐的手，咋也不松开。二姐就笑道，"弟弟成了男子汉，有力气了，来把二姐抢回去。"众人都笑了，他却哇一声哭了出来。自己手无缚鸡之力，咋是二姐夫的对手呢？

十三岁那年，夏夜乘凉，茉莉香在黑暗中阵阵袭来。大老爷心情好，问元雨，"孔门弟子，雨儿最喜欢哪一个？"

元雨说，"子路。"

"何以是子路呢？"

"他的志向是，愿车马衣轻裘，与朋友共，敝之而无憾。何等仗义啊。"

"那，你能成为子路吗？"

元雨低了声，黯然道，"儿子做不到。"

"哦，觉得自己到底还是吝啬了些？"

"子路是武士，文能侍奉老师，武能仗剑独行，重仁义，轻生死。儿子做得了他么？肩不能挑，手不能提，除了子曰诗云，实在是半个废人。"说罢，差一点滴泪。

大老爷吃了一惊。似乎在夜色中，头一回看清，儿子之文秀、之文弱，就像一根绿豆芽。

"是伯伯考虑不周了。明天，你就随刘九练拳吧。骑马、泅水，也要务求娴熟。市井之中，很有些不平凡的人，雨儿不妨多结交。刘安虽小，也是个大码头。你二叔文章锦绣，闯天下，何等英雄，凭的却不只是一杆笔。你爱慕子路，慷慨、尊师、重信义，这都是很好的。你二叔上个月又写信回来，专谈子弟的前程，他说，而今只守着一条科考的老路、会写几篇八股文，只能做冬烘先生。雨儿，晓得啥叫冬烘先生么？"

元雨嘿嘿笑道,"就是老学究。"

大老爷也笑了,甚为满意,接着又说,"二叔还举了两个人,一个是张树声,一个是刘铭传,张只是个秀才,刘连个秀才都不是,先做土匪,后被招安,都是靠练团练、平长毛、灭捻党起的家,做到了总督、巡抚。伯伯不指望你仕途风光,只愿你手脚有力、心上有力,得朋友帮衬,把刘家的家业,守得牢靠、传得下去。"

元雨一声不吭地听着。

"不过,"大老爷话锋一转,突然厉声道,"'轻生死'这种屁话,再也不能说。"顿了顿,又补充,"想都不能想。"

五

刘府家丁中,数刘九身手最好。

他个子也矮,矮而敦实,很有气力。但平日沉着脸,寡言寡语的。论辈分,他比元雨还小一辈,四十岁了,还是个鳏夫。十八里外的村子里,有爹娘、兄嫂,他难得回趟家。回去了,也没啥话说。那儿已是浅丘,他除了吃饭、睡觉,就是上坡砍柴,劈木头。树疙篼、树枝,捡来的破床、破凳、烂椅子,都拿斧子劈成尺长的柴棍,顺着墙根码,齐整地码成了一堵墙。临走说一声,"妈,烧完了,我又回来劈。"

腊月天，刘九看见一驾马车把小木桥压垮了，车把式爬了出来，马却卡在桥下，翻不了身。天上飘雨夹雪，河水刺骨头，他脱了鞋光脚下河，硬把马扛上了岸。这事传到四乡八镇，人都说刘九有神力，还夸他心肠好。大老爷听说了，也很有面子，就吩咐总管家周槐寿，赏了刘九一只腌猪头、二十个粽子、二十个菜扁子馍馍。

刘九谢了赏，腌猪头留下给爹娘，粽子、馍馍都拿到斜江茶铺，跟茶老板一家分而食之了。他唯一的乐趣，就是去茶铺听说书。虽不识字，《水浒》《三国》《说唐》的故事，是很晓得的。茶铺，等于他的半个家。

元雨念书之余，随刘九习武四年。辈分有别，又是主仆，彼此不称师徒，但元雨对刘九又敬又畏。刘九也教得尽心，从站桩、抢石锁、打沙袋做起，练少林拳、武当剑、岳家枪，把元雨累得半死。

府里养着马，三里外有一条斜江，刘九也教会了他策马奔跑，横渡江水。

这就好了，他流了汗，劳了筋骨，饭量大增。过了十六岁，他的尖下巴比大老爷圆润了些，但身子却比大老爷高出了一个头。

这让大老爷相当欣慰，算是了了一个心病。

他给元雨定了亲，亲家是川南自贡的一户大盐商，姓陶，家财丰裕，日进斗金。只有一个女儿，比元雨小两岁，自小即习字、念书，还能画水墨斗方，是个才女。大婚的日子，双方都说不急，且等一个丰年吉日。

有天下午，元雨在后院抄写《左传》，突然脚痒，起身绕一棵柚子树，徘徊良久，扬起左脚，猛地踢出去！树剧烈震动着，砰、砰、砰、砰，落下十几颗柚子来。丫鬟、仆人都吓愣了，他止不住哈哈大笑。

随后，他找到刘九，问了个问题，"梁山一百零八条好汉，你可以跟谁有一比？"

"菜园子张青。"

元雨以为自己听错了。"你，另外再比一个呢？"

"矮脚虎王英。"

元雨张口要笑，又赶紧闭嘴。王英武功平庸，且又好色，刘九跟他比，除了矮，没一样合适啊。可刘九沉着脸，他也就不敢多话了。

元雨满腹疑惑，去请教先生谈江山。

谈江山刚来了不足半年，却已有了离开的念头。

他吃不惯刘安的菜，嫌辣；也听不懂刘安人说话。他的口音也不好懂，讲的官话带了很重的皖南音，就连元雨、元菁上课，也颇感吃力。他的课，主要是讲新学，算学、化学、科技、大航海等等，包括他从日语普及本读来的《海底两万里》《化身博士》。后者，元雨最是喜欢，可惜也只能听懂一半。元菁则把他讲的每堂课，都视为苦事。

谈江山眼睛近视得厉害，鼻子红红的，一急，鼻孔里似乎要喷火。他觉得这两兄妹出身肉食之家，但没恶习，这是好的，可惜太笨，难以调教成才。

元雨满十七岁那天，上完课，谈江山拿出一条日本软尺，给他测量了身高。"169公分。少爷还行，一府上下，就数你最高。再长长，骑得栗毛大将军了。"栗毛大将军是匹高壮的英国马，大老爷还不准元雨碰。

元雨欢喜，又问，"先生的身高呢？"

他哈哈一笑。"马马虎虎，比少爷只高两公分。"

谈江山原来是去京师大学堂应聘的，因为被拒，又恰好周总管家来信邀请，这才到了刘安。以他的眼光，成都已属西南夷腹地，刘安更甚，要见几张《申报》《沪报》，真比见老佛爷还难。光阴忽忽，每天都在蹉跎。

听了元雨谈论刘九的拳脚，他鼻孔里就哼了一哼。元雨吓了一跳，失悔自己不该来。

果然，谈先生趿着木屐，激动地踱步，数落了一大通。归结起来，有这么几点：

李鸿章死了；科考也改了，武科已经停了，文科的八股文也废止了。可见得，所谓武，就是跟八股文一样，害了中国几千年。都死了吧，死得好！你还在问武，岂不是很可笑？

元雨不敢抗辩，但又不服，就软软回了一句，"先生说得是，然而八股文并没有几千年。"

谈江山挥拳擂在桌上。"幸好没有几千年！"

外姓人

六

元雨郁郁不乐，又去找了周总管家。

周总管家，周槐寿，安徽绩溪人，年轻时在二大老爷帐里做幕僚，心快、笔快，称军中第一笔杆子。但军中劳苦，破天京时，大雨连绵，他得了肺气肿，差点掉了命。二大老爷怜惜人才，就拨了一大笔银子，让他去刘安安顿下来，给大老爷当帮手。流水易逝，他不觉已成小老头，且爱上了刘安镇。空闲了背着手，从镇头踱到镇尾，一路都有人跟他作揖、打招呼。刘安口音，属四川话之南路腔，他已会说六七成，高兴了，进小馆子喝二两，听听乡风、掌故，甚是惬意。

他的脸逐年干缩、粗皴，宛如古槐树的皮。但两只小眼一瞪，仍灼灼有光。

元雨转述了谈江山的话，问周总管家，武，真跟八股文一样，是没用的东西？

周总管家拈着小胡子，沉吟了小半天。"少爷，要说清楚，是很费脑壳的。有用、没用，存乎一心。譬如川菜再好，谈先生不吃，就对他没用。老鹰茶又苦又贱，有点身份的人，谁喝呢？然而我喜欢，来了刘安，天天喝，它对我就很有用嘛。"说罢，倒了两杯茶，一杯给元雨，一杯自己喝了，咂咂嘴。

元雨喝了一口，紧闭了下眼睛。又问，刘九说他的本事，才够得上张青、王英。骗人吧？

"刘九咋敢骗少爷，是实话。"

那，刘九如此，府里的家丁岂不都是脓包了？

"然而不然。人多势众啊，少爷。看家护院，这就够了。何况，还有十二个火铳手，四个洋枪手。街上的小偷、山里的土匪，何曾敢来碰一下？大老爷出行，护送的，少则四五个，多则八九个，也从没有闪失。"

元雨觉得他说得有理，也就更为灰心了。家丁都是平平之辈，镇上就更找不到高人了。我学了四年，不过是三脚猫功夫。

但，周总管家的话又弯了回来。"然而，又不然。刘安虽是个镇子，也水深、堂子野。要说高人，各路都有，弹棉花的、做木匠的、掺茶倒水的、烧砖卖瓦的，做到顶，都有自己的名堂。"

元雨不悦，你晓得我说的不是这个啊。

"少爷的意思，我晓得。以我的眼光，刘安武功不俗的人，应该是有几个。不过……"

不过？元雨心都提了起来。

"不过，估计都是外姓人。"

元雨盯着他，眼里渐渐放出光。

"少爷不要搞错了。"周总管家赶紧摇头，呵呵笑。"我像个习武的人吗？"

自然是很不像。他个子跟刘九一样矮，却又瘦得像稗子，且有哮喘，油菜花开季节，他天天咆哮，命都要咳没了。他说，"我算是半个文人、半个账房先生，笔下还可以，算盘也打得精，看人，眼光是有的。因为是外姓，对外姓人自然就多留意些。好些事，是少爷有所不知的，譬如，外姓人来刘安几代了，就算已满口刘安口音，但对父亲依然不叫伯伯，还称爸爸、爹爹。再譬如，镇子尾巴打铁的马老头，七十岁了，真要跟刘九过招，刘九准定会吃亏。"

元雨的眼睛刚暗淡，刷一下，又亮了。马老头武功很高哇？

"他没武功,可他力气大。"

可,刘九力气也大啊。

"这个不能比,刘九打沙袋,马老头打铁。"

然而,练武不是练力气啊。

"对啊。可练武少了力气,就是花架子。前些天,鹤鸣山下来了两个道士,是练八卦掌的,找马老头打佩剑,说,要好看,又好用。马老头刚喝了一碗酒,就笑道,好看不中用,中用不好看。道士火了,说老头嘲笑他们,说着就比划了起来,四个巴掌翻来翻去,也很像一回事。马老头呸了声,一人给了一拳!两个道士应声而倒,半天也没爬起来。武艺好比皮肉,力气才是骨头。"

元雨听了,点点头,心里醒豁了一半。他出了刘府,就去寻访马老头。

七

镇子的尾巴上,有一条大安沟,是斜江的支流。平日只有一线浅水,到了夏季,水势陡涨,也很野猛,可以冲走木板桥,还把沿岸农田灌满了泥汤。后来,二大老爷从军中拨回一项银子,吩咐重造一座石拱桥,还须有栏杆,要好看,有古意。

竣工之日，放了鞭炮，一拨文人把酒临风，赋诗志庆。桥的造型，略似西湖之断桥，风雅是有的，却有点苦了赶集的乡下人，鸡公车、猪儿、羊子要过拱桥，就劳烦得多了。只有叫花子最欢喜，冷场天，就睡在桥上晒太阳，捉虱子，嚼偷来的甘蔗、玉米秆，个个活神仙。

紧靠了桥，就是周槐寿所说的打铁铺。

这地方，元雨似乎没来过。即便来，也是骑马、坐轿子路过，去某个田庄走亲戚，一晃，啥都没记住。

这一回，他是独个步行，东张西望，看啥都新鲜，觉得自己不像个刘安人。

他是刘府的长房长子，大老爷的独儿，除了读书，自八岁起，就负有迎来送往之责。镇上、乡下，二三十座深墙黑门的院落、庄院，住着刘姓发迹的亲戚，每逢大小节日、过生、娶媳妇、生娃娃，或者死了人，他都会代大老爷去送礼，背书似的说些场面话。这是很让他婆烦的事。有时候，要过节了，他就躲到大姐、二姐家，不回府。这是他唯一恃宠耍赖的时候。大老爷骂两声，也就算了。

二姐夫是温江城里有名的耍公子，爱钓鱼，城外金马河、江安河、杨柳河，换着钓，一竿子甩出去，从不空竿子收回来。且很爱下厨做鱼，会弄七八种味道。元雨最喜欢他的铜锅酸汤杂拌鱼，能一人吃掉小半锅。二姐夫带他去钓鱼，还带他上街寻好吃的，温江的酒馆、茶馆逐一吃了一遍，然后再吃第二遍。元雨对温江，比对刘安还要熟。年景不好时，二姐夫就卖地、卖商铺。他跟元雨说，"人活一世嘛，只要不害人，就要吃得安逸、耍得巴适，才对得起父母。"元雨不解，"为啥这是对得起父母呢？"二姐夫答："父母带你来世上走一回，岂是巴望你受苦的！"家里出多进少，二姐也跟二姐夫闹过，闹过又咋样呢，他脾气好，又不赌、不嫖，抽几口大烟，也是躺自家烟榻上抽，从不去烟馆。闹一闹，也就含泪收场了。

元雨觉得二姐夫不够男子汉，但，也活得像一个男人。

二姐夫还跟元雨笑谈过，"刘安没啥子好吃的。老岳父的鸭蹼子嘛，吃多了，也要吃出一股鸭屎味。只有何锅盔耐吃，耐嚼，吃不厌。"

元雨连连点头。他也喜欢吃何锅盔。

今天是八月的下午，上半天落过雨水，青石板街面还有水洼，而阳光已是亮黄黄。他走到斜江茶铺门口，晓得刘九常在这儿消磨，不觉多看了几眼。

茶铺两层，下边店堂，楼上住家，还有后院。院子后边，则是竹林盘、橘子园，这也是茶铺的产业。元雨在成都玉泉街的大姐夫家做客时，姐夫带他上城守东大街的听涛茶铺，吃茶，吃点心，还听清音。听涛在成都，算是有名的，但论规模，也不见得比斜江茶铺大。听刘九说，斜江茶铺的老板姓曹，洞庭沅江人，来刘安落户五代了，家底很是不一般。

曹老板看见元雨，急步出来，拱拱手，堆笑道，"少爷，吃茶哇。"曹老板该有六十多岁了，腆着肚子，胖而和气，刘九说，他人称笑面曹，是个脾气再好不过的人。不过，见老了，背驼，辫子花白。好在穿得干净、体面，又爱笑，招人喜欢。

元雨赶紧回礼，拱拱手，又摇摇头。一个少妇牵个小娃，从曹老板身后走出来晒太阳。

阳光强得很，少妇举手在额前搭了个凉棚。她像是午睡没睡够，没精神，脚下趿了双绣鞋，黑缎面，绣了两只红凤凰。他不觉又多看了两眼。听刘九说，曹老板的太太比他年小四十岁，做他孙女都可以了，但人是好女人，贤惠，有颗菩萨心。

她个子小，苗条，却又很丰腴，脸如蒙了粉霜的白杏，且杏眼水汪汪的，嘴唇肥墩墩的。曹老板笑道，"这是刘府的少爷。"她就冲了元雨，抿嘴一笑。元雨下边一痛，小东西突然翘了起来。

这片刻，小娃大哭，嚷着要吃喝。曹太太又抿了下嘴，牵他进去了。

元雨也转身就走。走了几步，脸还发烧，这是头一回没管住小东西。同时又很奇怪，这曹太太似乎是见过的。想来想去，是很像庙里的观世音菩萨。难怪刘九那么说。

茶铺隔壁，门面不大，里边黑漆漆的，看起来极深。店招写着：南海云吞。

似乎是卖广东抄手的。然而不是，周总管家说过，云吞，实是吞云。吞云吐雾，烟馆也。云吞还有一意，即云土，谓其是正宗货。正不正，不晓得，反正生意好得很，镇上男人争了把钱往里扔。云吞的大股东，即是曹老板。

云吞的斜对面，是一条小巷。

巷口窄窄的，还挺了棵古槐，很遮人眼目。迈过古槐进去，巷子却一眼望不到尽头。巷里从前有两家店，一是银饰店，一是草行，故名银草巷。后来银饰店搬到了正街，草行关了门，巷名却留下了，且不断有人来起房子做买卖，巷子就长长了。巷中也有一棵古槐，树上吊了片蓝布幌子，上书白色颜楷：何锅盔。

锅盔店门面很小，屋内是灶台、案板，槐下摆了两张桌子、八根板凳。

元雨常吃何锅盔,都是仆人来买的。这店面,却还是头一回看见。

槐树上拴了一匹高骏的黄骠马,在闲闲地嚼谷草。铺子午后打烊,歇着。墙上斜挂了一张弓、一壶箭,旧旧的,说是用来做摆设,并不好看。用来吓唬小偷吧,两分像,三分也不像。

弓箭下,坐了两个人在谈天。元雨依稀认得,一个是店主,姓何,人老了,但还很有精神,一根花白辫子盘在头上,络腮胡刮出两片青光。灶台边挂了一排擀面杖,粗短不一,最后一根是铁棍,沉得很,要举起来运棍如风,可见何老头该有多大劲。他老伴死了很多年,也没有再娶,身边还有个儿子,打锅盔据说比何老头还得行。

跟何老头对坐的,是个大和尚,三十六七岁,大眼,鼻子又长又隆,嗓音厚实又洪亮。两人之间,摆了一壶老鹰茶,一大盘锅盔。

元雨正踌躇着,何老头已看见他,也不起身,左手举起,略似抱拳,一口地道成都口音,"少爷稀客。锅盔还没出炉子,要等一个时辰哦。"元雨吃了一惊,发现何老头右边袖子空空的,是个独臂人。

大和尚却对元雨招招手。"少爷等不得了吧,俺分你一个吧。"和尚的口音,却有点像山东、河南那边的,他说着，抓了只锅盔扔过来。元雨伸手接住，张嘴就是一大口。

烫得他哇哇叫。锅盔里是一泡油，一泡肉，却又不像肉，冲鼻的臭，却又是呛人的香，他缓过气，几口就吃完了。何老头的锅盔，有椒盐的、牛肉馅的、猪肉馅的、混糖的、白面的，他都吃过的，唯有这个，是头一回。吃完了，揩揩嘴，呆呆地问，"包的啥子啊？"

大和尚哈哈笑。"卤肥肠，专为俺打的十八个。"

元雨不信。"法师可以吃荤吗？"

"小法师自然是不行，俺嘛，就不管这些了，哈哈。"笑罢，他起身把锅盔装进一个黄色布口袋，又对何老头说，"师兄，叫一儿空了来看俺，少读点闲书，当心成了个迂夫子。"随后，也不等何老头回应，两步走出来，跨上黄骠马，嘚儿、嘚儿就走了。

何老头也不送客，只把茶壶提起来，喝一口，吧吧嘴，甚是惬意。

元雨问他，"何老板也出过家的啊？"

他摇头，指了一下和尚的背影。"他没出家的时候，跟我是同门。"

"一起学打锅盔哇？"

"锅盔？嘿嘿，也算是。"

"一儿，就是你儿子吧？他打的锅盔很好吃。"

"他不会一辈子打锅盔的。"

元雨本想多问些,这会儿听出一点刺,自觉没趣,就拱拱手,走了。何老头也不还礼,接着喝他的老鹰茶。

连环腿

八

元雨心里憋了口气,步子迈得又大又急。走到镇尾,汗衣都湿透了,凉浸浸的,很不舒服。这时候,听到叮叮、当当,此起彼伏,是一众人在打铁。

铺子像个大棚,外边也有一棵树,辨不出树名,已然枯死多年了。树下扔了几块草垫子。稍远,还有一大堆劈好的柴火。门上钉了大匾,乌黢黢的,字迹漫漶,勉强能看清,是五个汉隶:武威马打铁。

棚中央一座大火炉,炭火熊熊,环绕了三台砧铁,每台两三条汉子,手起锤落,铁花飞溅。靠近门,两个打铁的尤惹他注意:

一个是体魄奇伟的青年,不梳辫子,满头乱发,光着上身,黑油油的,宛如从山里跑出来的一头熊。

跟他搭手的，是个少年，也该算结实的，但跟他一比，就瘦多了，也是光身子，一身汗。

铁花飞起又落下，砸到身上的汗水，哧哧响，一股股焦味，他俩却恍如不晓得。看样子，也不累，也没使足了劲，只是不歇手地，匀着气力打，不紧不慢，舒舒展展，在做一件称心的事。

元雨看得心痒、手痒，恨不得操起铁锤也跟他们一起打。但，又无从下手。他们瞟到他了，却也不说话。

实在忍不住，元雨终于抱拳拱手，叫道，"两位兄弟！"两人抬起头，冲着他。

元雨吓了一跳，那个奇伟者，不仅身如黑熊，且塌鼻子，兔唇，丑而带凶相，眼珠子瞪得老圆。两条手臂的肌肉鼓起，就像即刻要绽裂：左上臂刺了蝎子，右上臂还箍了一圈寸宽的铜片，黄光灿灿，让人惊骇。

少年要清秀些。他笑了笑，客气道，"少爷，是想打镰刀还是打锄头？"

"我……"元雨觉得嘴干，咽口干唾沫，大声道，"想请两位兄弟去喝酒，给我面子不？"

"当然好啊。少爷莫嫌弃，先把这个喝了吧。"递过来一把盛老鹰茶的壶。

元雨仰天就是一大口。一股刺辣灌下喉咙，再反冲脑门，轰地一响，脑子闪白，跟跄了一下，好歹稳住了。哪是茶，是农家酿的苞谷酒。"好酒！"他喊了一声。

"少爷不是为酒来的吧？"

九

三个人彼此让让，就在树下草垫上坐了。元雨把随刘九学拳四年，以及周槐寿讲马老头拳打鹤鸣山道士的事，细述了一遍。"我就是想来长一个见识，不晓得能不能如愿？"

少年说，"本来不难，这会儿却又难了。马爷爷晌午饭喝了两碗酒，正在瓜棚里睡觉，谁也没胆量叫醒他，除非是天上打雷、扯火闪。这位大哥是马爷爷的堂孙子，马大遴，马大哥，少爷不妨拿他试脚力，踢他一脚，也不冤枉走了这一趟。"

大遴向元雨堆出一个笑。元雨有点心虚，拱拱手，客气道，"马大哥。"再又转过来问少年，"还没有请教阁下的大名呢？"

"呵呵，哪有大名，何小一，打锅盔的。刘府的仆人常来照顾我家的生意，说少爷、太太们都喜欢吃。可惜没有鸭蹼子馅的，不然也给大老爷送几个，哈哈哈。"

何小一就是何老头的儿子？元雨有点不信，不过，这个岂可乱说呢。

元雨说,"刚刚我才见过了令尊,他说你不会一辈子打锅盔。"

小一哼了哼。"这话我爸成天说,哄哄自己罢了。不打锅盔,吃啥子?何况,打锅盔好得很,卖不完,自己吃,把煮饭都省了。"

元雨听笑了,大逮也呵呵乐,兔唇裂开,像个慈祥的熊家婆。

小一却正色道,"赶紧办正事。大逮,站起来,替你堂爷爷挨少爷一脚。"

小一看了下距离,让元雨紧挨柴火堆而站,拉大逮定在两丈外。"少爷,收起菩萨心肠,死命踢,踢死了我挖个坑埋他。"

元雨冷丁哆嗦了一下。

"少爷杀过人没有?"

元雨使劲摇头。

"万事开头难。来吧。"

元雨心坎一阵燥热,湿汗衣裹得他很不舒服,就摆手停一停。一口气把长衫、汗衣都脱了,扔在草堆上,露出白光光的上身。虽说白,却也不弱,颇有些长条形的肌肉。

小一喝了声彩,"好。"

大逵傻站着，好像眼下没他啥子事。

元雨心里过了遍刘九教的连环腿，咬紧牙，大步冲出去，一脚腾起、再一脚腾起，啪、啪，猛击在大逵胸口上。随后，他感觉到舒服的晕眩，轻飘飘落了下去，还浪了一浪，嘭！听见小一拍掌道，"少爷可以，有两刷子。"这才看清楚，自己被弹了回来，正好倒在柴堆上。

大逵过来拉他，他羞恼地把手一甩，却没甩开，被一把提了起来。

小一又把茶壶递给他。"少爷吃了点苦头，小意思。喝口酒，算是大逵赔罪了。"

元雨拍拍屁股，转而笑道，"要得，喝酒，喝好酒。我请你们去喝杏花烧。"

杏花烧

十

杏花烧是一座酒楼,距刘安镇三里路,在大安沟和斜江的交汇口,紧临码头。

运送客商、货物前往成都的木船,从这儿顺水而下。布匹、茶、盐、银子,还有私酒、云土,则逆水而来。还有一条摆渡的平底船,跟钟摆似的,在两岸之间摆来、摆去。对岸的坝子,延展三五十里,就是黑乎乎的山脚。再往山里走,山头越大,山影越黑。鸡公山、蛤蟆山、鹤鸣山、五虎跳崖、龙回头、莲花十三峰……群山苍苍,难以细数。当中一座最高峻的,峰顶长年积了蓝雪,称为西岭雪山,天晴时,远在成都也可以望见。杜甫客居成都时,写过一句诗:"窗含西岭千秋雪",吟的即是它。

群山中树多田少,农舍也很稀落,背阴处却搭了许多老棚子，安居着一拨拨土匪。匪们摸黑下山，到了刘安不敢放肆，化匪为贼，偷一把就跑。杏花烧当初建楼，乃一座碉楼，就是为防堵匪贼的，常年驻了一队刘府家丁，扼刘安之咽喉。但大老爷又说了，匪贼也要吃饭、要活命，不要逼狠了，只要不放火、不杀人，就睁只眼闭只眼，放这些龟儿子一马吧。所以，碉楼仅为震慑之用，日子久了，刀枪废弛，就做了酒楼。

客人往来不绝，其间除了跑船的、赶牲口的、做买卖的、做拐子的、卖艺的、卖身的，也有游方的僧道、黑白道上的熟客，杂得很，生意也就自然闹热起来了。

酒楼管事的，是元雨的一个远房堂兄，绰号刘大麻子。他年轻时效力军中，做过二大老爷的马夫，还替二大老爷挡过一箭，射瞎了左眼。得了许多犒赏后，就回老家买田、起房子，安居了。他好酒、好色，鬓发都白了，但大老爷念他忠心，把这肥差给了他。

他块头比刘九还壮。脸上的麻子，是儿时出水痘留下的，一痘一坑，坑连着坑，布满了脸膛儿。加上那只黑眼罩，可谓凶相十足。他把持码头、渡船多年了，得了多少私银，贩了多少私货，没人晓得。反正，他家的宅院越扩越大，老婆出门坐轿，儿子出门骑马，都已有了夫人、少爷的架子。而他本人，除了大老爷、二大老爷，俨然就是麻老爷。

元雨自小见刘大麻子，就有二分害怕。

不过，他见了元雨，倒很是谦恭，不敢以堂兄自居，更不说端麻老爷架子。看元雨带了人来，老远就打躬作揖，口口声声，"少爷，稀客、稀客了。"

元雨就指着大逵、小一，给他介绍。他却又嘿嘿笑道，"晓得，晓得，都是老熟人。"

元雨不解。他就说，上个月才去打了口佩刀，正是马老头和马大逵亲手打造的，看起漂亮，手感也好。何家的锅盔，因为曾有贵客点名要吃，所以快马去买过。锅盔很好吃，但何小一让人佩服的，却不是锅盔打得好。

"那又是啥呢？"

刘大麻子瞪圆了独眼，"少爷还不晓得啊？"

元雨看看小一，小一笑笑，却不说话。上了楼，又上到了楼顶，四面无一遮拦，田野、远山，都看得清楚。两条河在楼下流淌，河滩上一片杏子林，都挂了黄澄澄的果。

楼顶有现成的桌椅，三人各坐了一方，空位正对着斜江上游。

上游的江水迂回环绕了几圈，形成一大片湖沼交错的芦苇荡，叫作老娘滩。夏天暴雨、涨大水，烟波浩浩，被人称为小洞庭。这会儿，在八月阳光下，芦花穗子远远闪烁着白光。

小一盯着元雨看。"少爷是不是还有个兄弟？"

元雨摇头笑。"我伯伯倒是巴不得，可惜啊。"

"我遇见过一个公子爷，也是尖下巴，年岁比你小，倒像比你老成些，在成都。"

"你遇见的，说不定就是我？"

三个人都笑了。

酒菜很快端了上来，还有一条红烧大鲤鱼，是老娘滩的渔家半夜打了，今晨送到的。酒也名杏花烧，入口烧烧的，但不烧心、烧脑，像团火在嘴里烧炙着，痛而舒服。"不要拘礼。"元雨敬了一碗，说，"我也算刘安的半个主人了，却没有做好主人家，怠慢了。"

大逯一笑，兔唇里还挂着一大滴酒。小一也笑了。"少爷是个好主人。我们虽是外姓，倒也不是闲客啊。不打铁、不打锅盔，吃啥子？"

元雨略尴尬，但一想，不正是这个道理嘛。就又敬了一碗，诚恳道，"天下之大，你们两家能来刘安歇脚，就是一个缘。"大逯甩着脑袋连连点头，干了一碗。

小一也干了一碗。"武威苦寒，大逯的堂爷爷的亲爷爷，十岁就来刘安讨活路。起初是跟一个牵骆驼的商队，后来是马帮,又转了船,弯弯拐拐,就在刘安住下了。刘安土肥,老爷仁义,吃得饱饭,挣得到钱,铁匠铺的火炉子,就没一天是熄过的。大逮也是十岁就来了,已打了十年的铁,长了十年的肉。"说着,拍了拍大逮的右上臂。"肌肉长得太快了,胳膊比我脖子还要粗。他堂爷爷打了一圈铜片给他箍起来,亏得铜片厚,不然把铜都要胀开了。"

元雨满眼惊骇,大逮嘿嘿笑。

"大逮再攒几年的钱,就可以回武威讨媳妇,生两个娃儿,又到刘安来打铁。武威风沙大,不养人。还是刘安好啊,撒把谷子能长出二亩稻,喝凉水都长膘。"

元雨听得哈哈笑,拍桌叫,"武威就是河西的凉州吧?远屎得很哦!"

"少爷说粗话了,不要跟我们一个样。"小一端起碗,也不敬谁,自己就喝了,赞一声,"好酒。刘府的东西,是很有些名堂的。"

元雨又乐了,就再敬了一大碗,慨然道,"杏园结义,也是缘,我们就结拜做了三兄弟吧。"

大逮不吭声,小一摇头。"结拜了就是兄弟,再没有少爷了。马大逮就是大哥,你是老二,我老三,唯马首是瞻。你家伯伯晓得了,还不打断你的腿?"

元雨听了,莫名不喜,继而自忖,我何以不喜呢?因为

"你家伯伯"四个字刺耳。刘安人跟我提起伯伯时,都敬之为"老爷""大老爷"。但结拜了,我的伯伯,自然也是他俩的伯伯了,可他俩不过是赤膊、光脚下力气的人啊,跟我称兄道弟,刘府随进随出,老爷的身份、少爷的面子又在哪儿呢?这么一想,他脸上却是一烧,转而骂自己,我这么斤斤计较的,虽贵为少爷,却终究是个小肚鸡肠的角色,说什么子路,骗骗自己罢了。

小一见他沉默,就打了两个响亮的哈哈。"少爷读书多,心事多。这么好的酒,我就不闲着,先喝了。"说着,连干了两碗。大逯也干了两碗。几碗酒后,有了醉意,小一撑起来,踉跄了一下,站稳了,笑道,"我走了。误了打锅盔,我爸怕不骂死我。"

元雨伸手想拦,却没有拦住。

这时候,刘大麻子捧着一张弓、一壶箭,匆匆走了上来。弓箭都是他平日自用的,元雨见过他过大年射靶子,箭不虚发。也听刘九说过,"论箭法我不及麻叔"。他以为刘大麻子是要射箭助兴,以显殷勤。然而不是。

刘大麻子把弓箭递给了小一,还指了指江面。从老娘滩里,顺水漂出一溜野鸭子,伏在水上,一浪一浪,十分悠闲。"射一只,我清炖了给你们做醒酒汤,鸭蹼子留给老爷尝个鲜。"

元雨颇为惊讶，看看小一，他却笑而不接。"麻爷，好端端喝酒，杀生做啥子呢。"

"屎！"刘大麻子哼了哼。"一条鲤鱼都吃完了，还说不杀生。"

"鱼不是我杀的，我不吃，也有人吃。"

"那你练箭又是为了啥？练来耍啊。"

"吃饭。"

元雨听糊涂了。"射箭还能射出一碗饭？"

"不是一碗饭，是饭钱。"

"卖锅盔不是赚钱啊？"

"是赚钱，小钱……我还要攒钱啊，给我爸养老，还要学大连，娶媳妇。对不对，我的少爷？"

"那，谁给你付钱呢？"

"镖行。"

"你押镖？"

"镖行忙不过来时，偶尔找我出一趟。都是小镖，近路，温江县、崇庆州，最远就是成都府。"

"水路还是旱路？"

"旱路。我是旱鸭子，不会游泳，落了水就要丢命、丢镖了。"

元雨有点不相信。"走镖不是要千山万水么？咋避得开水呢。"

小一喝口酒，啧啧嘴。"千山万水？算了。三百里川西坝子，够我走，都是一马平川啊。至于旱鸭子嘛，是我的命。"

"这话咋个讲？"

"我满三岁时，爸请相士给我算了一命，说我命相属火。水克火，这辈子遇水有灾，避水有福。所以呢，他决不让我学游水。我偷偷下过一次河，被我爸抽了几鞭子，还罚跪了一炷香。"

"哦，"元雨听明白了，但没想明白，"你信命吗？"

"信不信，也是命啊。这个，我从来不去想，一想就糊涂。"小一随口就答。

"这倒是。押镖上路，靠的是眼快、本事硬。你出门带刀还是弓箭呢？"

"都带上。不过，弓箭的用途大。"小一摇了摇大逵的胸脯。"箭飞得远些。近了身，遇见这种金刚神，还不一砣子把我打飞了！"砣子，就是拳头。大逵嘿嘿傻笑，揉了揉自己蒲扇大的手。

"想来你箭法一定很好吧？"

"这个不好说。百步之内，射一头牛没问题。"

元雨看看刘大麻子。刘大麻子哈哈大笑。"少爷，你听他说。他射断过一根风筝线。"

元雨忽然冷笑。"哦,你还说不杀生。射断风筝线,算不算造孽?"

小一也笑笑。"是麻爷的风筝,他要试我的箭法。镖行的生意,就是他替我揽的。"

元雨问刘大麻子,"这些野鸭子,他是射得中的了?"

刘大麻子拿独眼数了数。"一、二、三、四、五、六、七。一壶七箭,一箭一只,不成问题。"

元雨再转向小一。"你射过人吗?"

"没有。"

"从没人劫镖吗?"

"有过两次……不过,我运气还算好。"

刘大麻子把小一按回酒桌边,大声武气道,"几个锅盔钱算啥子,酒要敞起喝,喝巴适。明天我去给你爸赔个罪。"

元菁

十一

元雨从杏花烧回来,心里很不平静。后半夜醒了,再也睡不着,就起了床去院子里打拳。打得一身大汗,又在柚子树下坐了好久。晨光熹微,麻雀叫了,他依然觉得有一股气,在胸膛里震荡,不能自已。终于,没忍住,他告诉了妹妹,结交了两个打铁、打锅盔的好兄弟。

不过,也还不能说是兄弟。干最后一碗酒时,他又提议,三个人秘密结拜。但,小一说,"结拜兄弟,本该正大光明,咋能偷偷摸摸呢?就做不结拜的朋友吧,你叫他大逵,叫我小一,我们叫你刘少。有事情,招呼一声。没事情,聚拢了,喝两碗。好不好?"元雨说,"好嘛。"三只酒碗碰了碰,再不多话,各自就散了。

元菁听完,淡淡问,"就这点小事情?"

"……"元雨吃了一惊,竟回答不出来。

见哥哥僵住,元菁忽然心痛,有点不忍,就换了个话题。"伯伯前一阵还问,不晓得雨儿的八股文是不是做得清通了?我晓得哥哥听见八股文就头痛,不过……"

"不过啥?"

"伯伯虽然巴望你科举上榜,倒也不是贾政,心心念念的。我也愿意哥哥做官当老爷,却也不像宝钗那么焦心。哥哥是家中独苗,你活安逸了,一家人都好了。只是……"

"只是啥?"

"哥哥比贾宝玉还享福,却又比贾宝玉多了男儿气。"

元雨哈哈大笑。这是他最喜欢听的话。笑罢,他说,"武举已经废止了,废文举大概也快了,即便不废,八股文也已经取消了,等于是一把火烧了。"

"变了啊?"

"啥子都会变的。李鸿章也死了,他还是二叔的恩相呢,我以为他至少要活一百岁。"

"你咋晓得的?"

"谈先生说的。"

元菁哦了声,也就不再多问。她对开酒馆、烟馆,设赌坊、杀猪、宰牛、打铁、打锅盔的,以及长毛、捻党、曾、胡、左、李,都没一点兴趣。何况,自家心口,还压了多少没理清的事。

十二

元雨跟姐姐、妹妹都很亲昵。姐姐们出嫁了，很多话就只能跟妹妹说。兄妹关系，自然又近了一层。

元菁只比元雨小一岁，个子矮小，脸却略肥，嘴角有婴儿般的娇憨气。也有尖下巴，但尖得几乎看不出。两块白嫩的颧骨上，各长了十几颗小雀斑。请良医看过，搽的药不止几十种，但依然抹不掉。还去请过观音庙的甘露、老君山的丹丸，也没用。大老爷很无奈，就说，算了嘛，天生带来的，就顺天由命吧。

对此，她显得很是无所谓，仿佛憨得把雀斑都忘了。刘府上下，自然没人敢再提。似乎真就没有这回事。

元菁的眉是剑眉，眼是大眼，但她常耷着眼帘子，人们把这点也忘了。

今年元菁十六岁。过生日时，大老爷还说，"小幺幺哦，啥子时候，你才长成个大女娃子呢。"他先笑了，大家也都笑起来。

只有元雨看得出，元菁的憨气里，自有一股高高的心气。她话很少，不轻易问别人，也不轻易回答人，但一句话出口，就不会收回去。她跟哥哥一样，晓得伯伯宠自己，但不恃宠而骄，且事事柔顺，即便有不快，也默然咽了。

但，唯有一事，她宁死也不顺从，就是缠脚。缠脚时，她已五岁，拼命把两条腿乱踢。她亲妈，五妈，还加两个健婢，把她按在床上，还有点按不住。她挣扎不动了，就哭喊。刘府的仆人、丫鬟，从没听过这种哭喊声，不是哭喊，是把整条命都要吼出来！

吼了一天一夜，到后来，吸气的力气也没有了，嘴里呼出的气，却还夹着微弱的"不、不嘛……"她亲妈跑去跪在大太太烟榻前，泣不成声。大太太也抹了泪，去劝大老爷算了。大老爷长叹一声，"那就算了嘛，一双脚，还抵得过我女儿的命？"后来，他讲起一件事：二大老爷战后回乡祭祖，说起长毛、捻党之狠毒，所经之处，受害最多的是女人，脚大的跑了，脚小的跑不动，都被奸杀了。说罢，又叹息，"这脚，迟早是要放的，天脚才是天理啊。"

元菁争得了一双天脚，却没想过要走远路。她活得悄悄咪咪，自从缠脚闹过一回后，人前再没哭过。笑是有的，但也很少笑出声。元雨哥哥的妈，是四姨太的丫鬟，而自己的妈，还是丫鬟的丫鬟，这点，即便没人告诉她，她也能看出来。她是大老爷的掌上之珠，却无所求。只求一样，不出错。

五岁起，她习字，念书，学做女红。除了不缠脚，大姐、二姐做过的事，她一一都做了，且做得更见好。字临的是曹全碑，书喜欢读《诗经》，还临过三年《芥子园画传》。绣的牡丹、蝴蝶、金鱼、猫，几可乱真。大姐回娘家，见了小妹的绣品，说比她夫家绸缎庄的大师傅还手巧。大姐又问，妹妹哪来的这些本领呢？元菁说，我哪有本领，不过就是看得仔细嘛。她养了一畦花，一缸鱼，花开了，蝴蝶会来。猫呢，是大老爷赏给她妈的，纯白，夹几小点黑斑，随时都腻在母女俩身上。这些活儿，她都亲手侍弄，一丝不苟。一天下来，时间过得快，像是没做什么，却累得很。

累了好，睡得香，倒床就轻轻打鼾。醒来窗户纸已透亮，她揉揉眼，揉揉脸蛋。对镜梳妆，看自家脸蛋越发水灵，颧骨上的雀斑也更醒目。她心里比谁都雪亮，只是她不说。

也是自习字、念书起，她对陌生人的眼光，就相当在意。谁多看她两眼，或表现出一丝惊讶，她会转身走开，或冷冷瞪回去。

她爱干净。容不得茶盘、桌布上一丁点污渍。且天生恶油荤，自幼吃素，嗅到牲畜的腥味就想呕。上了饭桌，别人筷子动过的菜，即便是伯伯、母亲，她也不再夹了。大老爷对此只是笑笑。姐姐们则笑她有病，她也笑，说，姐姐就当我是个病人嘛。

有一天，两个老茶客在斜江茶铺笑谈刘府中事，说到元菁，戏称为小刘麻子。恰好被刘九听到了，好一顿耳光！一个鼻血长淌，一个门牙飞了两颗。元菁风闻了此事，更是羞恼，想骂刘九多事，却又骂不出口。

元菁爱之不够的，就是四面院墙围起来的这个家。大老爷是天，天天都是晴天。即便有风有雨，也是风调雨顺。从窗外的两棵梅、李，还有二叔西院的柳树、杜鹃、紫薇、金桂，就可以看清四季。更莫说池塘里的鱼、青蛙，亭子顶上飞来的白鹭，床下的蟋蟀……《诗经·七月》吟唱过的风物，无一不收录在刘府的庭园、旮旯里。

刘安习俗，三、六、九逢场。

偶尔一个赶场天，元菁会带了丫鬟，登上院墙朝下看一眼热闹。

鱼鳞般的瓦屋顶，一横，再一横，密不透风，向两边一直铺排到镇头和镇尾。在两横瓦屋顶下边，人像蚂蚁一样拥挤着，吵闹着，羊子叫得焦灼，猪叫得尖锐，鸡飞狗跳，柴米油盐铺得遍地都是。开馆子的，烟囱冒出黑烟，店小二扯开喉咙乱吼。汗臭、油烟，挟着飞扬的尘土，一直冲上来！隔着几丈高，元菁也有被熏昏的感觉，额头和腋窝都流了汗。赶紧用手绢捂了鼻子，一步步退回院子里。

十三

长到十二岁，就开始有媒婆上刘府提亲。元菁听说了，心上就像压了块石头。

但刘府门槛太高，提了两年，都一阵风吹了。到了十五岁，二大老爷亲自做了媒，男方的父亲，是闽浙总督（也可能是两江总督），总之，是总督七个儿子中的一个。才学、人品都没有提及，只是说，这一家家教很严，父严母慈，儿子个个孝顺。年龄？年龄也相当。但有一个小缺憾，就是公子脸上有块刀疤，没说左脸右脸，也没说何以如此，只说并无大碍。大老爷觉得可以，又问大太太。大太太答：天造地设的一对。彼此心知，也不说破。于是就回信答允了，只等好日子成婚。路途是遥远的，千山万水。但这个不是问题，彩车、彩船、轿夫、护卫，沿途的食宿，总督家自会有安排。刘府要做的，就是置嫁妆。

嫁妆的事，大太太几年前就在操办了，随后又忙碌了半年。今年过春节，大老爷问过一次嫁妆，大太太说，差不多了，摆出来可以排满十一条大街。大老爷唔了声，说，"那是差不多了。不过，不要只图多，要不厌其精。"元宵节，大老爷又叹了口气，"小幺幺是最后跟我们吃汤圆了啊。"声音有点哽咽，满桌人都红了眼睛。汤圆先端到大老爷面前，他径直就推给了小幺幺。

元菁倒见不出伤感来。胸口的石头，一回回压了，一回回搬开，喉咙口的气，紧一阵、松一阵。这回，不止沉如磐石，是磐石上再压了一口鼎，谁想搬，也没这个气力了。去万里之外，再不能见到伯伯、妈、姐姐、弟弟，要和一个刀疤男人在一张床上，睡完后辈子五十年、六十年，直到睡成两根枯藤子。

真是不敢想。想了又能咋个呢。哭闹？又不是缠脚。妈悄悄搂住她，在她耳根边说，"好在不是去做姨太太，不是做丫鬟，是做太太啊，小幺幺。"她觉得妈说得对。不对，那又啥子是对的呢。

十四

元菁九岁起，有了个贴身小丫鬟，是大老爷特意为小幺幺挑选的，样子周正、干净，还是一双大脚。元菁喜欢她，起名为春芸。大老爷却说，"不好。小幺幺身上穿戴的，屋里布置的，都太素淡了，缺了点闹热。"于是，亲为丫鬟改名为春红。

春红幼时，家里遇过一场火灾，父母死了，舅舅收养了她，也顺带收了她家的两亩田。田，转手就高价卖给了刘府，两个表哥就用这笔钱娶了媳妇，成了家。说是家，也就是几间茅草屋，且在老娘滩深处的一个小岛上，打鱼为生几代了。田是没有的，船有三艘，两小一大，夏天涨大水，小岛被淹，就暂移到大船上居住。春红去了，多了一张吃饭的嘴巴，舅舅、舅妈待她没有好脸色。她头上，除了两个表哥，还有表姐。

表姐喜欢春红，除了教她划船、游水，却也帮不上啥子忙。

春红倒也不叫苦，也没落过泪，只巴望哪一天有了气力，偷偷撑了小船逃得远远的。

舅舅有一回去杏花烧送鲜鱼。听刘大麻子说，刘府正在为三小姐寻贴身小丫鬟，立刻就托他把外甥女荐了去。

元菁一眼见了春红，就生了欢喜。春红又孤又穷，却不带苦相，脸蛋滚圆，红通通的，天生有笑意。她与元菁同岁，个子却又高了一头，能吃饭，能做事，脚大、手粗，满了十岁后，身子壮了，脾气也大，颇像个男娃子。仆人们叫她：儿马婆。

有一年落黄梅雨，淅沥了个把月，池塘的青蛙叫得人心焦，癞蛤蟆也从水沟钻了进来，到处乱爬。元菁晌午饭前在院里诵读《七月》，一脚踩在一只癞蛤蟆背上，不觉尖叫了起来。春红大怒，提起癞蛤蟆，在手上荡了荡，一把扔出去，还骂了句：

"滚你妈的蛋！"

月门外正站了个年轻人朝这边看，癞蛤蟆打在他脸上，又重重摔下来，啪、啪两声，像是两记耳光。年轻人穿一身旧衣，却也干净。脸是苍白的，挨了这一下，陡然变红，继而发青，眸子里恨恨的，像要喷火。

春红自然是不怕他，也叉了手，直直盯回去，看他敢咋个样。

元菁站在春红后边，愣愣看着，一时不晓得该说啥才好。

年轻人终于低了头，侧身走了。

良久，元菁问，"这是哪个啊？"

"三姨太娘家远房的侄儿，一个常来借钱的穷亲戚。"

"穷亲戚，你也不该……"

"我又不是故意的。"她应了一句，又嘀嘀咕咕，"穷亲戚更不该乱窜了，还要乱看。"

这是几年前的旧事了,春红早已忘记。她骂过、打过的人,何止这一个。元菁倒偶尔会想起,看见癞蛤蟆在地上爬,或是一跳一跳的,就会轻轻叹口气。

十五

春红的性情,跟元菁大为不同。凡是元菁不喜欢的,她都喜欢。元菁爱静,她爱闹热。元菁不爱出门,她就怂恿元菁到处去闲逛,尤其是去成都的大姐家闲住。成都的城墙,比刘府的院墙,高多了,也大多了,城内除了皇城,街巷不止五七百条,还有很多河流穿城而过,光是石桥、木桥、索桥,就有六十座。酒楼、饭馆,即便每天吃一家,吃三年也吃不完。山珍海味不说了,就是龙抄手、钟水饺、三义园牛肉焦饼这些小吃,春红每回都要吃得撑不起身了。回了刘安,一说起还要流清口水。

虽然目不识丁,春红的心思却很机巧。头一回随元菁去了成都,要出门逛街时,她鬼鬼祟祟摸出两套洗干净、重新裁剪的男装,让元菁换上。

元菁说,"好大贼胆,哪儿偷的?"春红噘嘴道,"刘府的衣服,跟米烂陈仓差不多,顺手拿几件不算偷。何况,做正事,又没拿出去卖。即便卖了,也是要跟小姐平分的。"

元菁只得摇头骂,"油腔滑调,看我撕你的嘴。"

换上男装,再戴顶瓜皮帽,走在街上,看陌生人、让陌生人看,元菁的心里,镇定了许多。这身男装,仿佛是一件隐身衣,自己躲在里边,颇为自如。下馆子、泡茶馆,跟邻桌的说几句话,她也应付得来,抱拳、拱手,视对方年龄,口称:大哥、大爷。

不过,她总归是不爱出门的。成都再大、桃源再好,也不如刘府。刘府就是桃源。

她最喜欢王维的一首诗,《春日与裴迪过新昌里访吕逸人不遇》:

桃源一向绝风尘,柳市南头访隐沦。

她就想,我别无所求,只愿一辈子做个吕逸人。

没想到,吕逸人也是要远嫁的。因为,终究她不是男人,也不在长安。

十六

春红自然是要随元菁远嫁的。在她来看,小姐远嫁就宛如孤身涉险、深入狼窝。为了不让小姐吃亏,她自忖要学一些拳脚。就私下去找了刘九，请他教。

刘九教了她两招。两招不能拆开，必须一起用，叫作：左一拳、右一拳。且再三叮咛，关键点在于：动作快、心要硬。

春红谢了刘九，每天起早贪黑，狠了命地打树干。元菁的小院里，一棵红梅、一棵李子，被她打得落英缤纷，满地的红白狼藉。元菁心痛这些花，又觉得春红忠勇可敬。自己贵为伯伯最怜爱的女儿，今后可以依赖的人，也只有这个丫鬟了。想到这些，她也不见伤感、自怜，反倒腾起一股不屈和执拗，既顺了命，也就无畏于命了。

惊蛰的前一个早晨，元菁还在迷糊中，被妈抱了起来。妈在轻微颤抖，语不成调，说了一句话，好半天她才回过神：那个她要嫁的公子，死了。

公子是去北京游学，逛八大胡同争夺花魁时，被几个醉鬼捅死的。

元菁推开妈，身子一梭，又进了热被窝。"再让我睡会儿……"喃喃没说完，就睡着了。睡得又松、又憨，没呼噜、没梦，再醒过来，已经快吃晌午饭了。

她喝了一碗稀饭，咬了半块泡萝卜，就走出了门去。先在小院里踩着落花徘徊了两圈，再走到大院里，慢慢走、细看一扇扇门窗,摸一摸青砖的老墙,随后,又走进了二大老爷空无人影的西院。西院里好多的树,各色的花正在盛开。一间间关了的门、垂着帘子的窗户,也是亲切的,有暖意的,好似门窗后有好多眼睛在注视她。微风还有些清寒,夹着混沌的花香。她脸上的表情也是混沌的,然而剑眉扬起,大眼里的光已清晰、有力。她对自己说,谁也不能把我从这儿夺走了。

小关庙

十七

元菁在府里窝完了一个春天。哥哥说,油菜花开了,遍地黄金,不看可惜了。她笑笑,摇头不去。油菜花谢了,结了菜籽,菜籽打了,油菜秆堆在路边晒。晒透了,春红去捡了一大把回来,元菁插在青花大瓶里,放在窗边。几百个菜籽荚向上裂开,像小小的手掌,接着光和尘。元菁看得心尖发酸,却咋也看不够。

她去得多的地方,是二叔的西院。起初是散步,后来就带了锄头、扫帚、撮箕进去,也不葬花,也不落泪,只是和春红一起打理园子,松土、浇水、施肥。出了汗,人就舒服些,吃饭也多了,睡得也沉了。大老爷晓得了,苦笑道,"也好,替我省了两份工钱。"

累了，主仆坐在亭里的美人靠上歇气。春红问小姐，"排得满十一条大街的嫁妆，咋个办？"

元菁说，"你还在想这个？"

"我就是心头放不下嘛。"

"这还不好办？等你出嫁时，我求伯伯赏一条大街的给你。"

春红乐了，赶紧又问，"那还有十条大街的呢？"

元菁一笑。"捐到庙子头。"话刚到嘴边，却又吞了回去。这话，岂是可以随便说？

伯伯已经很老了，妈还年轻。伯伯死了，妈还会守很多年的寡。元菁自忖，可以陪妈一直活下去。如果能嫁个可靠的男人，也是可以的，就带着妈一起住过去。那些嫁妆，自然就是母女俩做人的腰杆。但如果所嫁非人，也是可怕的，还不如就守在家里过。哥哥是个仁爱的人，他当家，一定是容得下我母女。倘若能，自然这是心存侥幸了，能招一个体贴之人做上门的女婿，是最好不过的。刘府男丁少，他还可以做哥哥的帮手。但这事不敢多想。再有，哥哥是自家人，嫂嫂呢？未来的嫂嫂，是自贡大盐商嫡出的长女，跟公主一样金贵养大的，脾气想来不会小，她会不会给我母女眼色看，甚或挑起事端，把我母女撵出去？还有，二叔远在异乡，伯伯死了，他一定回来整治家政。他是朝廷命官，去哪儿都是钦差大臣，我母女的命，还不是他一句话？这句话，谁晓得他会咋个说？

这些事，多想也无益。但不想，却不等于就没事。好在挥着小锄头，拿葫芦瓢浇水，在花叶上抬虫子……活路紧实，光阴忽忽，每天过得密不透风，就没空闲多想了。

十八

过了端午，元菁还足不出户。大老爷就带话给大女儿元和，让她邀小妹妹去成都做客。元和刚有了第三个孙孙，已然是个富足、慈祥的奶奶。

元菁心里雪亮，都是伯伯的苦心，咋好不从。就带了春红，由刘九亲率家丁护送，暂别了刘安。轿子才刚过刘府的吊桥，她突然低声抽泣了起来。好多年了，这是头一回掉眼泪。

春红的包裹里，还放了把短刀，是元雨交给她的。刀身七寸二，刀柄镶有象牙、黄金，是藏地大喇嘛赠给大老爷的礼物，大老爷转手就送给了儿子。

元雨演示了出刀的过程，把刀藏在手腕后，让对方以为是出拳，实则是猛刺向他胸脯！

"这也太阴狠了嘛，看不出哥哥也会。"元菁说。

"女人遇到流氓,还想做观音?"元雨冷冷道。

元菁悚然一惊,头一回听他用这种口气说话。

成都的织锦,又称蜀锦,自蚕丛、鱼凫就开始了,按李白的说法,是"尔来四万八千岁"。故而这座城池,又名锦城,江水则名锦江。光了白生生腿肚子的织女们,站在锦江中濯锦,是成都一景,当年李白见了,惊得从马上滚下来。至今江岸还有一块断碑,刻着:太白坠马处。这块碑的上下几里,沿江的绸缎庄,摩肩接踵,日进斗金。而元和夫家的老周庄,正是其中的翘楚,有织机五百张,可谓富甲锦城西。

老周庄的老板,自然是元和的公爹。虽世代经商,但骨子里是个文人,自小喜欢写斗方,画菊花,可惜忙于经济,吟风弄月就很难得了。这几年又老又累,就聘了一个苏州商人帮忙打理,总算偷了闲。他有四个儿子,俱已分房而居,却没一个能让他放心。

元和的丈夫是老三,在兄弟中算勤恳的。不过,他安于做画工、技师,对掌管庄务,跟人喝酒谈生意,了无兴趣。成婚时即已在玉泉街买了一幢公馆,搬出去另住。而今也算儿孙满堂,该过舒心日子了。

元菁喜欢大姐的家。虽不很大,也有三进。院里有一口井，井水长年黑黝黝的。大门外挺了一棵老泡桐，树大叶肥，可以清阴半条街。也喜欢大姐夫的正派老成，爱喝着盖碗茶，听他聊草木虫鱼，咋个养、咋个画，名堂多得很。

这次去，元菁却发现，虽只一年多没见，大姐夫却颓然了许多，肩垮了，眼皮耷着，半天睁不开，见了小姨妹，话少而叹息多。

大姐的年龄，比元菁的妈还大许多岁。姐妹闲话，她把元菁半搂着，哄劝道，"妹子，总归嫁人才是个了局。请二叔再给你留心，多物色几个吧。督抚人家的儿子固然好，但也不一定，大致门当户对就可以了。"

元菁摇摇头。"多物色又能咋样呢？还不是隔着口袋买猫。天晓得是不是歪瓜、裂枣、臭脾气。"

"那你想的该是个啥样子？"

"这个不好说，跟元雨哥哥差不多也就可以了，心肠好，懂礼，肯念书，还会打几套花拳绣腿。"

"你说得，'也就可以了'，哈哈，方圆几百里，打起灯笼也就找得出这一个。元雨是在啥子家里长大的？开玩笑。"

"啥子家里，就很重要么。我要嫁的那个人，不是总督儿子？死得才像是笑话。再说了……"话到这儿，闭了嘴。

大姐红了眼。她两个儿子，已是为人之父，原先还过得去，这一年把，像是商量好的，一个成了赌鬼，一个成了烟鬼，烧银子不可计数，还半夜不落屋。天一亮就跟老婆吵，嚷着要纳妾。大姐管不了，大姐夫无力管，在这条街上，已成了茶铺里的龙门阵。

十九

元菁睡到后半夜，被一阵打门声惊醒。接着就是骂，开门的老仆被扇了两耳光，是赌输的大外甥回来了。他骂了不解气，还把院里的鱼缸也砸了。大姐、大姐夫像是没听见，屋里也不亮灯，等他疯。元菁忍了又忍，没忍住，就穿了衣服出来，指着他，厉声道，"你看你这个样子。当爹了，不晓得给儿子做表率。爹妈老了，你也不能让他们睡个安稳觉。枉自了！"

大外甥哈哈大笑，满嘴喷着酒气。平日他对元菁，还当个长辈看，这时已全丢到了一边。他也指着元菁，大声武气吼，"还没出嫁就当寡妇的女人，凭啥子来教训我？"说罢，又是大笑。

还没笑完，春红已踏前一步，冲他脸上就是左一拳、右一拳！左拳打在右脸颊，右拳打在左耳根。他啊呀了一声，四仰八叉地倒了下去，还滚了一滚，不动了。

元菁起初有点担心，随即就听到他发出一阵阵的鼾声，睡得非常之舒坦。大外甥媳妇也出来了，元菁就吩咐她把丈夫抬回屋，她莞尔一笑，说，"我哪儿抬得动。"转叫老仆打了桶井水上来，一头泼在丈夫的身上。"没得事的，他自己醒过来就对了。小姨妈，你先去睡嘛。"

睡到天亮，听见大门嘎吱响，元菁且不管，又睡。起床后，已经错过了早饭。院子里清风鸦静，砸碎的鱼缸收捡了，地上留着水渍。大姐夫已去了绸缎庄。两个外甥呢，还在睡懒觉？大姐笑道，"你又小看人了嘛，两兄弟一早就结伴出门，去了四圣祠街的教堂。"

教堂？那是做啥呢？元菁听得恍惚，觉得自己还没睡醒。

"做礼拜，做忏悔。"

给谁忏悔呢？

"给洋菩萨，洋和尚。可见呢，你两个外甥心里还是知错的……只是恶习难改啊。"

姐姐、姐夫也是皈依菩萨的，他们既然知错，为啥不去菩萨跟前磕头呢？

"就是嘛。我和你姐夫逢初一、十五，就要去大慈寺烧香的，叫两弟兄也去。他们走到四圣祠街，路过洋教堂门口，说是脚走耙了，没得力气了，就进教堂受了洗，还得了法名，一个叫保罗，一个叫约翰。还跟我说，妈，我们这辈子做不了好人，死了倒还能进天堂，你和爸也去洗了嘛。"大姐说罢大笑，泪珠子从眼角滴下来。

元菁就改了个话题，问那洋教堂有没有看头。

"看头嘛，还是很有看头的。六年前闹教案，教堂被老百姓毁了一半，又重新修建了。光是石头、青砖就用了几百万匹。说高，比我们刘家的金楼还要高。说宽宏，里边坐得下上千人。除了布道，还要唱歌，一个唱，千人合，唱得高兴了，又是哭、又是笑，汗水、泪水、鼻涕水全都出来了，比刘安赶场还闹热，闹热一百倍！你可以去看看，洋和尚还是很和善的，眼睛蓝得像猫眼，就当是看稀奇。我去喊轿子，再派两个靠得住的仆人随你去，过几个街口，眨眼就到了。"

元菁脑子一热，鬓角、腋窝都出了汗，赶紧说，热闹我就不去了，我最怕热闹了。我带了春红，就在附近逛逛吧。

"这条街上，有个关帝庙，是你去年就去逛过的。"

元菁听了，面露烦色。她说咋个到处都是关帝庙，想避都避不开，刘安就有两座呢。

"那你把成都府跑完，还不得气死，关帝庙隔几条街就有一座。说是祭祀关羽，其实是搭戏台子唱戏，也是图个闹热。我晓得妹子爱清静,就给你另指一个地方嘛,小关庙。"

那,就是修得小巧的关帝庙?

"关帝庙,又叫作老关庙。小关庙,是祭祀关平的。没几个人晓得,离这儿不远,其实我也没去过。你晓得关平嘛?"

元菁略知一二,就点了头,说,清静就好。

二十

出门前,元菁、春红吃了大姐留的豆浆、油条、洗澡泡菜、油酥花生米、咸鸭蛋。

主仆两个,一个绸缎,一个布衣,各梳了辫子,戴顶草帽遮住额头,春红肩上还挂了褡裢,从玉泉街往东北而去。大姐说,不远,见了路口,先往右,再往左,一顿饭工夫该到了。

小关庙街是条小街,周边僻静,已抵近了北城墙。她们头一眼看见的,竟还是关帝庙。庙门外,伫立两棵三人合抱的银杏,十分峭拔、轩昂。元菁从门洞朝里瞟了一眼,就走开了。只暗忖,大姐是不是弄错了呢?隔壁有家旧货店,门面不大,黑黢黢的,没一个买主,老板还算年轻,却悠闲自在,坐在门外喝盖碗茶,独自研究一盘残棋,手里拈了枚"马",晃来晃去,找不到地方下脚。

元菁看了看,替他指了一下。"马"落下去,老板拍手,"妙招。"抬眼笑道,"小公子,来两盘哇?"元菁笑而摇头。

春红嚷了起来,"小关庙街,到底有没有小关庙哦?"

老板就指了下斜对面,又笑道,"不急、不急。"顺眼望去,果然有座小庙,门口没植银杏,墙内却冒出森然的古柏,该很有年岁了。

春红气鼓鼓的,走到小关庙门口,忽然说,"那个老板吃啥子?火落到脚背上也不急。"元菁笑道,"急了就不是成都人。"

庙里还算宽敞,却已成了荒园。柏树的半截树干,还有屋顶、墙根,都涂满了青苔。蝉子哑巴了,树冠却站了几只黑老鸹,不时哇哇叫两声,让人冷丁发毛。春红握住元菁的手,重重地捏了一下,意思是,"小姐不怕"。元菁有点感激,又自忖,我怕么?

四下无人,但还是有一个人的。

他站在关平塑像前,拱手肃立。似乎肃立已久了,深深鞠了一躬,转过身子。

是个高挑、瘦削的少年。衣服泛旧，衣上、脸上有风霜色，斜挂了一张弓、一壶箭，像个赶路人，眉宇间，又带了点书生气。看见元菁主仆，他略微一惊，拱拱手，迎了过来。

春红踏上一步，大声武气道，"想干啥子？"

少年被问僵了，转着眼珠子，说不出话。

元菁赶紧抱拳说，"大哥不要见笑，他是新来的，不会说话。"

少年抱拳回礼。春红嚷了起来，"啥子新来的！我跟了你七年了。"元菁真想给她一个大嘴巴。

少年说，"这地方香火冷清，很少有人。每次我来烧香，都只看见我一个。"

春红又闹，"啥子一个？明明还有我和公子爷。"

"是啊，看见你们，就很亲热嘛。你们也是来拜关平的？"

元菁说，"路过，顺便看一看。"

"看一看，也是有心了。"

元菁点头。"关平是关羽的儿子，而且是义子，香火自然不会有老关庙旺盛。"

"我拜的，就是这一个义字。他跟关羽一起打仗，一起死，不简单。孔夫子讲仁，关羽父子行义。嘴上讲，容易，要行起来，就难了。好在关羽、关平都做到了。"

"大哥说得好。不知是从书上读来的，还是自己参悟的？"

"自小，我爸就这么跟我讲。"

元菁想问，你爸是做啥的呢？又觉有点无礼，就指着他的弓箭，改了口。"大哥的箭一定射得好，可否射一箭给我们开开眼？"

少年摇头。"射得不好，摆个样子罢了。"

春红哼了声。"摆样子？那还不如佩刀、佩剑啊。"

少年又让了一步。"佩刀、佩剑是好看的，弓箭是吓人的，走远路，也是给自家壮个胆。"

春红更不依了。"你说得！佩刀就不吓人了？还可以杀人呢。"元菁瞪了她一眼，她居然不怕，还回瞪了一眼。

少年再把春红打量一番，笑道，"这位大哥，像是会些拳脚刀法吧？"

"我不是大哥。你一口大哥，她一口大哥，你们都是大哥，我只算二哥。"

少年被逗笑了。"二哥露两手刀法看看嘛？"

春红却急了。"我哪有刀！我没刀。我身上从来不带刀。你咋个晓得我有刀？"

少年说，"这个不难。"他转回殿里，去刀架上取了关平的刀出来。这刀虽是摆设,却也是实铁,有丈二长,生着些红锈,但要砍人、砍豆腐,都不是问题。

"二哥,来。"他把刀递给春红。

元菁忙摆手制止,春红却已伸手一接。只听闷闷一声:哐当!刀落在地上,春红也摔了下去。她哪接得住,简直像一根铁打的城门闩。

少年叫声啊呀,赶紧来拉春红。春红气鼓鼓的,自己撑了起来,拍了拍屁股,大叫,"该你了,大哥,射一箭。"

"说好的,二哥先耍刀。"

"我耍了啊,只是没耍转。"

少年就把弓握在手里,搭上一根箭,看着元菁。"小公子,你说射哪儿呢?"

元菁吃了一惊,好像才回过神,随手朝柏冠上一指。"射只老鸹吧。"

少年摇头。"黑老鸹跟我无冤无仇,好端端的,我射它做啥子?"

春红呸了一口,骂道,"假仁假义。"捡起一块断砖,跑到最远的一棵柏树下,把砖立在草帽顶,喊道,"射嘛,射砖不算杀生。"

"我要射偏了呢?"

"那是我的命,活该。"

少年微微一笑，拉开了弓。拉得嘎嘎响。再眯了左眼，屏住呼吸，瞄准了断砖的中心。元菁就站在他边上，头上冒汗，双腿发抖，突然身子一软，倒了下去。

少年吓了一跳，丢了弓箭，左手搂在元菁腋下，右手在她腿上一揽，把她横抱了起来。"你没得事嘛，小公子？"

元菁闭了眼，一身软，说不出话来。

春红飞跑过来。"放下她！放下她！你这个烂人！"

少年又惊又怒，偏偏不放。春红就使出刘九教的两招，死命挥过去：左一拳，右一拳！

少年让了让，拳擦着他的脸颊，都擦出风声了，但是没打着。她骂了声"妈的×"，接着再打了两拳。还是没打着。

元菁似乎清醒了，身子被横抱着，能听到少年有力的心跳。她叹口气，喃喃说，"放了吧。"

少年把元菁稳稳放下来，向春红笑道，"二哥刀法不灵，拳头还可以，承蒙你心软，不然，我还能活着走出小关庙？"

春红又羞又恼，伸手在褡裢内捏住短刀，也笑道，"其实，二哥的刀法才不是吃素的。"边说，边把刀藏在腕后，噗地直刺少年的胸脯。

元菁听见春红大叫了一声！已被扭来转了个方向，跪倒在地上。少年另一只手捏着短刀，甩了几甩。"二哥，你也太狠了嘛。"

元菁赶紧抱拳，不迭声道歉。"这个蠢奴，是我没教得好。我请大哥去枕江楼喝酒，给大哥赔个罪。"

少年松了手，把短刀一转，刀柄递给了元菁。"这顿酒我是要喝的，先记着吧。我还有些事要做。"

"大哥是个大忙人……"元菁有点心欠欠。

少年盯着她的脸看，不说话。她脸腾地烧起来，颧骨上的小雀斑红黑发亮。"看我干啥？没见过这么丑的人？"

"不是。"他吐了两个字，伸手在她眼皮下一弹！一个小东西落了下去。

春红捡起来，摊在手心上，是一只很小的苍蝇。她冷笑道，"还说不杀生。"

"苍蝇害人，何况飞到你家公子的脸上。"

元菁倒是平静了下来。"飞到我脸上怕什么。你晓得成都人咋个说雀斑？苍蝇屎。"

少年哈哈笑，还伸手在她颧骨上拍了拍。"小公子是太秀气了，有几颗雀斑，长了几分英气。"

"我有英气吗？"她瞪着他。

"岂止英气，简直是杀气，我有点怕你呢。"少年抠了抠头皮。

"你会怕我吗?"元菁莞尔一笑。"我不信。"

"你一笑,我就不怕了。"

"真想请大哥去枕江楼喝酒……"

"改天吧,我来请。枕江楼我是请不起,小公子不嫌弃,就喝苞谷酒、啃锅盔。"

"那也很好啊……"

"我就先走了。"

"大哥忙,改天我们聚。"

"改天聚。小公子贵姓呢?"

"……"元菁一时语塞。春红眼珠滴溜溜转,看看她,又看看少年。

冷了片刻,少年拱手笑道,"我爸说,天下说大不大,要遇还是能遇上的。二哥回家倒杯烧酒,点燃了,擦擦膀子,消肿的。小公子多保重。"说罢,大步出了庙门。

元菁还怔怔站着。

春红捏着膀子,哼哼道,"算他运气,差点就被我两拳打翻了。"说罢,捡起少年遗落的一根箭,咔嚓折为两截。"活该。也算替小姐出了一口气。"

"出啥子气?"

"他抱你,死活不放。"

元菁又羞又恼,喝道,"该挨耳光了,张口就乱说。"

摊开手，收了两截断箭，放进了褡裢里。

二十一

元菁在大姐家熬了七天，总算回到刘安。

她把断箭取出来，细心擦拭了一遍。找来自己吃饭的筷子，从中间剖开，夹住箭杆，用细麻绳紧紧缠了起来。断箭接上了，中间鼓了一节，分量略沉了些，却也很好看，手摸着也是舒服的。箭头是铜，磨得很尖锐。箭杆是斑竹，尾巴上一簇灰羽，看不出是鸡毛还是雁毛。

她又缝了一根米色布袋，把箭盛了进去，袋口再插了一只干莲蓬，斜挂在帐钩上。

"小姐这是干啥呢？"春红问。

"镇宅啊。"

依旧去西院里看护花木，锄杂草，捡落叶。二大老爷书房的后边，有一棵大柏树，是从村子里买了移栽过来的，也是很有古貌了。元菁忽然叫春红，去站在柏树下，她自己退后，闭上一只眼，瞄了瞄，笑道，"那天他射你，你就没一点怕？"

"怕啥子。做奴才，不就是替主子挡箭的么？"

"替我挡箭?他又没射我。"

"他要射你,就晚了。"

元菁听了,嘿嘿地笑。

夏天她没有出过刘府。有走动,也就是从东院走到西院做花农。春红听了花农二字,很是不服。"天下有这样的花农!穿的绫罗绸缎,吃的山珍海味,身边奴婢成群,锄把是西岭的金楠做的,锄头是马打铁拿金子打的,流的汗也是胭脂香汗……"

"你在唱歌哇?"

"鹦鹉学舌罢了,洗衣娘的屋里听来的。"

"那个马打铁,是个啥子掌故?"

"马打铁不是掌故,是刘安的一窝打铁匠。刘安的人,小姐认得的太少了。"

"……"元菁说不出话。认得人多,又有何益?认得该认的人就好了。

几件小事

二十二

长夏过了。入了秋,有几件小事可以记下来。

一是元雨结交了镇上的打铁匠、锅盔匠。元菁对这个没兴趣,但见哥哥一脸少见的喜滋滋,也替他欢喜。

在元菁看来,哥哥只有姐妹,没有兄弟,良善而少刚硬,她和五个母亲都替他担忧。二叔在一封家书中,有几句话就是专讲元雨的。二叔说,生于深宅之内,长于妇人之手,是没有出息的。天下初安,但接着还会有乱世。子弟如若孱弱,甚或纨绔,一定金玉满堂、莫之能守。倘找不到好法调教元雨,就把他发过来,我这儿有的是苦吃,吃几年,他就壮实了。切记,晚了,追悔不及。

大老爷读了信,闷了几天。元菁试着问伯伯,二叔家的堂兄们咋样呢?

伯伯想了想，苦笑道，"各有各的难处。"

元雨此后，确乎改变了许多。有一天跟刘九交手，竟一脚把他踢翻了。

刘九问，"这一招我不会，你从哪儿学来的？"

元雨说，朋友指点了半招，我悟了半招。

刘九就说，"好，出师了。"

但元雨事后却对妹妹说，我觉得才刚刚入门呢。

元菁说，"可惜我不会喝酒，不然，我敬哥哥三大碗。"

元雨说，"可惜你不是弟弟，不然，我带你去跟他们一起喝。"

元菁笑着摇头。

还有一件，是谈江山辞馆，去了成都。他说，省城高等学堂有信来，聘他去当首席讲习。做刘府塾师的约定，只好打断，非常有愧，愿意不拿酬金，空手出门。

大老爷也不挽留。只是说，谈先生的大好前程，咋能耽误。吩咐周总管家，酬金断不能少，且要加倍。谈先生说了惭愧，也不推辞，欣然受了。大老爷又说，刘家对得起谈先生，今后倘若刘家有难，但愿谈先生可以搭把手，帮一帮。谈江山笑道，这个自然。

周总管家则劝谈江山再等十来天,刘府有一队骡车去成都,一起走,以免路上风险。谈江山不想等了,还笑他人老多虑。

"川西民风柔靡,穷、愚而不自知,且耽溺于享乐,我倒是巴望此地多几分悍野气。"这是谈江山给刘安的一个小结。他去镇头定了一辆独轮车,又名鸡公车,把行囊扔在前边,自己岔开两腿挤上去,就叽叽咕咕往成都而去了。

周总管家目送鸡公车开拔,还冲着背影喊了一句,"到了报个平安啊。"谈江山并不回头,只挥手摆了一摆。

第二卷

厚背宽刀

锅盔夜宴

一

小一备了锅盔宴,回请元雨。大逯抱来一坛堂爷爷的苞谷酒。小一又将三个冷锅盔,切作十二牙,拿到巷口小饭馆,点了个蒜苗回锅肉,放入锅盔一起炒。锅盔饱浸了豆瓣、酱油、肉汁,烫烫的,咬在嘴里,比肉还巴适。

酒桌就安在门口的古槐下,打烊之后,借着月色和店堂斜射的灯光,吃喝着,摆起龙门阵。

何老头何道根,新打一炉锅盔,亲手端来,又陪了一碗酒,自去楼上安歇了。

元雨跟他已算熟人,称之为何老伯。刚才看他抽打面团,墙上的擀面棒逐一用了一遍,下手非常之快,而又棒棒均匀。即便是那根铁棒,很是沉重,但面团被抽之后,反倒更为舒展、软弹,不觉暗赞,难怪人要说,锅盔好吃,首要是打得通透，馅还在其次。

譬如今晚，元雨吃的头一个锅盔，就是没馅的，一口咬了，满嘴都是麦子香。

大迯自然是吃肉馅的。小一说锅盔吃腻了，煮了几根苞谷棒，横在手上啃。

元雨问小一，"你家的锅盔，是不是祖传的手艺？"

小一笑道，"我爸是第一代。如果我儿子今后也打锅盔，就该算是祖传了。"

元雨欲言又止。小一说，"我晓得你想问，我爸祖上又是做啥的？说出来，吓你一跳。"

"做啥？"

"刽子手。"

元雨一愣，哈哈大笑。"是有点吓人。黑灯瞎火的，我差点以为是真的。"

"是真的。"

元雨看了看大迯。大迯自顾自喝了半碗酒，兔唇上还悬了一大滴。他点点头，还拿大巴掌在元雨的后颈劈了下，咕哝道，"咔嚓。"

元雨哆嗦了一下。凉意化成鸡皮子，从后颈布满了全身。"砍人头的，还有世家么？"

"王侯将相，是有种的。七十二行，也不例外啊。各安其位，这世上也就太平了。倘若有人不安其位呢，穷人抢富人，小偷钻人家的窗，强盗持刀去拦路……所以，就得把他们抓起来。罪顶大的，就是死罪了。这就用得上刽子手。不然，罪人都在大牢吃闲饭，官仓也会吃空的。天干地旱，农民都甘愿去坐大牢。官老爷咋个办？只有请刽子手动刀了。"

元雨听了，心头一松，笑了。"这些歪歪道理，你是从哪儿听来的？"

"闲来无事，自己心头琢磨的。"

"不是哪本书上看来的？我晓得，你是识字的。做刽子手，都得识字是不是？"

"那倒不是。刽子手识得一个字就行了，也不是字，是官老爷用朱笔画的一个勾。"

"勾？啥意思？"

"拉出去，宰了！"小一说罢，看了眼大逯。大逯一惊，瞪圆了眼珠。元雨赶紧把脖子缩了缩，连连摇头。

"你不信？"

"信、信、信。"元雨说罢，又不甘不愿，补充一句，"咋个敢不信。"

小一哈哈大笑，把酒碗端起来。"刘少痛快！喝一碗。"

"慢。"元雨应了一声，却又把碗放下了。"你摆得闹热，当玄龙门阵下酒，这是可以的。要让我信，还是难。"

"咋个才信？"

"凭据。"

小一起身，说，"等等。"他进了屋子，猫一样上了楼，又猫一样下了楼，没半点响动。手里捧着个裹了旧布的板子。

二

大逵把酒桌收捡了一下，小一把板子放上去，闷闷一响。解开旧布，露出一把刀背很厚、刀柄很长的宽刀。刀背上，还串了六只铁环。小一把刀托起一半，让元雨细看。

"刀身二尺一，刀柄一尺，刀背三寸。刀口没开过，没刀锋。砍头时，双手握刀，全凭手快、力气大。像大逵这种人，不想打铁了，做刽子手就很合适，反正，我是差了点。"

元雨也把手伸到刀下，托了托，不是一般重。他也练过刀剑，相比起来，就轻如鸟毛了。

"咋个没有刀鞘呢？"他问。

"这个，我也问过我爸，爸说，正大光明。刽子手上刑场时，腰间系根红肚带，刀就斜插在背后。骑马时，斜挂在鞍边。"

元雨点点头。"懂了。刽子手替天行道，不使阴招。"

小一立刻驳他。"乱说。替天行道，都是草寇、土匪打出的幌子。刽子手要杀个人，不容易。春天，一层层报上去，抵达天庭后，圣恩允了，又一层层报下来，这就已是秋后了。"说着，他唔了声，又用鼻子感受了下秋夜的凉意。"差不多就是这些天，麦子熟了，稻子熟了，酒也熟了，适合砍头，上路不当饿死鬼。"

元雨哆嗦了一下。

小一看他一眼，"你要怕，我就不说了。"

"你说，我想听。"

"好嘛。我爸说，自他记事起，就晓得高祖爷爷是成都府东门的刽子手。行刑时，死囚要被架过一座小桥，俗名落魂桥，拖到东较场的荒地里，绑在木桩上。先喝上路酒，吃菜包子，这个要管够。之后，高祖爷爷就舀一瓢冷水，淋了刀，再用冷水浸了手，在他们后颈窝拍一拍。他们红着眼窝，泣声道：'何爷，给你添麻烦了。'高祖叹口气，答一句：'不客气。'双手把刀高高举起来，刀身发抖，六只铁环哗哗地响。他老人家是在运气啊。力气、力气，力从气生。一刀斜劈！脖子带木桩一齐断开，飞到八丈外，还要再滚几滚，才见到血咕嘟嘟地流出来。看热闹的人山人海，踩着脚板大声喊:'痛快啊!'灰尘飞得好高,太阳都看不清楚了。"

元雨却又听笑了。"讲得有板有眼,好像是你在杀人啊。对不对,大遂?"

大遂已半醉了,但嚼着牛肉锅盔,口齿比平时还清晰。"不对。做刽子手,小一没胆量。"

小一摇摇头,指着大遂。"够兄弟,只说老实话。"

元雨给小一把酒斟满,示意他接着说。

"我高祖爷爷之后,曾祖爷爷也做了刽子手。不过,到了我爷爷,就改了行。为啥呢?爷爷十八岁时害了场大病,百药无效,抬到昭觉寺,等死。吃了三天斋饭,却好了。于是发了愿,一辈子恩怨分明,不杀不明不白之人,要做到方丈写给他的五个字:刀下无冤魂。爷爷就扛着这把祖传的屠刀,转行做了镖师。也就是去镖行挂个号,人家有镖要押了,就招呼他一声。赚的钱,跟镖行五五分成。我爸子承父业,自然也是做镖师。不过,祖传的刀法,只有一招,叫作迎风斩。做刽子手,自古一刀斩,哪兴说砍第二刀?这押镖路上,一招就不够用了,倘若迎风斩了个空,就要大难临头了。我爸就夫拜师学艺。"

元雨想到了刘九,止不住插话,"那该是顶好的名师吧?"

小一哼了一下,"那还消说。师父是红照壁状元街的小白老先生,他老人家当年就已过了七十岁,如今已经不在了,是被我那个吃肥肠锅盔的师叔气死的。这个暂不多说,为尊者讳嘛。小白老先生壮年时,做过总督府的总武师。后来进京闲逛,找人切磋,把恭亲王的师父打残了。这就结了仇家,京里站不住了。他就回成都,设馆收徒弟。他还识字,爱念诗文,喝了酒,吟四言八句。腊月间,还要亲手写春联,分送徒子徒孙。所以,成都城里,习武而被尊为先生的,就只有他一个。他跟我爸说,押镖的饭,不能吃到老。我看你憨,也不算太憨,肯下苦功夫,就会有变局。你去考个武秀才吧。武秀才而武举人,一步步上去,何家就算翻身了。好不好?我爸点头如捣蒜,恩师的话,咋敢说不好。"

说着,小一喝口酒,润润喉咙。"你们没听睡着嘛?"

元雨正眼巴巴等着,赶紧给他添酒,又作揖。"太巴适了,咋个会睡着。你爸那年好多岁?"

"二十,二十还差点。他要念书,家里又穷,咋办?好在大慈寺南边有条义学巷,巷子里很有几家义学堂,是来成都候补的闲官们发善心办的,分文不取。我爸去听了半年,可一翻开书本就打瞌睡。"小一瞟了眼大逵。"跟大逵是很有一比的。"

大逵不服,咕哝道,"我还是念过'人之初'的……"

小一不理他。"到了考武秀才的时候，我爸的弓马、拳脚、刀枪棍棒，都是没得说的。随后就要写一篇小文章，他抠破头皮，胡诌了二百字，自己也晓得，起码一百个字是错字。自然，就栽了。我爷爷笑了笑，说，认命吧。小白老先生叹口气，也说，算了嘛。可我爸倒犟了起来，偏偏不认命。"

元雨一拍桌子，嘿嘿笑道，"他是要你考。难怪你读书多。"

"你咋晓得我读书多？"

"我听见你师叔跟你爸说，他担心你读书读迂了。"

"他管得宽。"

"那你想不想考呢？"

"不想考。"

"你是怕也栽了？"

"写篇小文章，我其实是不怕的。"

"怕比武？"

"比武就好了。可惜不比武。一排考官坐着吃茶，考生逐个走到他们跟前，自己拉开架势，挥拳踢腿、舞刀弄剑。考官看谁顺眼了，打个√。看谁不顺眼，打个×。简直他妈的开玩笑。"

"比划看不出武功吗？"

"这种比划,跟戏班子演戏没有啥区别。武功是杀人技,说穿了,就是把人往死里整。"

元雨打了个哆嗦。"嚯,好狠。我还以为你菩萨心肠呢。"

小一又哼了哼。"倘若我替你们刘家押十万银子上成都,途中有匪劫镖,我百步之外就要射他一箭了。菩萨心肠?人死镖亡。"

"……"

"我爸说过,习武的人,一是要行仁义,一是要分得清恩怨。我爸是个粗人,说的话倒句句入理。难怪师叔何等张狂,也是服我爸的。"

"你师叔武艺一定很高了?"

"他除了不会迎风斩,啥都不在话下。"

"那他咋不学呢?"

"祖传的刀法,不传外人。师叔懂得这个,从不来讨教。"

"哦……这个迎风斩,你一定是会的吧?"

"我会六七成,不如我爸。不过,我爸自己说,他比我爷爷,也要差一篾片。一代不如一代啊。"顿了顿,小一端起酒碗。"至少,我喝酒比我爸厉害。他是抿一口都要从脸红到脚背上。"

元雨陪他喝了一口。"酒多误事。他一定是个好镖师。"

"这个是自然。做镖师,他是宁愿舍了性命,也要保全东家的货物。十几年前,他押镖走梓潼道,出剑门时被劫匪砍掉了右臂……不然,何家今天还在吃镖行这碗饭。"

"天……那年你好多岁?"

"才一岁多。好在有师叔,他就在离刘安三十里的鸡公山鸡脚寺当大和尚,俗家姓万,出了家,给自己取了个法名,叫作一了法师。万事不在话下,得行得很。他拿香火钱在刘安买了铺面,把我们父子接了来。我爸说,用这个钱,我心头有点不踏实。师叔说,香火钱是捐给观音的,观音是救难的,你们有难,我救你们,有啥不踏实?我爸没奈何,念了句阿弥陀佛,只好住下了。我家先卖杂货,亏了。又开面馆,也亏了。最后才是打锅盔。打锅盔没啥子手艺,眼见之功而已。我爸带我去县城里进货,图俭省,又耐得饿,就顿顿去西街吃锅盔。等锅盔出炉时,我爸就站在灶台边细细看,再笨,看也看会了。再说,锅盔好吃,全凭打,靠耐心和力气。这两样,我爸都不缺。我十岁时,何锅盔开张。好几年了,也算有点小名气,就连刘少也拿它做点心。二天,真的该算锅盔世家了。"

"一了法师我是见过的,好俊美的一个大和尚。"

"我爸说,他要是丑点,早该得道了。作孽。"

"这又为的啥?"

"我说了,要为尊者讳嘛,嘿嘿。不过,我跟我爸不同,觉得师叔咋个高兴咋个过,也是好得很。"

元雨已有醉意了,迟疑了一下。"还有个事,我,不晓得该问不该问……"

小一随口就应了。"是问我妈妈吧?她死了,生我的时候大出血。"

元雨默然无语。两人一时找不到话说,就小口喝酒。

镇上的铺子都关了。窗口灯光逐一熄灭,好比一只只睡眼闭上。大逮已然全醉,趴在桌上打起了鼾。刘府传来几声犬吠。夜风自斜江远远吹来,不冷不热,密实有力,仿佛空气中有浩浩的江水。

元雨终于找到了一句话。"小一,舞一回刀来看看吧。"

小一嗯了声,去桌上取刀。刀却被大逮压死了,抽了几下,竟没抽出来。"算了,改天吧。"

他进屋煮了一锅酸菜粉丝汤,端出来给大逮、元雨醒酒。

三

过了两天,逢场。刚放了午炮,元雨就匆匆来锅盔店找小一。

　　店里正忙，门口堆满了顾客。何道根用左手不停抽打着湿面团，小一更忙得挥汗如雨，烤锅盔、出炉子、卖锅盔、收钱，连揩把汗的工夫都没有。他瞟到了元雨，问了句"啥子急事？"

　　元雨忙摆手。"不急不急，我等你。"

　　"等？不要抄起手干等啊，你看我忙得！"

　　元雨赶紧挽起袖子帮忙，却又手足无措，不晓得该做啥。小一又瞟他一眼，说，"收钱，递锅盔。你也只会做这个了。"

　　忙了半个时辰，店里终于清静了，三个人坐下来，撕了锅盔，喝老鹰茶。

　　小一说，"我认识大逮，就是马爷爷过生，他来买五十个牛肉锅盔。一边等，一边帮我爸打面团。差点把台子都打垮了，他以为还是在打铁。"

　　元雨一口茶在嘴里，笑得呛鼻子，咯、咯、咯咳起来，脸都涨红了。

　　"说你的事吧，不是烧了马棚、谷仓嘛？"

　　元雨连连摇头。

　　"就是起火了，也不要来找我。我爸请瞎子给我算过命，我是属火的。救火，要找属水的才对。"

元雨终于缓过气。"不跟你啰唆了。来了两个摆摊卖艺的人，就在见山楼下边的空坝上。却又不卖艺，是摆了个擂台，找人跟他们打。"

"哦？"何家父子都来了兴趣。

"他们牵了头肥猪来，说谁打赢了，可以把猪儿牵回家。"

"那打输了呢？倒给一头猪儿哇？"

"猪儿他们不要，只要输家跪下来，学两声猪叫，喊一声爷爷。"

何道根骂了声，"这龟儿子的！"骂完，又很无奈，不说了。小一也骂了声"日怪"，又问，"他们的本事如何嘛？"

"还可以，该比刘九强两分。"

"那就是跟你差不多了嘛？"

元雨的脸红了红。

"你想跟他们打，又怕打输了，丢刘家的脸，对不对？"

元雨点点头。"我实在气不过，所以来找你……"

何道根猛地咳了一声。又咳了一声，端起茶壶冲了一碗茶。

小一就笑了。"你是想让我跟他们打？我要敢打，我爸不打断我的腿。"

何道根哼了哼。"腿断怕啥子，你坐个高凳子，照样打锅盔。"说罢，把茶碗一顿，上楼去了。

小一就冲着楼上叫了声，"不打不打，我就是陪少爷看一盘热闹。"说着，拍拍元雨，两人就往见山楼而去。

见山见掌

四

见山楼下，隔了壕沟、吊桥，有三亩空坝子。逢年过节，刘府会请来舞狮子、舞龙的，跟镇上人家一起大闹热。坝子边沿，建有一个戏台，赶场天，有草台班子来演出，滚灯、吐火、变脸最受欢迎，百演不厌。大老爷六十寿辰时，还专门从成都请来了三庆班，唱足本的《柳荫记》《琵琶记》《金银记》，轰动不止百里，就连斜江渔民、西岭樵夫也来了。九斗碗在院墙下摆了一圈，随便吃，随便喝，天都喝红了。至今上年纪的人，还冲着孙子辈叹息，"你娃没有赶上好时候，大老爷过生，除了喝酒吃肉，就是烟馆也随便进，烧一夜云土，银子都记在刘家的名下……啧啧！"

"那妓呢，是不是也随便嫖？"

"随便嫖，只要你出得起银子。妓女的身价也涨了五六倍，普天同庆嘛，对不对？"

"咋敢说不对。大老爷定下的规矩……可惜了。"

有啥可惜呢。而今，刘安依旧是好日子。空坝边上，除了戏台，还开了酒馆、茶馆、杂货铺、小客栈。坝子里，总有人摆摊，卖草药、灵芝、人参、假人参，还有獐子、麂子、熊掌、老虎皮。也不缺算命、卜卦、代写书信的。拉二胡的老头从没把音拉准，卖唱的姑娘声音都哑了，也不晓得她唱的是啥子。不时也有人来使枪弄棍，必先拱手自嘲，说自己花拳绣腿，无非挣几个稀饭、锅盔钱，见笑、见笑。

摆擂台的，这是头一回。

元雨和小一赶到时，坝子已被人挤满了，颇像木盆里插满了筷子，一点缝隙也不见。只听里边两声锣响，几声猪叫，有人在哈哈大笑，吼叫着：

"乖孙子，回家再练十年，下回赏你一只猪耳朵！"

人群起了哄，有人尖叫，有人跺脚，灰尘扬起一大片。随后，一个汉子从人群的脚杆之间，爬了出来。小一把他扶起来，看他满脸是鼻血，伤得倒还不重，只是额头上沾着灰尘，还破了皮，一脸的惨相。

他看见元雨，还认得是少爷，又扑地磕了一个头。元雨气得脸发青，别到一边，不看他。他说，"我给刘安丢脸了，我就是为了不给刘安丢脸啊,不是为了猪,少爷。"

小一笑道,"啥子猪少爷?是刘少爷!当心再吃两耳光。"元雨也笑了,笑罢更气,叫了声,"让开。"

人群鸦静下来,硬是挤出一条道,把元雨和小一让了进去。

里边却空出了一个圆环来。两把从茶馆拖来的竹椅上,坐了两个壮男人,都把辫子盘到了头上,又裹了厚实的黑帕。椅腿上,拴了一头黑毛肥猪。两人也不起身,乜眼看着元雨、小一,嘴角翘起笑意。

猪儿也笑眯眯看过来,哼哼地叫了叫,似乎很欢喜。

年长点的男人说,"回去吧,我们不打小娃娃。"是成都口音,似乎比何小一还地道。

年轻点的男人就指着元雨。"想吃猪肉,拿一百两银子来。我看你不像个缺钱的公子爷,何必来讨打?"

元雨把拳头捏得出了汗。小一却笑道,"我清早做了个梦,刘安来了黑大、黑二。走拢一看,还有黑三。"他指了下黑猪,抱抱拳,"三位大哥,失敬了。"

一坝子的人都笑了。

黑大递了个眼色,黑二就起身朝元雨走去。他的个子,比元雨高了一个头,赤膊上还刺了条青龙,十足的凶相,但嘴里却是很客气。

"请教公子爷,尊姓大名呢?拜的哪一位师父?学的哪一路拳法?"

元雨抱拳回礼,正想着如何回答,黑二已一脚踢在了他胸口上!

他翻身倒地,滚了一滚,撑了起来。但还没站直,黑二又一脚踢来!还是胸口上。

这一脚更狠,元雨喷了一口血,瘫了。但黑二不饶,伸手缠住他的辫子,提起两尺高,大叫:

"磕头!"

猛地按下去。众人哇哇叫了起来,全都僵住了。

黑二突然脖子一硬,啪!直愣愣先栽了。

小一用掌劈了他后颈。

黑大虎地站起身,一脚把竹椅踢了个稀烂。他指着小一骂,"龟儿子!想要二打一?"

小一皱着眉头,拿左手揉着右手,咕哝道,"哪个在二打一?明明就是二打二。"

"好。"黑大嘴里应着,一拳已经打向小一的面门。他比黑二更魁梧,却又更敏捷。小一头一歪,避开了。但黑大紧跟一步,双手一拦,竟把小一横抱了起来,举得高高的。

"我 × 死你妈哦。"黑大死命把小一一摔!如果是头猪,是头羊,恐怕就摔得稀烂了。然而,小一像一只猴。倒地的时候,是松软的,紧接着一弹,跳了起来。

黑大还没有回过神,颈子上已被劈了一掌。紧接着,又是一掌!再是一掌!一共是三掌。他晃了晃,终于没有倒下,恨恨地站稳了。

人群也在发愣,似乎都没看清发生了啥子事。

刘九带着一队家丁,也在院墙上观看。元雨走进坝子时,他是看清楚了的。正寻思该不该阻拦,元雨已被打倒了。他带着家丁冲下来,一声破锣响,好戏已经收场了。

元雨拍着衣服上的灰尘,冲刘九挤了挤眼睛。小一说,"扶两位黑爷进茶馆歇口气……是平手。"

刘九把小一细细打量了一回。"我听麻爷夸过你。"

小一摇头,笑道,"麻爷心肠好,总说人好话。"

元雨说,"你刚才的掌法叫什么?"

"我也不晓得,逼急了,随手一斩。"

"随手一斩?有意思,有意思。"元雨嘿嘿笑,又四下寻找两个黑爷,想看看他们的脖子,但早就不见了。人群也散了,他们怕刘九,平日见了他,都是躲开几步,绕着走。

只有那一头黑毛肥猪儿,还在空坝子里溜达。

五

元雨说小一,"迎风斩,你说自己会六七成。晓得你差了哪三成?"

小一反问他,"哪三成?"

"二成气力,一成狠。"

"何以见得呢?"

"我已经见过了,哈哈哈。"

"哈哈哈哈!"

两年后

六

元菁窗外的梅花、李子树之间,养了一大缸荷。

荷叶不大,夏天放出花来,却肥硕惊人,且不是粉红,是厚腻的红,扑满了白粉。花蕊是湿湿的,宛如涂了蜜。香味也浓,跟酒香一样,是五谷酿熟的新酒。元菁早晚看之不够,还请伯伯和哥哥来看过。

大老爷看着荷花,笑呵呵的。后来,忽然不笑了,也不说啥,转身就走了。

她问元雨,是不是我惹伯伯怄气了?

"咋个会,伯伯怄天下人的气,也不会怄你啊。"

那他咋不高兴了?

"没人时时都是高兴的,就算你富有天下,长生不老。除非,"元雨笑了笑,"你是个傻子。"

元菁就暗忖，我不想富有天下，不想长生不老，只想一天天如此这般过下去。大概，这就算一个傻子吧。

荷花结了莲子。莲子老了，也是厚实、紧扎的。她挑了一支坚挺的，跟断箭一起插在了布袋里。

莲米都抠了出来，撒进西院的大池塘。大池塘开出很多的荷花，也是好看的，却是平常的好看。

这缸里，从前是有鱼的，两条小金鱼，一黑一红，红如红宝石，黑如黑宝石。虽没人见过黑宝石，但倘若有，就该是这般的黑亮。

鱼是大姐回娘家探亲时，送给妹妹的，来自杭州绸缎庄的一个老主顾。家里人见了这两条鱼，个个啧啧称奇，眼睛都亮了。可元菁有点不愿养，她说，"太名贵了嘛，万一没养好，有个三长两短，咋个办？"

大姐说，"咋会呢。金鱼再名贵，有妹妹名贵吗？你咋个养自己，就咋个养鱼吧。"

养了三天，果然就出了事：大黄猫把金鱼捞起来吃了。

元菁气得把大黄猫的脚绑了，系在李树下，吩咐春红拿毛线签子往死里抽。

春红却不愿当刽子手。"猫是大老爷送的，鱼是大小姐送的，都是宝贝。猫吃了鱼，你打猫。要是鱼吃了猫呢，你也打鱼吗？好笑。"

元菁更气，却扑哧笑了。"死丫鬟又说疯话，鱼才多大，能吃得了猫？"

春红不服，理直气壮道，"大的鱼小姐没见过。"

"三斤，还是三十斤？"

"小姐的眼界，也太小了些。我舅舅家一代代在老娘滩打鱼，爷爷的爷爷的爷爷，有一天雾里行船，漂到了滩外，啥也看不清，听到轰地一响，好大一个浪子打过来！老头子以为必定船翻人亡。结果不是浪，是条鱼，扑到船上就死了。他把鱼载回去，用鱼骨做了梁柱，鱼鳞做了屋顶，鱼眼做了龙灯，鱼头做了船篷，还把鱼尾巴拆开做了篱笆。你说有好大？"

"鱼肉呢？你咋不说鱼肉。"

"鱼肉做了一大片肥田，油黑黑的土，种稻子，一年收三季，打的谷子吃不完，一船船载到刘安镇，大老爷谷仓装不了，又运到成都卖给总督府……天大的好事啊。"

元菁笑笑。"好是好，可惜是个梦。"

春红叹口气。"舅舅做梦都想有块田，二辈子不做渔民了。"

七

今天是中秋节,晚上自然是要吃月饼。这是元菁引以为苦的事。月饼油腻、过甜,咬半口也要皱眉头。她吃过一回哥哥给她的何锅盔,咬了小半块,说不上喜欢,但实心、不带馅,勉强能下肚。

但,为了伯伯欢喜,月饼还是要吃的,至少啃一个。为了有胃口,早饭后她挑了把大锄头,到西院恶狠狠挖泥巴。

春红说,"小姐,这是收割天。你要播种哇?"

元菁说,"播种。"

"种啥子呢?"

"种……是啊,种啥子呢?"

她把锄头扔了,一屁股坐在草地上。阳光灼灼的,她闭上眼,有点眩晕,有点累,也很舒服。

快晌午,有个老婆子来报,说春红的表姐来府里送两筐鲜鱼,想顺便见她一面。

春红有点惊讶。"平日舅舅家送鱼,也轮不到她啊。"

元菁说,"姐姐既然是来了,你该去会会的,再送一包月饼。"

元菁回屋时,看春红正趴在树下水缸边,呆头呆脑地笑。也凑过去看了看,水里有了两条鱼。鱼很小,时而不动,时而一激灵,在荷叶杆之间穿来穿去,快如箭矢离弦而飞。她竟然也看呆了。

春红说,表姐这两筐鱼是舅舅天不亮撒的网,全是小鱼儿,杂得很,叫作杂拌鱼,熬汤还是好喝的。这两条是菜板鱼,长不大,也不名贵,但欢蹦得很,表姐说你拿给小姐养了看耍吧,讨了她欢心,今后她嫁人做太太,你做妾,生个娃娃做少爷。

"她敢这么说?"元菁有点不信。

春红笑道,她没啥不敢的,说得比这个还要野。

"今天咋是她来送鱼呢?你说从来是舅舅送。"

春红又笑,舅舅累了,两个表哥还没起床,昨晚一个烂醉,一个赌到天亮,输得精光。

"天下老鸹一般黑。"

春红就学着舅妈的口气说,我两个儿子算好的,又不偷又不抢,脾气坏是坏,人不坏。

"妈的,天下母猪也是一般黑。"

春红拍起巴掌来,小姐骂得痛快啊,你连大小姐也骂了。下次我去告诉她,让她赏我一匹缎子,赏你一耳光。

元菁不再理睬她,又低头看鱼。鱼在戏玩,相互碰着、摸着,很是亲昵。一条纯黑,一条青灰,额头上还各有一块白斑点。"真像是两姐妹。"

春红哼哼，说，两姐妹？我咋看像一主一仆呢。

元菁笑了笑。"反正不是我和你。我看也可能是两兄弟。"

春红依然不服，叽咕道，两兄弟有这么亲热的？一公一母还差不多。

"……"元菁想骂她两句，又懒得骂了。

水浒里，哪个最厉害？

八

虽是中秋，却不逢场，午后的镇子冷清清的。何家父子打烊后，吃了饭，老头去楼上打盹，小一洗刷了锅碗，就坐在古槐下，就着老鹰茶，拿了本书随便翻。

阳光是火辣的，树下却有一点阴冷，这个倒不妨，他觉得正舒服。但书翻开，却没看进去，觉得槐荫落在头上、脖子里，痒痒的，走神。抬起眼皮，巷口有个人正朝这边看。见他抬头，这人就朝他招了招手。

不是元雨，也不是大逵，是个黑衣女子，可也很像个漂亮的少年。衣服是黑的，皮肤也是黑的，两只大眼闪闪发亮。

"吃锅盔！"小一叫了一声。

她走过来，肩上还挑了两只空扁筐，一双大脚、十根脚趾，在草鞋里很是舒坦。

"我要吃锅盔，但我没有钱。"她嗓音有点沙，沙而厚实。

"没钱？这个怕是不行哦。"小一笑道。

"我拿月饼跟你换。"她坐下来，把一个红纸包往桌上一顿。"一换十。"

月饼大概有十二个，包得讲究，还用细纸绳捆了起来，紧扎、好看。有几滴油从纸中浸出来，像小朵的云。

"可以啊，一换一。"

"凭啥子？"

"锅盔就是我的月饼，天天吃。你那个，不稀罕。"

女子气得脸烧红，红在黑脸蛋下燃烧，透出黝黑黑的光。"这两年，打鱼的、砍柴的，都在夸打锅盔的小掌柜，有肝胆，有仁义，砣子又硬。哼，啬家子一个。"

小一傻了，脸也烧起来，本来是白皙的，烧出两片红。"不要乱讲，大姐……"

"啥子大姐！我不见得比你大。"

"好嘛，小妹。"

"啥子小妹！我一天打的鱼，比我两个哥哥还要多。"

"那……好嘛。我听不懂你刚才说啥子。"

"你不是几掌打翻了两个大汉嘛？"

"玄龙门阵,信不得的。我请你吃锅盔,白吃,白喝。"说着,提起茶壶冲了一碗老鹰茶。

"好喝。"女子一饮而尽,嘴里叭叭地赞。她上唇有颗痣,黑豆子一般,茶水粘在上边,也是好看的。

小一定了定神,去灶台上取了两张锅盔。"你腿咋个了?"女子突然叫了起来。

"昨晚在马打铁吃饭,几个铁匠醉了,硬缠着我切磋,我下手重了点……我爸罚我在妈跟前跪了一晚上。"

"你妈也不救救你?"

"她死了……是她的画像。"

女子笑。"你也遭孽啊。"

小一也笑。"哪个都有遭孽的时候,除了刘府的大老爷。"

"他也遭孽啊,哪一顿吃不到鸭蹼子,就跟大烟鬼突然断了烟……嘿嘿,不说了。"

"你咋晓得的?"

"我表妹说的。她在给小姐当丫鬟,月饼就是她给的。"

"你表妹可以去茶馆说书了。"

"她就是一张嘴得行。"

"快吃吧,一个椒盐的,一个红糖的。"

女子有力地嚼起来。她嘴巴大,牙齿雪白,嘴唇蠕动,叭叭地响。她瞟了眼桌上的书。"你在看啥子？"

"《水浒》。"他合上书，把封面露出来。

"明明是三个字。"

"《水浒传》。"

"你还有闲钱买书看？"

"押镖，东家送我的。"

"书上的字你都认得？"

"还是有几个字认不得。"

"好得行。"

"嗯，刘安打锅盔的，数我最得行。"

"你晓得我说的不是打锅盔。"

"那就是吃锅盔。"

女子含嗔瞪着他，眼珠子灼灼逼人。

他的眼睛迎上去，看着她微笑。

"你又在看啥子？"

"痣。我想起一个兄弟，他也有好多痣，小小的，长在颧骨上。"

女子大怒。"你瓜不瓜？我的是美人痣，他的叫雀斑。"

"好嘛，美人。我该叫你啥子名字呢？"

"我伯伯、妈妈叫我黑女子，哥嫂叫我黑妹，斜江上的坏蛋叫我黑娃儿。你也叫我黑娃儿吧。"

小一摇头。"我不是坏蛋，我叫你黑姐。"

女子点头。"也要得，我当姐，也该占你点便宜。"

"姐来了，锅盔随便吃，茶随便喝，哪个欺负了姐，姐给我说。"

"欺负我？嘿嘿。再说了，我也不占你便宜，下回送你两条鱼。"锅盔吃完，一抹嘴，黑姐就把今天进府送鱼，以及老娘滩中的家境，略说了一遍，再归结成一句话：

"渔民想当农民，农民想当地主，地主想当大地主，大地主想当大老爷，可大老爷呢，天下也只有一个。"说罢，又笑了，嘿嘿嘿。

小一看愣了，想笑，却没笑出来。过会儿，到底还是假笑了两声。

黑姐把月饼收起来，挑了扁筐。"我走了，船还停在马打铁的桥下呢。"

小一喃喃说，"那，等你的鱼哦，做鱼馅锅盔。"

黑姐的背影，一点不像少年了，苗条，修长，但屁股又圆又翘，看得小一心坎一痛一痛的。

九

何道根打着哈欠踱到槐树下，颇有午睡过瘾的惬意。小一给他冲了一碗茶，笑道，"老年人最大的福气，就是瞌睡好。"

何道根把茶喝了，拿手背揩了揩嘴巴。"我做了一个梦。"

"爸梦见啥子了？"

"梦见你在看《水浒传》。"

"嘿嘿。"

"你晓得，《水浒传》里，数哪个最厉害？"

"林冲。"

"太窝囊。"

"鲁智深、武松。"

何道根摇头。"是一个女人。"

"……"

"她麻翻了花和尚，剃度了武二郎，你说她是不是最厉害？"

"孙二娘？嘿嘿，爸这个说法有点怪。"

"怪？才不怪。再厉害的男人，都是拿给女人收拾的。"

小一笑笑，不当回事。

何道根的脸色，却是一冷。"那个打鱼的女娃子，你不要去惹她。"顿了顿，又说："你惹不起。"

小一愣了愣，还是笑了笑。"爸扯远了，我连她的姓都没搞清楚。"

"她姓牛,她爸有个绰号叫作牛黄丸,老娘滩打鱼的都晓得。你师叔就吃过他一回亏。"

"师叔吃他的亏?咋个可能呢。"

"你师叔有回在河边走,牛黄丸在船上喊,大和尚买条鱼放生嘛!边说,边从鱼篓提出一条大鲤鱼。你师叔给了钱,接过鲤鱼放回了水中。牛黄丸一网,又把鱼网了起来,还哈哈大笑。师叔说,你作孽。他说,你不作孽,你来买嘛。你师叔又给了一回钱,提起鱼一扔,扔了个二三十丈远。牛黄丸火了,大骂秃驴,一钓鱼竿扫到你师叔颈子上,顿时就肿起拇指粗的一根红条子。你说,惹得不?"

小一冷笑。"他自讨苦吃。师叔还能饶了他?"

何道根却苦笑。"不饶还能咋个呢。你师叔在你师公跟前发过誓,这辈子不打无武功的人。"

"如果是有武功的女人呢?"

"他咋舍得打女人。"

"如果这女人要杀他呢?"

"女人咋舍得杀他呢?"何道根摇摇头,呵呵笑。"舍得杀他就好了。"

小一赶紧换了个话题。"爸,你说我的迎风斩只到了六七成。缺的三四成,我咋也琢磨不出来。你说说,为啥呢？"

"为啥？书读少了。你要是能考个武举人、武进士，跪在你妈像前给她带个话，她地下有知，不晓得有好高兴。可惜，武科废止了。天下好男儿，少了一条上升的路，烟馆不晓得要添好多的烟鬼。"

这些话，小一早听得耳朵起茧巴。

老娘滩

十

黑姐先去了武威马打铁,取了两把鱼叉、两把剖鱼刀,还有一把斧头。马老头问她,"闺女,这斧头用来做甚啊?又不上山砍柴的。"黑姐说,"砍水鬼。"

大逵瞪圆了眼珠子。"水鬼长什么模样啊?"

黑姐也瞪着他。"就跟你一样。"

大逵不乐了。"你砍我一斧头试试?"

黑姐莞尔一笑,在他胸口拍了拍。"我咋个舍得呢。"

大逵转嗔为笑,兔唇裂得更大了。"看见我打锅盔的兄弟没有呢?他可聪明了。"

黑姐哼了哼。"也没看出好聪明,只比你聪明一点点。"

黑姐把小船划出大安沟,在杏花烧遇见刘大麻子。他正负着双手，在码头上溜达。

黑姐满脸堆笑，抱拳招呼，"麻爷好！"刘大麻子也笑，满脸麻子都在发抖。他说，"黑娃儿，你明天打了鱼就送过来，少爷订了一桌子酒席，要请贵客。"

"啥子鱼？"

"啥子鱼都要得，总之要鲜，欢蹦乱跳最好。大的红烧、清蒸，小杂拌儿熬汤。"

"要得嘛……"黑姐应着，又多了一句，"是些啥子贵客哦？"

"这个啊……总之，少爷最金贵，他请的客人，就算是拉纤的、箍桶的、打铁的、打锅盔的，都是贵人，对不对？我们就不操心了嘛。"

黑姐哈哈笑，再抱抱拳，竹篙一撑，小船就进了斜江，向上游的老娘滩去了。

十一

黑姐的父母，渔人称之为牛伯和牛婶，生了六个娃儿。老大、老二是儿，活了。老三、老四也是儿，见天几个月，死了。病死、饿死，说不清，总归是穷死的。老五是女儿，牛伯狠狠心，把她溺死了。老六也是女儿，也该溺死的，可她睁着一双亮眼望着他,他手发抖,抖了半夜,还是没下得了手,好歹给她留了一条命。

没被水溺死,她就成了一条鱼。三岁起,就在江水、湖水中钻进又钻出,身子给太阳晒黑了,又给水冲亮了,油黑黑的,像抹了层炭精,眼珠不必说,黑中之黑;眼白,白得人陡然一惊。好在,她爱笑,喜纳人,把眸子里的寒冷冲淡了。

黑姐十三岁,年底飘雨夹雪,牛伯吩咐她去镇上买一块肥实的腊猪头,除夕用来煮萝卜。两个哥哥嫌冷,捂住烘篮死活不出门。她也不多说,吃过晌午,撑了小船就走。傍黑回家,手上却只提了两只猪耳朵。

牛伯问,咋耽搁了这么久?

"逛街。"她说。

牛伯大怒,我给的肉钱能买十只猪耳朵,钱呢?哥嫂也一齐吼:钱呢!牛婶已举起鸡毛掸帚子,作势要打了。

黑姐凛然不惧,迎着他,镇定地说,"买了头巾了。"是一根红色的、绒布的头巾,四四方方,对折成三角,从头上围下来,在下巴系了一个结。

牛伯眼睛都瞪圆了。不是震怒,是吃了一惊。女儿长这么大,他才头一回发现,这么漂亮。她的衣服旧,屋里光线暗,但这块红头巾,把她细如雕琢的眉眼、鼻、唇,美人痣的桀骜，皮肤的黑澄澄，全照亮了。像一团花火。

牛婶、哥嫂还在喊：打。牛伯叹口气，骂了句，打你妈的×，吃饭。

第二天，女儿划船去打鱼，牛伯憋在心口的话，才说给了老伴、儿子听。"你们给我弄醒豁，牛家要翻身，全凭黑女子一个人的力。她是老娘滩的黑凤凰，我们都是牛、牛。"说罢，不解气，又指着老婆、媳妇说，"鸡、鸡婆。"再指着门外一群孙子孙女，"喂不饱的牛犊子。"

春红曾是牛家的贵人，靠卖了她家两亩田，牛伯两个光棍儿子才娶了亲。自然，两个儿媳也是苦人家的女，娘家穷得打滚，且荒远得很，翻过鸡公山，进了峡谷还要走上八十里。长相，也是不一般，一个像冬瓜，一个像豇豆，偏偏肚子争气，每年都在生崽崽。他们居住的这个水中小岛，丁口之旺，被渔民戏称为水牛庄。

小岛只有巴掌大、拳头高，四面环水，夏天还要被淹。牛伯靠水吃水，每看一眼水，却要多一寸灰心。

但女儿让这灰心一天天红亮了。

中秋到了，他让黑姐去刘府里送鱼。

黑姐回家，带回一包月饼。

小牛犊子们乱嚷着,伸出黢黑的手就来抓。牛伯猛拍桌子,让他们静下来!随后用一把剖鱼刀,挑断纸绳子,打开纸包,取了一块月饼,切成两半,再切两半,又切两半……最后,成了二十来块小牙牙。每个娃儿得到了一牙,丢进嘴里就化了,都眼巴巴再等着。

牛伯却把月饼又包上了,还用破渔网裹了三四层,踩着桌子,把它放到了屋梁上。

黑姐问,"伯伯,你是要做啥子呢?月饼拿回来,就是给一家人吃的嘛。"

"吃?"牛伯瞪圆了眼。"先采三天喜气。"

第二天大早,牛犊子们就爬上去把月饼偷了,吃个精光。牛伯大怒,把他们一个个按在凳子上,扒了裤子,用鸡毛掸帚子抽得屁股开花。一片号啕之声,就连几里外的杏花烧都能听得见。

十二

牛伯牛婶问女儿,进了刘府,见到大老爷了吗?

黑姐说,"没见到。"

那,少爷呢,该是见了一面吧?

"没见到。"

这个没见到,那个没见到!等于是进了趟皇宫,只见到了太监。

"还见到了春红啊。"

春红过得好不好?

"好得很。"

牛婶问,你想不想过春红的日子呢?牛伯骂了句,呸!黑女子不是丫鬟命。她要当大小姐。

"我本来就是大小姐啊,水牛庄还有第二个?"

牛婶看了牛伯一眼。牛伯干笑了两声,说,黑女子,你晓得我的意思……不是那个意思。

"我自己觉得有意思,才是有意思。"

牛婶也笑了,满脸漾起皱纹,说,你喜不喜欢天天吃月饼?

"不喜欢。月饼有啥子好吃的,不如吃锅盔。"

牛伯勃然大怒,差点扇女儿一个大耳光。好歹是忍住了,气哼哼地。

黑姐哈哈大笑。

黑姐喂养了五只渔老鸹。牛家的人打鱼,各有其法,两个哥哥,主要是撒网。一网收起来,鱼多,但身子小。牛伯是垂钓,半天拉不了一竿,一拉,准有肥鱼,少说也有七寸长。黑姐起初是钓鱼、网鱼兼学的,后来从牛祖祖手上继承了渔老鸹。

牛祖祖是老娘滩里,牛姓年龄最高的孤老头。年轻时候他捕鱼,是光了身子,潜入水里用手抓。眼快、手快,盯准了,一抓一条,从水里用力一抛,鱼就到了舱里了。后来一年年老了,没奈何,一步步地退,从鱼竿到渔网,再到渔老鸹。渔老鸹的颈子拴一根谷草,在水里叼了鱼,想吞,吞不下,都上船吐给了主人家。

黑姐看见渔老鸹的无奈相,自己也会颈子痛,吞口水都难,恨不得仰天叫几声。

牛祖祖住的窝棚,在芦苇荡一块突出的大石上。天冷了,他就钻进小船里安身。五只渔老鸹立在船头、船尾,活像五个冷冰冰的家丁。唯一要去拜访他的人,就是黑姐了。

牛伯跟牛祖祖学过渔技,学到了一半。两个哥哥懒得学。想学,牛祖祖也不教,常骂他两弟兄是二流子。只有黑姐他是喜欢的,能教的,都教了,最后把渔老鸹也给了她。黑姐说,我二天要是有出息,置了田地,要修间屋子把牛祖祖接去住。

这是她十四岁说过的话。到了十九岁,田地连丝儿影子都没有。

牛祖祖还在捕鱼,拿一根鱼叉,在泥沼中慢吞吞地走,突然一叉下去！提起来总有鱼。没鱼，也会有泥鳅。

十三

八月十六，吃晌午前，黑姐已把半筐杂拌儿和两条乌棒送到了杏花烧。杂拌儿是渔老鸹叼的，乌棒是她亲手钓的，各有两尺来长。刘大麻子把鱼养在一口石缸里，看鱼游得鲜活有力，很是高兴，话也多了。

"黑娃儿的鱼好。少爷说了，他要亲自下厨，熬一锅酸汤鱼。他的手艺，比我们大厨子还好。你不得相信嘛？"

黑姐自然是不信。不过，信不信，跟自己有啥关系呢。她就点头笑道，"我信。"

"真的信？"

"咋敢不信。"

"嘿。本来你是信了，这一说，又好像是我逼到你信的。你晚上也来喝汤嘛，我家少爷跟别处少爷不一样，就喜欢结交些、结交些……"

"不该结交的人。"

"对对对！黑娃儿就是心头聪明、嘴巴快。"

"我不来。"

"黑娃儿架子大。"

"麻爷说笑了,我哪敢有架子。我只想结交……"

"结交?"

"不喊我黑娃儿的人。"黑姐说罢,哈哈笑。她收了鱼筐,跳上船,两撑、三撑,就到江心了。还回头冲刘大麻子挥了挥手。

刘大麻子迎风站着,咕哝了两声,"这个女娃子,这个女娃子。"

然而,刘府少爷设下的夜宴,却差点没吃成。

这天逢场,天气晴好,晌午锅盔店门口人挤人,何道根单手打面团,小一忙着入炉、出炉,卖锅盔、收钱,十个指头都用上了。眼睛也不得闲,既顾到眼皮下,也不时朝远处瞟一瞟。有两团亮光刺了刺眼睛,有点像铜锅在太阳下闪了闪。后来,两团光越过黑压压人头,漂到了跟前,是两个小和尚的光光头,十四五岁的样子。

小一正诧异,小和尚叫了声:"师伯、师兄!"泪忍在眼里,说不出话来了。

是鸡脚寺一了法师的徒弟。

何家父子吃了一惊。何老头给儿子使了个眼色,把小和尚带到了楼上。

"师父被县令抓到大牢里去了……"小和尚终于大哭。

第三卷

一了万了

入蜀

一

一了法师,出家前姓万,名良玉,字敬云,老家在山东兖州,是个诗礼相传的大户。子弟都肯学,学而优则仕。从曾祖父数下来,家里出了一个大学士、两个尚书、两个巡抚、一个提督。提督即良玉的父亲,先做贵州提督,随后又做四川提督,长年游宦在外,就把夫人和一堆小儿女都留在了兖州,身边只带了二妾,客居成都。

良玉的母亲,是正室夫人,却又是续弦。良玉有两个兄长,是已故的前夫人所生,比他年长许多,且已先后中了进士,点了翰林,一个留在京城做内阁中书,一个远在广东南海做县令。他是幼子,人如其名,长身玉立,北人而南相,眉眼文秀,却又爱武。读书是杂学旁收,全凭兴致。武的一面,既弄枪使棒,又纵马、放鹰、射兔子,人称万里数一。

他还能诌诗、弄墨、唱小曲、赌大钱。十三岁，就逼着小厮带他逛了窑子。回家被夫人拿鸡毛掸帚子打得皮开肉裂，哭得要死要活，心下却是毫无悔意。隔了几天，自己就偷了银子，跛着脚，又熟门熟路买快活去了。再过几年，胆子越发大了，还裹了一帮小泼皮四处浪，宿花眠柳已是寻常，竟还玩了蒙面剪径、打家劫舍的把戏，弄得官差、捕头都上门来找过麻烦。

夫人气得连鸡毛掸帚子也不想拿了，不是痛心，是寒心。她的父亲，做过兵部侍郎，也算身出名门的闺秀，却做了一个续弦，且还要留在老家守空房，哪有一天好心情。就给丈夫写了封长信，把良玉的种种劣迹细述一遍，最后说，倘由了他胡闹，就等着万家身败名裂的那一天。

提督爷回了信，一句话：把小孽畜给俺押到成都来。

路上千山万水，又值春夏之交，或雨水缠绵，或暑气熏人，押解小孽畜的仆人苦不堪言。而小孽畜骑在白马上，徜徉山水，十分自得。经过僻野之处，他还拿弓弩射杀了麻雀、野鸡、麂子、獐子，进了客栈，交给厨子变着花样做成下酒菜。诗自然也是要写的。钻进成都北边的城门洞时，马屁股上搭的皮口袋，已塞满了诗稿。

提督爷见到良玉，满腔怒气却倏尔一下没有了。

幼子面相之不平凡，让提督爷暗惊，红唇白牙，眉睫细长，双眼黑铮铮的。尤其一根鼻子又长又挺，比眼珠子还要射人。哪一点像孽畜？考问他些念书、做文章的道理，一一对答如流。又把他路上写的诗读了几首，全是说愁道恨，既有才气，又很荒唐。遂骂道：

"可见文人没一个好东西。穿绫罗绸缎，吃山珍海味，写诗填词，总在哭穷、卖穷、发牢骚、诉说不得意，也不怕酸掉了大牙。你也不必破费纸墨了，径直就去军中做一个马兵吧，睡马棚，吃糙米，出操场，早晚巡防。倘有暴民造反，你就去把领头的给俺抓回来。"

良玉等他骂完，磕个头，起身就走。

提督爷大怒，猛一拍桌子！

良玉站住，满眼疑惑。老爷喝道，"朝哪儿走？"良玉说，"去做马兵啊。"

"呸！做马兵，俺怕你连马刀都拿不稳。"

"拿不稳怕啥，俺学啊。"

"小孽畜，还嘴硬。跟谁学？跟你老爹学。"

提督爷就从这天起，把良玉留在身边做了小侍从。老爷的家，就安在提督府的后院里。老爷办公，良玉就在后院读书。老爷上街，良玉就骑马跟着轿子。有贵客上门，或出门应酬，良玉都侍奉父亲左右。但凡见到他的人，无不称叹提督爷有个好儿子，松竹之姿，美玉之质，不似凡尘中人，该是上天垂青，偶临人世，恰好降生在了万家啊。提督爷听了，就瞅一眼儿子，做出苦笑状，"徒有其表。"客人自然不同意，都说，"虎父无犬子。早听说令郎文武双全呢。"提督爷哼了一哼，又叹息道，"文武都略知一二，可都是半瓶子。"大家哈哈大笑，把酒一口喝干了。

良玉不出一声，恭敬上前，又给大家把酒斟满。

提督爷有个贴身保镖，是从兖州带出来的，叫作万二虎，自幼即习少林拳，此时已近中年，早晚亦练功不辍，曾跟成都的四个高手切磋，无一败绩。不仅武艺好，且又殷勤、伶俐，很得提督爷看重。

老爷就吩咐万二虎，管住良玉，未经许可，不准擅出府门一步。

这么过了二十几天，父子相处甚为融洽。提督爷已在寻思，该去请个成都最好的先生，让良玉把功课续了起来。不指望他像两个哥哥在仕途有出息，倘能做个像样的文人、名士，如唐伯虎一类，也未不可。但不读书、不精研翰墨，也只是个浪荡子而已。这却是断断不可的。

想通了这一层，提督爷就吩咐把良玉传到书房来。

传话的小厮一溜烟跑过去，又一溜烟跑回来，嘴里喘气，语不成声，叫着"老爷、老爷……"差点一头摔倒。后边跟着被绑了双臂的万二虎，嘴里还塞着一团布。

提督爷大吃一惊。

原来是良玉邀万二虎切磋拳脚。万二虎不当回事，陪着少爷玩。不承想，三下两下，自己就被放翻了，还被绑在了柱脚。绳子、布头，是良玉早就备好的，只等万二虎上当。

"他哪来的本事，能把你……"老爷气得手指头发颤。

"俺也不知道……"万二虎苦笑。

"小孽畜！他人呢？"

"早就溜出大门了。"

"赶紧给我抓回来。"

"俺的老爷，成都的茶馆、酒馆，比泡桐树、皂角树还多。但凡有井水，就有青楼、戏园子……去哪儿抓？"

二

良玉却没有走远。

提督，乃是统领全川绿营军的统帅。提督府外，有马道、箭道，还有兵丁的营房。除此而外，还有许多贩卖兵器的商铺，店招、牌匾均大书"干将莫邪""百步穿杨""一战功成"之类，以为招徕。这些字，毫无馆阁体的刻板、端架子，有武人之风，墨汁饱满，大开大合，像是鲁智深横了禅杖、李逵举着双斧，站在路口顾盼自雄。良玉看得很欢喜。

他进了两家大铺子，却见生意冷清，兵器扑着灰尘，无心多看，就钻了出来，寻思去哪儿消磨个大半天。他对成都还不熟，只听说灶君庙街有个金沙庵，尼姑很漂亮，就琢磨去烧两炷香，饱一饱眼福。

这时候，隔壁出来个年轻人，捧着一柄剑，若有所思的样子。

良玉一喜。来成都这些日子，心情是郁郁的。蜀中夜雨多，白天则多阴，看市井老是昏沉沉。从前收到父亲的信，总爱打趣川人矮小，还戏称川军就像耗子兵。到了成都一看，果不其然。这让他莫名地灰心。

但眼前这个人，却白皙、颀长，气质沉静，站在灰秋秋的人流中，灼然有光。

良玉刚想跟他打个招呼，他却一转身，又回铺子里去了。

良玉跟了进去。这铺子算是窄小的，光线也有点暗淡，但架上的刀枪剑戟却擦得铮铮发亮。柜台后站了个老掌柜，留了一部雪白的大胡子。那年轻人对老掌柜说，"想来想去，还是配一条红穗子吧。"

良玉忍不住插话，"剑配红穗子，不成演戏了嘛？"

年轻人狠狠盯了他一眼，一道红晕冲上眉间，捏紧了剑鞘，却又克制住，没说话。

良玉自然不惧，平静微笑着。

老掌柜哈哈大笑。"哪样不是演戏呢？每年买兵器的大主顾，都是为了去考武秀才、武举人。咋个考法呢，都是舞套路，跟舞狮子、耍龙灯也差不多。不是演戏是啥子？"

"这么说，都是假的了？"

"然而不然，"老掌柜指了下年轻人，"真的就站在你跟前。"

"他是真人，还是剑是真剑？"良玉哼了哼。

"我看你也是嘴巴硬。"老掌柜叫了声，"子云，让这个北方娃儿见识下，好长个记性。"

良玉忙道，"子云，这个名字好，俺们是有缘啊……"

但子云已把剑拔了出来，青光光的，有力地劈了一下，突然刺向良玉的胸口。

良玉斜身避开，左手一伸，嗖！食指已戳住了子云的咽喉。

子云的脸色，由白而灰，僵在那儿，不知如何是好。

良玉赶紧把手收回来，笑道，"闹着玩的，闹着玩的。"

老掌柜也大笑，"就是嘛，狂起耍的，狂起耍的，不要狂古了。"

良玉听不懂"狂"是啥意思，但也附和着笑，要替子云挽面子。

但子云把剑送回剑鞘，也不说话，大步就走了出去。

良玉只好请教老掌柜，"什么是狂？什么是狂古了？"

老掌柜说，"狂嘛，就是闹起耍。狂古了，就是闹过头，撕破脸皮了。听口音，你是河北沧州的？"

"为什么是沧州？"

"沧州出配军，也出豪杰啊。"

"俺……山东兖州的。"

老掌柜抱拳，对门外拱了拱手。"而今的提督爷就是兖州的，你可去攀个小老乡，投效他门下，做一个侍卫。"

"为什么要做侍卫呢？"

"领一份口粮啊……不过，你倒也不像个缺口粮的人哦，哈哈哈。"

从老郎庙到冻青树

三

良玉绕到提督府东边,向右走过海会寺门前,不几步路,就到了华兴街。街上有一座老郎庙,里边供奉着梨园行的祖师爷二郎神。

庙子的斜对面,有小茶铺正开在一棵构树下。他喊了碗茉莉花茶,就在树下坐了,边喝边瞟向庙门。

今天难得有太阳,茶水喝进嘴里,也多了些香味。桌子三尺高,竹椅嘎吱响,人一坐下去,就涌起一点瞌睡来。不过,良玉看这、看那,哪有睡意。随风飘来一股芬芳,跟茶和茉莉又颇不同,甜腻、新鲜,是个小姑娘提了竹篮在卖黄桷兰。他心头一喜,正要掏钱,倐尔一下,却已不见了人影。

随后走来一个男子,一手铁镊子,一手铁长签,冲他笑道,"掏不掏耳屎嘛?"他吓了一跳,赶紧摆手。

茶老板抓了把瓜子撒在桌上,"不要钱,随便吃。"他没听明白,老板又说,"生瓜子,不生火。"他摇摇头。老板再说,"我婆娘生了个胖儿子,嘿嘿,今天我请客。"他听懂了一半,笑笑,把瓜子扔进嘴一嗑,吹出两片瓜子壳,舌尖留下清淡的葵花香。

就在这时,子云从老郎庙出来,手里仍捧着剑,蹙着眉,郁郁不乐。

良玉跳了起来,招手大叫,"子云兄、子云兄!"

子云吃了一惊。大步走过来,厉声道,"你在跟踪我?"

"不是,不是,"良玉忙从怀里摸出红色的剑穗,双手递上。"你忘了这个了。"

子云接过来,一扔。"演戏而已,中看不中用。"

良玉把红穗拿起来,爱怜地摸一摸。"但凡不中看,就一定中用么?子云兄,俺跟你天生就是有缘的。"

"缘从何来?笑话。"

"你姓魏,名子云。俺姓万,字敬云。"

"张嘴就来,唱戏啊?"

"倘有半句假话,头上掉下一片树叶,当场砸死我。"

子云忍不住,到底嘿嘿笑了。他也拖了把椅子坐下来,把剑靠在桌子边。茶老板飞快掺上一碗茶,又抓了一把瓜子。

子云把手一摆，"我不吃茶。"

茶老板顺口就说，"不吃茶？你不是成都人嗦？"

子云狠狠瞪了他一眼。

已经近午，阳光强而有力，穿过构树的枝丫射下来。两人半晌无话，只是嗑瓜子，吹得瓜子壳满地、满桌，在阳光下闪烁、跳跃。

掏耳屎的男人又踱了过来，签子在镊子上一敲，嗡嗡声不绝，宛如蜜蜂振翅，很是好听。子云朝他招手，指了指良玉。"给这位公子爷掏一掏，他这两天耳朵背。"

良玉急了，嚷道，"不要乱来。"

"咋个呢？"

"他要犯神经，手一重，俺耳朵岂不捅穿了？"

子云冷笑。"你也有怕的？放心嘛，成都不出豪杰，但也不出恶人。"

掏耳朵的时候，良玉正襟危坐，大气不出。正好，一片树叶飘了下来，落在茶碗上。子云拈了，递给他。"构树叶子，还没见过吧？"

叶子是心形的，用手指头轻摸，两面都有茸茸的细毛。良玉说，"俺明白了，这家的茶碗干净得发亮，是用树叶擦的啊。"

"你啥子都晓得。"

耳屎掏完,良玉把脑壳左右晃了几晃。"空了好多。也不是空了,里边全是风。"

"可见得,你是个自以为是的人,别人的话,全是耳边风,这边耳朵进,那边耳朵出。"

"说得太对了,子云兄,你是怎么知道的?俺要认你做大哥。"

"我咋配?笑话。"

"俺才高攀了啊。卖剑的老掌柜告诉我,你爷爷的爷爷是梨园名旦,乾隆、嘉庆年间,五次率戏班子进紫禁城,把天都唱红了一半。"

子云黯然苦笑。"一代不如一代……"

良玉连连摆手。"子云兄八岁登台,唱青衣,名动锦城。可惜,后来倒了嗓子,幸喜得身手敏捷,改学武生,又是一番天地。老掌柜夸你,川西第一剑。"

"演戏而已,假的。"

"水中月、镜中花、月里嫦娥、诗里神仙……哪样是真的?可哪一样,人不是欢喜的。今晚演戏么?"

"演啊。不演戏吃啥呢?一个家、一班子人,天天要吃饭。今晚是《长坂坡》,唱段少,废话也少,出手就打,杀个人仰马翻。成都人嘛,就是爱看闹热。场子一闹热,就有得钱赚了。"

良玉一拍桌子。"好,俺今晚跟你一起登台吧。"

"你要跟我抢戏啊?"

"俺怎么敢。子云兄是单骑救主的赵子龙,我是夏侯恩,背了青釭剑来等你抢。好不好?"

"不好。"

"俺不配?"

"我哪斗得过你?"

"唉,俺在老家,就爱上台客串挨打的角色,挨惯了,随你打。"

"那你图啥呢?"

"图个闹热嘛。"

两人哈哈大笑。良玉说,"找个像样的酒馆,俺请子云兄喝三碗。喝了酒,你跟俺就是兄弟了。"

"酒馆就算了。去我家里吧,隔壁子就有两家小酒坊。"

四

魏子云的家距此不远。良玉随他穿街过巷,巷子绕来绕去,头都晕了,忍不住嚷道,"祝家庄的盘陀道啊,俺的哥。"子云说，"这巷子就叫三倒拐。"过了三倒拐，迎面一座庞然宏丽的院落，是岳钟琪的故宅。宅前的街，名为岳府街。岳府西北角，撑起一棵磅礴的冬青树，成都人叫讹了，称之为冻青树，枝翼纷披，越过院墙，荫庇了墙外半条小街。小街因树得名，就叫冻青树街。

冻青树街虽然窄、短，却开着酒庄、药堂、糕点铺、水饺馆、小酒馆、小茶馆、干杂店，间或有个旮旯，里边藏了一条三尺的缝隙，通进去，就是赌坊、烟馆。魏家也在一条缝隙里，进深半丈，两扇黑门，油漆已然有些剥落了。

子云拍拍门上的铜环。

先听见几声麻雀叫，叽、叽、喳、喳，似乎比别处轻些、嗲些，好听多了。

门开了，门框里站着个瘦瘦小小的姑娘，十二三岁，一排刘海，双眼细长，嘴巴张开，露出两颗虎牙，扑过来，在子云胸口一拳头。

忽然看见了良玉，有点惊讶，但也不忸怩。子云说，"这是小妹子芹。这是二哥。"

子芹就伸出两根指头，晃动一番，突然握成拳，在良玉的胸口，咚、咚给了两下。

良玉嘿嘿笑，如盛夏里被弹了两颗凉水珠。

进了门，是个小小院落，收拾得十分干净。一棵核桃树，一丛栀子花，街沿上还放了一架兵器。

子云唤了太太出来。良玉恭恭敬敬拜见嫂子，行礼如仪。魏家世代吃梨园饭，走四方，家风相传，不拘俗礼。嫂子的父亲是戏班的琴师，她自小见的世面多了，待人处事，也很落落大方。

子芹细眉细眼，一副睡不醒，爱朝她哥嫂身上赖，靠着、依着，还抓着胳膊不松手。见了二哥，就上下看，似乎是天上掉下的猴子。

子云说，"小妹是哑巴，能听不能说。她在问你，你是咋跟我哥认识的？"

良玉答，"不打不相识。"

"她不信：你还敢打我哥？"

"他打我，我总得还手吧。"

子芹就冲他狠狠打了一拳。拳虽狠，却一见就是从没练过的。良玉挨了，只是笑。

子芹又打。"她又问：还手嘛。看你还手不还手？"一连几拳，打在良玉肚子上、胸口上。良玉依然笑。她哥嫂摇头，也不来劝。她就跑到街沿上取了一把单刀，朝着良玉砍。

良玉手一伸，就把刀抓了过来。

子芹大吃一惊，看了看子云，满眼的黯然。嫂子说，

"子芹的意思,她哥的天下第一,要遭这小子抢去了。"

子云对子芹说,"你晓得天下有好大?有他在,比我厉害的,也只能当老二。"

她就转头看良玉,一跺脚。

一窝麻雀从瓦檐口伸出小脑袋,七嘴八舌,叽、叽、叽、叽。

良玉哈哈大笑。"二哥做第一,还不是你哥啊?"

她想了想,转嗔为喜,伸手在良玉胸口拍了两拍。

突然,嫂子惊叫:"偷油婆!"一只蟑螂从地上飞快爬过。子云提脚猛踩,没踩中。子芹身子一蹲,嗖!已把蟑螂拈在了指头上。

良玉诧异道,"子芹胆子很大啊。"

嫂子笑道,"女人嘛,都怕偷油婆。小时候不怕,长大了也怕的。偏偏子芹不怕。"

"几岁算长大?"

"子芹长到六七岁,就没有长过了。"子云指指自己的太阳穴。

子芹六岁,清明前几天,父母携了她,坐渡船去望江楼下的薛涛井取水,好拿回来泡新茶。船翻了,父母淹死,她抱住桨片捡了条命,嗓子哭哑,也就傻里傻气了。

五

不过,良玉看子芹,哪有傻气,只有憨气,像早晨的光。

子云的两个儿子,已六七岁,均寄养在外婆家,外公教识字、拉琴。

魏家清静,饭桌就摆在院当中。子芹递给良玉碗、筷、杯子,袖里吹出一股栀子花味道。他吸着气,觉得新鲜,又透亮。

酒上来了,热烫烫的。良玉说,"成都人也爱喝绍兴的黄酒啊?"

子云说,"是仿绍,重庆丰裕坊出的。我大舅子五音不全,做不了琴师,就专给这家仿绍做代销。成都喝白酒的居多,不过,城大人杂,五湖四海的人都有,会馆都有几十座,酒也是三教九流的。"

良玉喝了一口,啧啧道,"味道不薄啊,好喝。子云兄说得对,成都是八方辐辏之地,俺万家父子就是在这儿谋活路的。"

"提督老爷也姓万,不会是你老爹吧?"

"也巧了,正是啊。"

子云怔了一怔。"老爷晓得你跑到我家讨酒喝,不打断你的腿？"

"打得断俺腿的人，还没有生出来。"

"老爷打你，你还敢还手？"

"咋敢还手，俺跑啊。"

子芹就在良玉腿上猛击了两拳。"小妹问你：二哥，你咋不跑呢？"

"干嘛要跑，二哥还要喝酒啊。"

子芹再一笑，又在良玉胸口拍了一拍。

良玉还没回过神，揣在怀里的剑穗已在子芹手上了。

她扬着穗带，露出两颗大虎牙。

"这叫什么功夫？"良玉吃了一惊。

"算个邪门功夫，"子云说，"起初是小偷发明的，叫作鬼影手。练成了，可以做贼王。练到顶高了，也是一门杀人技。子芹只算学了点皮毛，搞耍的。"

"这个没法拜师吧，她跟谁学的？"

"跟我外婆。外婆自小是个孤儿，在皇城坝跟小偷混，就会了这一手。后来摸到青羊宫偷道长的剑，被道长手擒了，就留下来做了道姑。"

"呵呵！可怎么又成了你外婆呢？"

"遇到我外公啊。外公十七岁中过秀才，十八岁就做了塾师。他去青羊宫烧香，道姑见了，动了凡心，就还了俗。"

"你家的故事，真比《柳荫记》《槐荫记》还精彩。"

嫂子做了一钵荷香鲫鱼，很对良玉胃口，他一连吃了三条，连声赞叹。"哥、嫂，这日子过得相当滋润啊。"

子云叹口气。"实话说，很难了。戏班子还有十几口人，吃穿用度已靠举债了。昨天才去叶窝子借了笔银子。"

"叶窝子是什么？"

"是叶德公在梨花街开的大钱庄……不说这个了，喝。"

良玉瞟了眼嫂子。嫂子耷了眼帘子，也轻叹了一声。只有子芹专心挑鱼尾巴，夹断了，摆在一个碟子里，拿筷子敲敲。

麻雀呼呼飞下来，就立在桌上，津津有味啄起来。

良玉好奇。"这麻雀是子芹养的啊？"

子云摇头。"麻雀咋个养得家？不过，也怪了，这些麻雀也跟她养的差不多。"

"麻雀尚且活得不赖，何况人呢。今天起，戏园子的事，俺帮你一起撑。"

"兄弟，实话说，武戏再精彩，没有当家的青衣、小旦，是唱不热闹的。祖上的荣耀，传到我手上，就只剩了一点火星子……"子云说着，咳了几声，似乎是被鱼刺卡住了。

良玉把筷子放下了，默然良久。

子云也换了个话题。

"兄弟，你本事那么高，是师出哪一门的呢？"
"说出来怕子云兄笑话。"
"咋个敢。"
"说来你不会信，俺不是师出一门，是二十门、三十门。"

子云摇头，自然是不信。

"俺的师父，都是走江湖的艺人。俺自十五岁起，但凡见了来兖州摆摊、打擂的好汉，只要他拳脚了得，就不吝奉上银子，磕头拜师。有的师父舍得教，有的师父舍不得教，但也无所谓，我只求他跟我过招，都往死里打，只要不打死。我是边挨边学，边学边打，直到把这个师父打得趴下了，又去拜下一个师父。"

"师父教不教武籍、套路、口诀、心诀？"
"从不教。这些师父，想教，也不成，恐怕他们也不懂。"
"你这不叫学武，是打架。"
"是啊，就是打架。世间头一个武艺高人，他跟谁去学？打架悟得真经嘛。"

子云一时无语。

子芹拍手嘿嘿笑，还给良玉比了一个大拇指。嫂子夹了一大片鲫鱼肚皮塞进她的嘴。她呜呜的，瞪着良玉，转着眼珠子。

子云似有所悟，但又说，"聪明人学武，不必去当头一个。既有真经，何不就从真经学？"

"真经一写在纸上，就成纸上谈兵了。"

"……"

"俺来成都的前几天，遇见一个过境住店的镖师，沧州人，黑瘦得像根柴棍子，一看就是厉害的角色。俺想拜师，他说，我早就听说过你了，若对打，我不是你对手。你该找一头虎对练。"

"虎？"

"他缓了口气，又说，不是虎，是狮子。但他和俺，都没见识过狮子，只知道，老虎称王，狮子称帝。"

"哦……"

"子云兄，你的本领其实很不俗，师父是有名的前辈武生吧？"

"不是。"

"不是？"

"我的师父，是小白先生。"

"从没听说过。"

"你来成都前,有没有听说过都江堰?"

"都江堰是个堰塘吗?"

"是一注大水。有它,才有川西的千里肥田。"

"嚯,"良玉抠了抠头皮,笑道,"子云兄是拜了个好师父。"

"不是我要拜,是他主动收的我。他跟我爷爷有交情,说做了他的徒弟,一般人不敢欺负我。"

"这么厉害……他是一头狮子吗?"

"不是狮子。"

"是什么?"

"狮皇。"

良玉喝完一碗酒,冲子芹道,"妹子,俺去拜狮皇为师,好不好?"

子芹点头如捣蒜。桌上的麻雀也刚好啄完鱼尾巴,一齐冲子芹点脑袋。嫂子说,"子芹说,明年正月十五,可以看二哥舞狮了。"

"好啊,俺舞狮,还要耍龙灯。"

子云哼了哼。"话不要说早了。我师父未必肯收你。"

"俺自有办法。"

"啥办法?"

"这个,俺还没有想好呢,哈哈哈,喝酒,干了吧。"

拨云见日

六

提督爷为管束良玉,颇费了一番脑筋。请了几个清客在后院喝茶,要他们各献良策。

"小少爷书读得好,武艺也好,可见有的是气力,就让他督练府兵吧。多流汗,多耗力,自然也就收心了。"

提督爷听了,有所不悦,但没吭声。

"锦江书院的老山长,是须发皓然的博雅君子,讲《大学》《中庸》,很有学理,可以请他来开导小少爷。"

提督爷默然一笑,却也没有点头。他考过良玉的功课,四书五经倒背如流,讲得也头头是道,却夹了许多歪歪道理,明知不对,倒也难以驳他。这位老山长,恐怕能服众,却难以服得了这孽畜。

"大慈寺有位高僧,叫云见法师。多少忤逆之辈,听了他的教诲，鼻涕眼泪流一滩，回家个个都成孝顺儿女了。"

提督爷咳了几声，终于忍不住开腔了。"良玉虽然淘气，却也孝顺，何来忤逆之说？不是俺护短，你们不是看见的？"

清客们就搓手，称叹一番，说良玉的孝顺，那是没得说的。刚刚提议的那位，自责笨嘴笨舌，话没说到点子上，却又补充道，"良玉好比一根顶好的楠木，金丝楠，但长得略微有点斜，需要帮他正一正。"

提督爷点了头。"有理。小孽畜心智未开，是该拨云见日了。可谁能够让他开悟呢？"

"拨云见日，自然是该云见法师嘛。"

一众人都点头，对、对、对。提督爷说，"俺备一桌上好的素席，拿轿子抬了法师来，以表心诚。"

那清客却又摇头。"诚是诚了，还不够很诚。应该上门去求教。"

"俺明天就去吧。"

"不，应该吩咐小少爷自己去。"

提督爷沉吟一会，捋捋胡子，终于笑起来。"中。"

七

次日早晨，提督爷还在后院里打太极拳，良玉已带着万二虎从大慈寺回来了。

良玉禀告父亲，拜谒云见法师的过程，十分简单。法师没做什么开示，只让俺回家每天抄一遍《心经》。俺刚要走，忽然想起一事，就问法师为什么要入佛门？法师反问俺，如果是你入佛门，那为什么呢？俺说，既入佛门，自然就是为了成佛啊。不然，还能为什么？

提督爷气得跺脚，差点要扇他一耳光。"说话没轻没重，冲撞了法师你还不明白？"

良玉说，法师没有生气啊，还点头笑了笑，送了我一大堆经书。这辈子恐怕都读不完。

提督爷又拍了桌子。"什么叫一辈子？又不是让你当和尚。赶紧去抄经。"良玉刚转身，他又说，"慢。这云见法师，好大的名，长什么模样啊？"

"富富态态的。"

"什么话！"

"像俺兖州乡下的财主。"

"老财主？"

"小财主，比俺也大不了几岁吧，一肥二胖，红光满面，油光水滑……"

提督爷听笑了。又问,那庙子可还有味道?

"相当有味道。俺路过香积厨,大锅里正在炖山菌、蘑菇、木耳,热气腾腾的,闻在鼻子里,竟炖出了一股好浓的肉香啊。"

提督爷骂声扯淡,摆手让他退下了。

拜师

八

《心经》全文二百六十字。良玉第一天用颜楷抄,第二天用汉隶抄。抄完之后,钉在书房墙上,左看右看,十分自得。第三天,惦记着要去拜见小白先生,不免心急,就用狂草抄。他临过几天怀素的《自叙帖》,外行人见了夸他笔走龙蛇,内行人却笑他鬼画桃符。

不过,他自己也还算满意。写完叠好,拔腿就要走。

侍立一边的万二虎咕哝说,"这么抄经,不如不抄。"

"怎么讲?"

"不敬。"

"心敬就好,心经嘛。赶紧走。"

子云跟他约好,今天早饭后半个时辰,就在银须老掌柜的兵器铺碰头,带他去拜师。良玉很怕耽误了。

万二虎却又顶撞了他一句。"笔听手的,手听心的,看你写的字,可见心不敬。"

良玉大怒,却又忍了。他新展了一张纸,再用行书抄了一遍《心经》。他在米芾的《蜀素帖》上颇下过功夫,写起来还是像模像样的。

等主仆二人赶到兵器铺,子云已经离开了。

老掌柜说,子云来时提了个大包裹,神情有点焦躁,留了话,他先去当铺走一趟,让你径直去落虹桥会他。路远,要穿半个城,喊顶轿子吧。

良玉问清方向,就辞了出来。提督衙门外,停了许多轿子在候客,他并不理会,只管迈步向东北而行。万二虎不敢多话。

这是小暑的次日。天亮时太阳就蒙在云后,空气闷热。到这时,云垂得更低了,黑渍渍的,快压在了瓦屋的顶上。闷热更甚,人们站在街沿边,仰起头,巴望吹风。一丝风也没有。良玉背上汗湿了一大块,紧贴着肉。万二虎劝道,少爷啊,还是给你叫顶轿子吧。

良玉没吭声。他以为是没听见,又说了一遍。良玉大骂,"混账话。坐轿子去拜师?"

正巧,有老农民背了插满芭蕉扇的背篼,边走边卖,蔫得连叫卖声也省了。万二虎买了把最大的,紧跟着良玉,给他不停地扇风。良玉又骂,"滚远些。又不是戏园子看戏。"

天色更暗了,离晌午还早,却已像是傍晚。云团又湿又重,终于挤成了水,几道闪电、雷鸣之后,噼里啪啦,落下一片大雨。

行人纷纷闪避,有些躲进商铺,有些僵在街檐下,贴紧铺板,像一排排呆鸦。街面走水不畅,雨水积了半尺高,雨点打出一朵朵水花。

只有良玉主仆两人,还在踏水而行。

万二虎拿蒲扇遮住脑袋,良玉用手搭在眼前。衣服已经淋透了,凉意压去了暑热,凉得透了心,万二虎禁不住打了天大一个喷嚏!

走进一条僻静小街,雨渐渐小了,飘成了雨丝。右手现出一块水池,池岸耸了一棵银杏,两根斜柳,柳下一个老汉戴了斗笠在钓鱼。良玉亲身上去,抱拳问路。老汉说,这条街叫庆云西街,这池叫庆云塘,往前过了十字口,对直过去,就是落虹桥。

良玉不觉笑道,"莺飞草长,落红无数,好一座风雅的桥啊。"老汉很奇怪地盯了他一眼,倒也没说啥。

落虹桥架在一条水沟上,是小小的石拱桥。良玉老远就看到,子云已站桥头等着了,打了一顶油黄的伞,怀里抱着剑。

九

过了落虹桥,左手是一大片空蒙之地,有呜咽的号声升起来。子云说,"这是东较场,犯人砍头的地方。犯人拖过落虹桥,不是落了魂,就是落下一泡尿……啧啧。"

良玉不解,"那为啥要叫落红桥?"

"忌不祥。"

顺着东较场南端走了三二百步,即抵拢成都的东城墙。折而向右,又顺城墙走了两百步。城墙很多砖已经被拔了,长出杂草和灌木。子云叫了声,"来吧。"攥着草木就攀援而上。良玉、万二虎紧随其后。

城墙很是高峻,但也已然残破了。墙顶可以并驰十匹军马,雉堞宛如长城,不过,那是早年的光景了。而今杂木成林,间杂着简陋的棚户,是流民、叫花子、贼娃子的栖身之地。间或还有开出的小块菜畦,鸡群在拉屎、啄菜叶、叼虫子。

偶有鸡公脖子一硬,仰天长叫:"喔——喔——喔——"

郁郁雨天,刷地亮堂了一刻。还有两个小娃娃,一丝不挂,浑身脏兮兮,像刚从土里刨出来的泥人儿,看着这三个闯入者，呆呆的，只间或眼珠子转一转。

良玉觉得心酸，却不知如何是好。

子云已走到墙那边，催了声"走"，就翻身而下了。良玉、万二虎也不多想，如法翻了下去。

东城墙下，横着一条护城河。河名府河，跟南河并称二江，又合称锦江。杜甫寓居成都时，写过不少吟锦江的诗，良玉入蜀路上读过，印象深的，是"锦江春色来天地，玉垒浮云变古今"。而今看在眼里，只是雨后的一派浑水，不宽阔，但峻急。河边泊了很多带篷的木船，樯桅密似一片林子。

子云招手喊来一条小舟，把他们渡到了对岸。

过河即是郊原，大片稻田绵延铺展，竹林簇拥的村庄点缀在野地里。又走了一两里，到了一个小乡场。

冷场天，街上没几个人。走到尽头，一拐，迎面却是一座好大的庙宇。

良玉哈哈大笑。"子云兄刚说了忌不祥，一转身，就带俺来到了天祥。"

山门上三个大字：天祥寺。

子云说，"兄弟爱说笑，天祥却不可乱说。寺里祭的神，是文天祥。"

"成都不是文天祥故里,他也没来过成都啊。"

"他诗里写了'山河破碎风飘絮',成都自然也在这山河里。"

良玉默然了一回。"是俺看得窄了些。多谢子云兄指点。"

"我能指点啥?不过是在戏里演过文天祥,熟读了他几句诗。"子云朝山门里指了下,把剑递给他。"我就把你送到这儿了。里边有两关,你过得了,我师父会收你为徒的。"

良玉接了剑,笑道,"我要过得了两关,兴许就不拜这个师父了。"

子云不说话,万二虎怔怔地站着。

几只麻雀飞来停在山门上,刚站稳,一抖羽毛,噗、噗、噗又腾了起来,朝寺院里扑了下去。

十

天祥寺不算很古老,但也见出老态了。墙上有雨水的屋漏痕,树根糊了青苔,然而石径干净。皂角树下有口井,良玉走去瞄了瞄,相当清洌。这时候,他听到有人在咳嗽。不是气喘、有痰、喉咙痒,是打招呼。

他循声进了一道月门。一个三十多岁男子坐在石桌前,胖头圆脸,络腮胡,像个和尚,但不是和尚,正仔细地看着他。桌上横放了一把刀。

刀只有两尺长,却有一尺多宽。刀背很厚,有点像是斧头的背,上边还串了六个小铁环。刀柄也有一尺,被几代人握出了垢,又摩挲出了光。光是黑森森的。

良玉距他一丈远站住,抱拳拱手。他也起了身,抱抱拳。"魏师弟夸了小兄弟几次,说你空手夺白刃是一绝。师父就说,让我跟你练一练。"说罢,左手把刀抓了起来。

他身子不高,但比良玉壮实。

良玉却不拔剑,只说了声,"奉陪。"一闪,已经冲到了对方跟前。

嘭!良玉胸口挨了一拳。他飞快后退,以缓解拳头的重击。眨眼间,又已退回一丈来远了。

那人哈哈一笑。"动作很快嘛,小兄弟。"

良玉看对方,左手依然握住刀,右手却多了件东西,正是自己的剑,且没明白是怎么失手的。他傻傻的,说不出话。

"我只比你快了一毫。"对方的语调,并无自得。

良玉却转身就走了。

"喂!师父还在等你呢。"

良玉回头，一脸的苦笑。

那人把剑塞回他手里，恳挚道，"得行。"

十一

良玉跟着那人，穿过一段夹墙小道，进了一扇偏门，里面是个天井。一根长竹竿搭在两边屋檐上，晾满了僧衣。他们弯腰从衣下钻过，一滴水滴到良玉后颈窝，像被刀尖拍了下。

再从犄角一转，现出一个后庭。

庭中坐了个干瘦小老头在读书。他坐的竹椅跟茶铺的一样，但显得大了些，空旷了些。面前自然也放了一碗盖碗茶，还有一块黑铁疙瘩，看不出有啥用。

那人很恭谨地叫了声，"师父。"良玉跟着恭谨叫了声，"先生。"

先生放了书。"去端两把椅子来，你们也坐吧。"

那人去端椅子，良玉说，"椅子来了，俺也不坐。"

先生问，"为啥呢？"

"不配。"

"有啥不配呢？子云夸你文武双全。"

"先生这么说，俺撞墙死了算了。"

"练过铁头功的吧,这墙还经得起你撞啊?"

良玉脸上红一阵、白一阵。先生换了个话题。

"子云说,你每天在抄《心经》。这《心经》里,你以为关隘在哪儿?"

"'观自在',"良玉顿了顿,又说,"是'自在',先生以为呢?"

"是'舍利子'。"

"为什么?"

"有趣啊。"先生端起茶碗喝了一小口,飘出一股好闻的茉莉香。"不过,说到有趣,倒还不如《论语》和《孟子》。"

良玉自忖,《庄子》应该更有趣。但没有敢吱声。

先生又问,"《论语》里,哪一句你最是忘不了?"

"暴虎冯河,死而无悔者,吾不与也。"

"为啥呢?"

"因为俺不懂。"

"是不以为然吧?"

"是糊里糊涂。"

先生笑了,露出仅剩的三颗老牙。"你是个有趣的人吗?"

良玉想了想,用试探的口气反问道,"俺偶尔有趣。先生呢？"

"我无趣，但还没有很无趣。学武是一件最无趣的事，我做不到，可惜了。"

"可子云兄说，先生是狮皇。"

"子云该打，我也巴不得找面墙撞了。"先生笑笑，又喝了口茶。"我平生见过顶厉害的人，是我的大师兄。他跟人比划，总在三招内取胜，从没用过第四招。我师父骂过我，问我比师兄差在哪儿呢？我说，哪儿都差啊。师父说，只差一点，差一点就步步差。我问哪一点？师父说，寡言笑。"

良玉哈哈大笑。"寡言笑，那多无趣啊。"

"是啊，所以我服气嘛。师兄跟人比划，从不用三招，跟人说话，也从不说三句。我向他请教，他只演示一下动作，连半个字都懒得说。"

"他还活着吧……我是说，他还好吧？"

"他比我还年长十七岁，还活着，在鸡脚寺闭了门练功。也不授徒，也不娶老婆生儿子。"

"还娶老婆？"

"他也没出家，不过是住在庙子里。唐代王维，不也成天跟和尚混的么？他也是娶过老婆的嘛。"

"这倒是。"

"你最喜欢王维哪一句诗?"

"日日泉水头,常忆同携手。"

"为啥?"

"有深情。"

"你还是不要跟我学武吧。我吃了不寡言笑的亏,你比我更甚,有言有笑,还有深情……"先生站起来,在脑门上拍了拍,仿佛下了个大决心。"去鸡脚寺拜我师兄为师吧,我帮你写封信,求他为你破个例。"

良玉双膝跪下。"俺去鸡脚寺干嘛?俺又不做天下第一。"咚、咚、咚,磕了三个响头。

阿芙蓉

十二

良玉拜小白先生为师,学了一年三个月。

师父说自己气力已衰,多数时候由师兄何道根代为传艺。何道根就是夺了良玉之剑的那个人,祖上是东较场的刽子手,从他爷爷起改了行,替镖局做镖师。

押镖是苦活,担许多风险,且赚不了几个钱。失了镖,还要赔。何家四代单传,何道根是独子,又要奉养寡母,故而娶妻甚晚。三十岁时,有个也做镖师的朋友,比他年长七八岁,看重他朴讷、忠厚,拳脚也好,就把十八岁的女儿嫁给了他。还帮他在老南门大桥外的桓侯巷,开了一家小镖局,押运往来滇中的货物。这之中,最值钱的东西,就是云土了。利润高,风险也更高,且往来一趟,少说耗时一月上下。

川滇之间的豆沙关，比剑门关还险恶，常有劫匪出没。他在这儿留了好几处刀伤。所幸，硬撑了过来。

良玉去何家拜访过。

嫂子白皙、秀弱，眼睛却大而黑亮，像泡了两汪清水。他暗吃了一惊。这两夫妻看上去，有点像父女。而她的性格，则又不像出身武家的女子，腼腆得很，见了良玉，红了脸侧向一边，说话声轻得像小水滴。

何道根说，你嫂子身子弱，气虚，不时还会在梦中哭泣。

故而，常由女仆张妈陪着，去染房街的药王堂抓草药。虽无大效，但吃了比不吃好，就一直吃了下来。

这让良玉有点莫名的不自在，后来就很少登门了。

他更喜欢去冻青树街的魏家。常自备了酒和菜，忽然就登了门，跟师兄、嫂子、小妹，谈笑半天。麻雀喜欢从瓦檐扑下来，跟他们分食盘中餐。有一回，麻雀啄了几口酒，站不稳当了，纷纷在桌上打醉拳，把子芹笑得岔了气，嫂子不停给她揉肚皮。

但魏家的光景，是一日不如一日了。

良玉有两次登门，都见子云正提了大包裹出来，要去当铺。他把包裹夺过来，说，"卖给我吧。"子云说，"我不卖。等手上转得动了，还要赎回来。"良玉说，"我买了，就寄存在你家。"子云说，"我想说不受施济吧，其实，是连这点硬气也没了。不过，小师弟，你救得了我这一回，你救不了我一辈子。"

良玉即便把所有私房银子拿出来，也挽不了魏家的败势。

来成都前，他已经打探到，这是烟柳繁华地。因为多雨、潮润，女子均白嫩姣好。到了之后，私下问过万二虎，可有什么好玩处？

万二虎说，"成都好玩的，不下千百家。条条街巷都有茶馆、酒馆、烟馆，小少爷只管挑大的、富丽的、价钱贵的，吃了不会错。"

"废话，俺不是在说吃。你还不懂？"

"嘿嘿，俺笨，懂还是懂一点。成都虽富，吃喝是顶好的。论打扮、论耍事，成都人顶景仰的，却是苏州、扬州了。但凡夸你穿得好、派头讲究，就说你'好苏气哦'。但凡又夸女人风流，就说扬州女人嘛，那还消说。"

"妈的，俺爹还夸你老实呢。有你这种老实人？"

"嘿嘿嘿……"

"赶紧给俺指条路。"

"干槐树街,两扇小红门,只此一家。"

"你去几回了?"

"俺哪敢去。俺攒三四年小钱,也不够去一回。"

十三

良玉的碎银子,好多都扔进了这两扇红门内。

九月秋深,有个晚上良玉从魏家喝了酒出来,头重如铁,脚下如云,该回提督府,却走岔了,又拐到了干槐树街。

天上有半块月亮,在云朵之间出入。两扇红门上,时亮时暗。门上一块牌子,写着"宾至如归",像家小客栈。却又有一副门联,上手:扬州慢;下手:苏幕遮。字迹轻滑、妖娆,很是挑人。

敲开门,刚踏进前院,就见一个瘦猴子般的客人走出来。觉得有点不对,不及多想,就被对方撞了一下,差点栽倒。他想发作,却只听到一句,"得罪得罪"。门嘎吱响,开了,又关了。

院里的老鸨、丫鬟、女仆,对良玉很熟了,处处赔小心,极尽恭顺。良玉喜欢一个肥白的姑娘,老鸨夸他好眼力，说，成都自古芙蓉城，这姑娘就是芙蓉魁。良玉笑道，"什么芙蓉魁？俺偏叫她阿芙蓉。"

阿芙蓉虽然健硕，腰肢却软得可怜，加一对杏子眼，让良玉很是着迷。问她哪里人，她口音古怪，东拉十八扯，一会说扬州人，一会儿说苏州人，还说是黔中苗人、岭南仡佬，听得良玉哈哈大笑。让她唱歌，她张口就来，声音之嘹亮、宽广，的确就像站在山顶上唱山歌。良玉不胜感叹，说阿芙蓉啊阿芙蓉，你要早生了一千年，杨贵妃的位子就该是你的了。

阿芙蓉呸了一口，娇嗔道，"杨贵妃啥子下场，我还不晓得！"

阿芙蓉侍寝，十二分卖力。每次完事之后，良玉都觉得床上躺了两滩泥。

这一晚，良玉进了阿芙蓉的房间，闷闷不乐，又要了壶永兴烧坊的老酒喝。阿芙蓉在他身上腻了好一阵，他没回应，已是酣然入睡了。

天亮醒来，窗外正在落小雨。雨中有麻雀叽叽喳喳的吵闹声。他就平躺着，静听了好一会。

阿芙蓉睡在身边打呼噜，嘴张开，淌着一线亮晶晶口水。

他摸一摸钱包，钱包不在了。想起昨晚跟他撞了个满怀的瘦猴子，心里雪亮，嘴角漾起一丝自嘲的笑。也不说什么，就把帽子上的翡翠抠了下来，搁在床头柜。

自此，良玉途经干槐树街，都远远地绕着走。

一棵稻草人

十四

何道根把师父传授的本领，都一一传给了良玉。

翻过半年，良玉已可以跟何道根打个平手了。只是，何道根夺得了他的剑，他还是夺不了何道根的刀：良玉的手够快了，但何道根抓得牢，一夺不成，立刻就会反挨一脚。

还有一回，两人互搏时，良玉卖个破绽，受了两拳，却用扫堂腿突袭，猛烈地扫在师兄的腿杆上。师兄摇晃了一下，却又站稳了。良玉反倒栽下去。

"你还好嘛？"师兄问。

"还好还好……"良玉苦笑，揉着自家的腿。

那天天气好，小白先生坐在一边喝盖碗茶。良玉一跛一跛走过去，请教师父，何以会败？

"还是力气不够。"

"那又怎么办？师兄的腿，比象腿还壮实，俺再练十年，一腿扫过去，也没奈何啊。"

"你不晓得再扫第二腿？"

良玉怪笑。"还没等我扫第二腿，师兄早就一脚把我踢飞了。"

"那你就要再快些。"小白先生起身，把手里的邛竹手杖插在地上。"你来，把它当作你师兄的腿。"

良玉看了师父一眼，不敢违拗，一腿扫过去，手杖飞了八丈远。赶紧又跑过去捡回来，双手递给了师父。

师父不接，吩咐他再插起。"第一腿要轻，只是借点力，第二腿才是力气活。我年轻时候可以连踢三腿：一腿踢脚杆，二腿踢胸口，三腿踢脸。我大师兄可以连踢三腿半，我师父夸他是神腿呢。"

"那半腿踢哪儿呢？"

"脚尖对咽喉。"

良玉抽了口冷气。"他是怎么做到的？"

小白先生摇摇头。"弄不醒豁嘛，不然咋叫神腿呢。"

何道根一直默然，这时也插了话。"我的腿就算是铁桩，遇到神腿，是不是也只能被踢趴？"

"你不是铁桩，你是人，你不晓得一腿踢回去？"

"比快？"

"比恶。"

良玉哈哈笑。"子云师兄跟俺结识头一天,就要俺记住,成都不出豪杰,也不出恶人。"

小白先生也笑了。他说,"恶和恶不一样。"

何道根一脸茫然。良玉说,"多谢师父教诲。"

来年六月,良玉约上子云,来天祥寺见师父。他手里抱了一棵稻草人,是在寺外的农家买到的。这些天,何道根恰好押镖去了云南的昭通。

小白先生道,"你是要耍猴给我看?"

良玉不吭声,把稻草人插在地上,退后几步,横身一跃,脚尖踢在稻草人的咽喉处。

这一脚,快得连子云也没看清。只听嗖地一响,良玉已经站在原地了。稻草人的脖子齐斩斩断了,脑壳直直地落下来。

良玉脸色不红,也不白,出气是均匀的,望着师父,等他发话。

小白先生拄杖走过去,把稻草人的脑壳捡起来,掂了几掂。"我的小徒儿哦,师父没啥可以教你的了。"

良玉看了眼子云,不知该说什么,一下子跪下来。

"起来、起来,磕啥子头,又不是正月初一领红包。"

小白先生摸着下巴的一撮白胡子。

十五

辞了师父，在天祥寺雇了两匹小马，沿府河骑行，从东南边的迎晖门回城。

良玉一路是大好心情。他说，"子云兄，陪俺去大慈寺烧香吧，给师父祈福，也谢谢云见法师给俺加持。出了庙子，几步远，就是棉花街，街上的正兴园，听说是成都最豪奢的饭馆，俺就请你痛快喝一顿酒。"

子云笑道，"你每天抄经，不过是虚应故事，师父也不信这些。他自己说，我住天祥寺，一不拜佛，二不拜文天祥，每天只是磨时间，等死。"

"哈哈，师父说笑，不能当真。"

"真要孝敬师父，就替他争口气。我是碌碌之辈，何师兄也不得行，就看你了，你多半是得行的。"

"师父有艺有德，哪轮得到徒弟来争气？"

"师父、师兄都夸你聪明，不想你也有蠢的时候。"

"……"

"再说正兴园，就是个烧银子的地方，何苦呢？"

"我乐意啊。没有子云兄，我哪能得缘拜师父？万二虎跟我说，正兴园的包房里，插着四季应时的花，墙上挂的是元四家的画，用的杯盘酒盏，都是汝窑、龙泉窑烧的，啧啧。还有五湖四海的大厨，除川菜，还有粤菜、淮扬菜、鲁菜……俺们就吃鲁菜吧，俺的家乡味。"

"家乡味跟家里的味，哪个更厚些？"

"自然该是家里的味，不过……"

"好，那就跟我回家，让你嫂子给你做。"

"这个……怎么好意思？"

"不让你白吃，你把正兴园请客的酒钱给我吧。"

"……"

"两三年了，为了养戏班子，我一直在借债。叶窝子上半年的利钱，我还差一截。"

"利钱？那本利相加，该有多少呢？"

"说出来，吓你一跳，就不说了吧。"

良玉默然好一阵。"子云兄，俺跟你慢慢想法子。正兴园的这顿饭，暂且搁一搁，总有一天还是要吃的。"

挑战武状元

十六

暑袜街上,有好多家卖袜子、鞋子、夏布、蚊帐的商铺。穿过暑袜街往北,就是冻青树街了。

良玉给子芹挑了一双红色暑袜,是针织机织的,纯棉纱,薄而透气,握在手里,只有一小把。

子云说,"你给子芹送红袜,就不先问我有没有忌讳?"

良玉想都不想,"有什么忌讳?哥哥给妹子送袜子。"

再走几步,是一家有名的老酒坊,叫作泉兴成,良玉买了一罐两斤装的泉兴大曲。随后把身上剩下的钱,都交给了子云。

子云脸上烧了烧。"等戏班子好点了,我会还你的。"

"还谁呢?是你自己从嘴里省下的。"

十七

红暑袜很长,子芹穿上脚,一直拉上去,两条小腿都红了。她乐得就在院子里疯跑。嫂子喝道,"暑袜底子薄,等我给你纳了袜底再穿嘛。"

她不听,纵身一跃,又上了屋檐下的饭桌,不停地打转,且越转越快,双脚舞成了一圈红光。

子云也骂,"瓜女子!还不下来?"

良玉举起拳头,向她做了个威胁的动作。

子芹嘁了嘴,头一偏,打了个鹞子翻山,呼地下了桌,眨眼就闪进里屋了。把良玉都看愣了。

子云说,"你不觉得,子芹可以去做一个刀马旦?"

良玉赞叹,"是啊,很不一般的刀马旦。"

"哼,她就是能说话、能唱戏,我也不要她上台。这碗饭,早就吃够了。"

酒喝到一半,子云突然冲老婆、妹妹挥挥手,让她们下桌。这是从未有过的,姑嫂相视一眼,还是知趣地退了。良玉看不过去,说,"干嘛呢?"子云说,"我要干一件大事,不想让她们担心。"

"就不怕俺担心?"

"既是师兄弟,你正该替我担一担。"

良玉说,愿闻其详。

"老南门大桥正在重修,估计八月可以完工,到时要举行踩桥仪式,各路秀才也要进成都考举人。皇城的考棚,坐得下一万三千多考生呢。踩桥,图的是吉利,请的踩桥大员,这回是一文一武两个状元。文状元,是来成都主持乡试的赵怡迴。武状元,是四川总督的大舅子童仲和,刚辞了在江西的官,住在妹夫家吃闲饭。文状元就不说他了,单说这个武状元,踩桥那天,我要当众挑战他。"

"他跟你无冤无仇,为什么?"

"就因为,他是武状元,天下人视之为武神、活关公。我要能打赢他,来看我武戏的观众,何止成千上万。至少能热闹到明年元宵节。这几个月挣的钱,可以把债务本利都还清,就此也把戏班子散了,给每人发点安家费。还有,就是给子芹置一份嫁妆,把她给嫁了。我和你嫂子呢,就带了你侄儿侄女,去乡下租两间农舍、几亩薄田,安度余生了。"

"师兄,这不是唱戏。武状元会跟你打吗?你打得赢吗?还有,子芹那么小,你忍心把她嫁出去不管了?"

"输赢不管,我只剩了这一条路。子芹的婚事,是我爸妈在时就结下的娃娃亲,人家晓得子芹的毛病,但守信,没反悔。她早嫁,我早安心。"说着,子云把小院环视了一圈。栀子花粉嫩、肥腻,开得正好,他深吸了一口。麻雀从屋檐口伸出头,望一望,又缩了回去。

"兄弟,实话说,这院子、屋子,我上个月就卖了,还利钱。买家还算心肠软,宽限我可以再住小半年。"

良玉心里憋屈,恨不得一掌把饭桌子劈烂。

他喝了一口酒,听到屋里有胡琴的声音,是嫂子在拉琴。拉的什么,他也听不懂,只听到了憋屈。

桓侯巷

十八

何道根从云南回了成都,良玉马上就去桓侯巷找他。

出城途经老南门大桥,看见重修工程已在收尾了。临时架设的辅桥还没拆,行人仍须从上侧身而过。

南桥之南,笔端端即是浆洗街。走到中段向左一拐,就进了桓侯巷。巷子窄小,里边却有一个桓侯庙,是成都屠户们凑银子建成的,祭祀做过杀猪匠的张飞。庙的后边,有几亩菜畦,半箭之远,耸着一座大土墩,是张飞衣冠冢。何道根的家,在桓侯庙隔壁。

良玉进巷时,闻到冲鼻的臭味,又看见很多农民提了筑篼、撮箕堵在巷子里,讨价还价,吵得面红耳赤。他凡事好奇,正想探个究竟,脚下一滑,差点就栽倒了。农民裂开嘴巴呵呵笑,乱嚷,"公子爷踩到狗屎运了!"原来,这桓侯巷也正是个买卖狗屎的市场。

何家的院子，跟魏家差不多大小，但后面多了个天井。前院待客、接镖，后边是住屋。

良玉推开院门时，何道根正督率家里的小厮，在给石榴树施肥。

这棵石榴，是岳丈前年在青羊宫花会买了，移栽到女儿、女婿家的，以喻多子多福。这肥料，是刚买回的新鲜狗屎。何道根浑然不觉其臭，一脸汗珠，干得很上心。

石榴已经结果，且挂满枝条，红光灼灼。有的还饱胀得炸开了，露出亮晶晶的石榴籽，颇像两排小孩儿的嫩牙。

良玉拍拍树干，感慨道，"师兄的日子，好有来日可期的丰裕。"

何道根搓搓手，笑道，"我书读得少，听不懂你这些文绉绉。"

嫂子又进城了，张妈陪着，去染房街药王堂抓草药。

师兄弟就坐在石榴树下喝茶。阳光投下来，在茶碗上跳来跳去。何道根挥动芭蕉扇，良玉打开折扇，两股风呼呼有声。

何道根说，"我昨天去见过师父了。他要我把迎风斩给你看一看。"

良玉说，"俺今天来，不是为了迎风斩。"随即，把子云要去挑战武状元童仲和的事,细述了一遍。

何道根蹙紧了眉头。

良玉说,"俺们给师父禀一下,请师父劝劝他。"

何道根苦笑。"魏子云有胆量挑战武状元,就是当初师父说过一句话:武科考出来的举人、进士,都是花架子,不经打。"

"师父说得对啊,俺爹军中就有武举人、武进士,万二虎要跟他们比划,没一个肯应招。"

"师父当初那样说,也是为了宽慰我。我就想捞个武秀才,为祖宗争个面子,结果做文章一窍不通,考了两回,都是出身虚汗,连根稻草也没捞到。"

"幸好没考上。师兄真做了武秀才,被街头卖艺的打翻了,岂不是给祖宗丢面子?"

何道根摇头,摆手。"还是说魏子云吧。要请师父劝他容易,要帮他却难。你晓得不,魏子云的债,是从哪家借的呢?"

"梨花街的叶窝子。"

"你去过叶窝子?"

"没有,只听子云兄说过一回。叶窝子,该是个钱庄吧?"

何道根把茶碗端起来,吹了吹,还拿盖子擀了擀,徐徐喝了一长口。

"岂止是钱庄。叶窝子，不是梨花树的叶子，是腋窝子，半个成都的脏东西，全藏在那窝子里。外边是钱庄，里边是赌馆、烟馆、武馆、黑白道。养了一大堆偷人的、抢人的、算卦骗人的、拐卖女人娃娃的。除了打手、刀手、催命鬼，贿赂官府、包揽词讼的才子也有一大把。实话说，我也没去过。人都说它外边是狼头，里边是一根狼肠子，弯过来、拐过去，时不时有仇家提了刀进去，没一个活着再出来。窝主叫叶天贵，这两年改名叶德公，武功深浅我不晓得，但他手边还有两杆洋枪，一长一短，两箭路之内可以取人的命。小儿夜哭，但凡吓他要送叶窝子，立刻就会闭了嘴。梨花街紧挨染房街，有一回你嫂子去抓草药，误从叶窝子门口过，吓得两条腿都打闪闪。"

良玉很是不解。"清平世界，官府也不管一管？"

何道根摇头。"叶窝子势大，刀子快、心肠黑。官府一帮窝囊废，想管，也管不了。师父也说过一句话，没事别去碰叶窝子的人。魏子云借的就是叶窝子的钱！哪是钱，是阎王债。"

良玉哼了一声。"叶窝子，俺就偏想去碰一下。"

何道根冷冷道，"那你就滚出师门吧。"

良玉转而嘿嘿地笑了。"说个气话而已，师兄别当真。

不过，这事说到底，该不该让师父知道呢？"

"别给他添心烦了。昨天我看到他，又虚弱了很多，一天吃两顿，只喝得下半碗菜稀饭。"

良玉默然。何道根又说，"踩桥那天，我们都去吧。魏子云挑战武状元，我估计有六七成胜算。武状元倘真被打得吐血了，总督爷肯定要挥兵抓人的，我们正好拦一拦。"

十九

何道根给茶碗续满水，把话题岔开了。

"小师弟来既来了，迎风斩还是要演示一番的。"

说罢，去屋里把宽刀提了出来，摆在桌上。随后，将几十根竹竿捆成一束，再扎上半尺厚的谷草，又裹了一床老棉絮，立在院子当中，像一根柱子，比水桶还要粗。他伸手拍了拍，柱子稳稳当当的。就把刀抓过来，双手握住，退后一小步。

良玉也退了退，咕哝道，"迎风斩……还没风呢。我拿扇子给你扇一扇？"

何道根说，"刀起风生，风吹头落，等啥！"

双手举起，嗖一响，良玉还没看清，竹柱斜斜地断了，断竿上飞，噼里啪啦打在石榴树枝上。谷草、棉絮在空中飘浮，久久的，释放出一股陈年的旧味。下边那一大截，依然还站着，纹丝未动。刀背上的六环，也没来得及响一声。

良玉怔了怔，连声叫好。"师兄有这一刀，行镖天下，不会有闪失。"

何道根摇摇头。"一刀再好，也只是一刀。全凭师父传了我许多本事，一碗饭才算端得牢靠了。"

"师兄说得是。俺也琢磨，这一刀是顶厉害了，但究竟只一招。倘能再创一招，一招使完，一招跟进，两招呼应，源源不绝……可能会增加十倍的功力吧？"

"小师弟，我把这一招传给你吧。我是独子，膝下又没儿女。师父待我，如同父子，他又着实夸你天资不凡。师门之内，就是家人，我传给你，也不算外传。第二招嘛，你就自己去琢磨。不然，这一招失传了，反倒是忤逆了祖宗。"

良玉赶紧抱拳拱手。"师兄该自己打嘴巴，说什么失传。你正是力能扛鼎的壮汉，嫂子是贤淑、妙龄的美人，送子观音肯定是打盹了，哪天一醒来，嘿嘿……何家儿孙满堂啊。"

何道根也哈哈笑，笑罢，轻声叹气。

良玉把他的芭蕉扇抓过来，将自家的折扇递过去。"师兄，等俺哪天创出一门绝招了，来换何家的迎风斩。天热，我们先把扇子换了吧。"

何道根把折扇哗地一甩，露出一行字。他文墨不得行，这几个字还是认得的，当即就念了出来：

万事孝为先

"不孝有三，无后为大。小师弟，我是愧对这把扇子了。"

"师兄，来日方长。这把纸扇子，是俺爹送我的。给你送凉解暑吧。"

良玉把芭蕉扇转了一圈，扇出一股大风，觉得很是称手，也很称心。

踩桥

二十

文武状元踩桥的头一天，小白先生病倒了。

何道根在床头侍奉，片刻不离。小白先生不吃药，只喝菜稀饭。散居各处的弟子，陆续赶到了天祥寺。最老的几个徒弟头发、胡子都白了，进屋跪在床前就哭。

小白先生骂了声"蠢货"。继而眼珠子转了一圈，吩咐何道根，"我的病，良玉、子云还不晓得，就不要让他们晓得了。"

何道根赶紧点头。其实，他一早闻讯赶来的同时，就已叫家里小厮去冻青树街给子云传了信。良玉恰好也正在魏家。但两人一番商议，担心师父已听到风声，会阻拦挑战武状元的事，决定暂不见师父。

他们在院中点燃三炷香，磕头为师父祈福。子芹不明就里，穿着红袜子跑了一圈，见两个哥哥如此恭谨，也老实跪下了，学他们磕头。

只有麻雀还在叫，叽、叽、喳、喳。

良玉回家，夜饭时跟提督爷说到明日踩桥的盛举。提督爷拈须嘲笑，斥之为花架子。

良玉吃了一惊，问，爹爹也知道武状元是花架子？

提督爷哼了哼，很是鄙视。"岂止武状元，文状元、总督大人、成都将军，哪个不是嘴巴劲、纸上谈兵，做不来一件正经事？就连满城里的八旗军，也是战马、兵丁瘦骨棱当，刀剑生锈、弓箭断弦……说起丧他妈的德！哪天真要有一战，我看个个都要爬起走。"

良玉哈哈大笑，比了个大拇指，夸爹爹的成都话说得好资格。

提督爷也笑笑，自谦道，"这个不算啥子，入乡随俗嘛。"

那，良玉问，爹爹的绿营军又怎么样呢？

"是万岁爷的绿营军，哪是俺的呢。八旗、绿营倘能战，平长毛、灭捻党哪用得上练团练？又哪轮得到曾国藩、李鸿章来唱戏？俺是当一天和尚撞一天钟。"

父子一时无语。饭毕，提督爷吩咐良玉早些歇了，明天吃了早饭，穿戴齐整，随侍他去出席踩桥的庆典。

明晨天亮，良玉却赖在床上，喊头痛、发烧，呻吟不已。仆人、丫鬟跑进跑出，发汗药、热毛巾不停地递。提督爷知道了，皱了皱眉，却也不是很急，暗想这小子苦吃少了，病一场也当是参禅，且由他去。用完早饭，依旧由万二虎充了贴身侍卫，束了剑，戴了顶戴，跨上难得骑一回的高头黄骠马，出门向南，朝老南门大桥而去了。

良玉听到马蹄声远了，就把伺候他的下人都赶走，说要睡个安稳觉。随即跳下床来，摸出昨天藏好的仆人的旧衣衫，上边还有五六个补丁，戴了草帽，从后门溜了出去。

跟他爹一个方向，但他抄了小街小巷，步子虽快，却绕了许多弯路。经过一个拐角时，有家锅盔店正在捅冷炉子，他抓起两把煤灰，往脸上一抹，登时黢黑，活像个刚从垃圾堆钻出来的叫花子。再走几步，遇见一个提桶沿街收潲水的老头儿，他又在桶里胡乱刨了几下，又拍拍自己的身上。老头儿笑笑，当他是疯子。

过了红照壁，到了南灯巷口眺望，南大街上人流已是浩浩汤汤，一多半是来省城应试的秀才，全要涌出城门洞子，去瞻仰双状元踩桥。他怕耽误了，只好侧了身，不停叫着"得罪"，奋力挤。

忽听一声号炮响,仪式已经开始了。

二十一

诸葛亮辅佐后主阿斗,派了费祎出使东吴,欲修复关系,合力抗魏。

费祎正是在南城门外登船的。诸葛亮携了他的手,先在桥上踩了两三圈。他昨晚卜了一卦,结论是吉凶各半,这让他寄望很深,而焦虑甚多。能说什么呢?一时无语。费祎就慨然道:

"万里之路,始于此桥,丞相且把心宽了吧。"

这句话,流传了下来,南门大桥又被称为了万里桥。

万里桥历代有修补。康熙初年修补后,成为一座七孔的石拱桥。桥头有万里亭,还立有一块高峻的石碑,刻了四个化篆为隶的大字:万里春秋。碑阴则有二百字小楷,历述了万里桥之始末、胜事。乾隆十三年,岳钟琪率军平了大小金川之乱回成都,过桥时下马,抚着这块碑,看看河中穿梭的船只,望望西岭终年的蓝雪,感慨说:

"好桥啊,何逊于卢沟桥之卢沟晓月!"

桥下有座很大的码头。沿河的客栈、酒楼、烟馆一间挨一间。东吴早已灭国了,来自东吴故地的商船、客船,依然载来绸缎、银子、醇酒、美人、宦游万里的他乡客，在南河上行驶和停泊。

良玉挤出城门洞子，桥的两端已经被兵丁和马叉封住了。看热闹的人群，挤压成了两大团，跟蚁群似的，涌动着、激动着。他啥也看不见，只好继续死命挤。他脏兮兮的脸、身上潲水的酸臭，都帮了忙，人群尽量闪避着，替他撕开了一条缝，终于到了最前边。

这是白露后的第九天，河风温和、有力，桥栏上彩旗飘飞。总督、成都将军、提督，均站在桥北，盛服、按剑，面向桥南。

新修葺完工的万里桥，宛如一张光滑的硬弓，文状元、武状元携手从弓的那边，一步步冒了出来。

良玉还是头一回看见状元郎。不是郎，是翁，都已然是老头子，且都瘦小，但又神采矍铄。多看两眼，还觉得两翁虽各为文武，一个官服长袍，一个武衣短打，却又像双胞胎，都有一把白胡子，脸上都有和善的笑。良玉就暗忖，子云怎么下得了手呢？再四边望望，也不知道他人在何处。护卫重重，怎样才能现身在武状元跟前？

突然，人群"哇——"地大叫了起来！

一个白衣人从桥亭的顶上腾了起来，飞跃而下。

他的影子投在麻石桥面上，像一只老鹰。当人、影合一时，站稳了，距两位状元大约五步远。这自然就是魏子云。

子云抱了拳，对两位状元翁深深致礼和致歉。他说，"我是成都一个戏班的武生，平生所学，只是讨人欢喜，常被讥为花拳绣腿。心中虽然不服，但也莫可奈何。今天有幸见到武状元，不敢言拜师，只求能够赐教一点点，就很知足了，够我后辈子受用。"言辞之间，很是恳切。

桥上静了片刻。桥头的总督按捺住，没有发怒，毕竟今天是个好日子，而这个白衣武生也恭谨有礼，且手无寸铁。而心底，也有点看戏的意思。成都将军也没吭声。倒是提督爷隔了半条桥，喊了句，"给这小子点颜色看！不然，还真以为状元都是花架子。"

文状元的脸却先红了，尴尬着，有点进退无措。但，武状元恰好不，他很是淡然。

"年轻人，你是想打倒我，给自己赚点名声吧？看来，你的戏班子是撑不了几天了。"

子云沉默着，不承认也不否认。

"你这种人我见多了，每年总要遇上五六个。今年过元宵夜，我在南昌街上看灯，从赣州赶来一个开镖局的老兄，生意不好，要找我比武，壮自家的名。我能怎么样？只好成全他。"

"结果呢?"

"求仁得仁,他身败名裂了。"

"他被你打趴了?"

"他是趴下了,不过,还轮不到我动手。"

"果然如此……"

"武状元既然放到神龛供起了,你要见神,就得先过门槛是不是?"

子云朝武状元脚下瞟了一眼。

武状元捋须一笑,侧脸向桥头的人群看了看。立刻跑过来一个大汉,辫子盘在头上,脚下缠了绑腿,握着两个碗大的拳头。"这是我来成都收的第一个徒弟,雷大彪。他不算门槛,但算门,在通惠门开了家武馆。拜了我的第二天,去找大彪学武的人,就站满了西较场。你听说过的吧?"

子云摇摇头。"武馆的事跟我不相干,我只管唱自家的戏。"

雷大彪哈哈笑,把指关节撇得咯咯响。"好嘛,我就代师父陪你唱一出。"

子云退后一步,握紧拳,又化拳为掌,很警觉地看着雷大彪的手。子云在成都人中算高个,但雷大彪还比他高了一个头,且魁梧了许多,活像一头牛。

文状元忽然伸手一隔,说了声,"慢。"

三个人都转脸看着他，空气紧张起来，河风吹得彩旗呼啦啦地响。桥头的大员们都伸长了颈子，不知道要出什么鬼。

"且让我走远些。"文状元丢下一句话，撒腿就跑了。一口气跑进人群，大口喘气，骂了句，"天丧斯文！"

总督听到了，就跟将军交换了个眼色。将军也骂了句，却是满语，总督听不懂。提督也听不懂，却也骂了句兖州话，不过声音小，只有身后的万二虎听到了："扯鸡巴蛋。"

雷大彪虎地打出一拳，照准子云的脸。

二十二

良玉昨晚还在跟子云说，武状元不可怕，可怕的是他徒弟。子云说，再可怕我也没有退路了。良玉就说，我琢磨了两个招式，你明天可以试试，一招破拳式，一招破腿式。

两个人就在小院里摸黑演练了几回。

雷大彪一拳击来，子云略避了避，却不回拳，径直用小臂猛击对方的小臂。雷大彪痛得叫了起来。子云赢了一招，接着再一挥，横扫雷大彪的颈子。但雷大彪的脚先到了，正踢在他的小腹上，他也叫了声，仰后倒了下去。但很快，又站了起来。

还没站稳，雷大彪又一脚，踢在他的心窝上。他晃了晃，喷出一口血，栽下去，滚了两滚。

桥两头的人群哇哇叫，亢奋不能自已，纷纷向桥心涌了过来，就连总督、将军、提督也不例外。文状元已缓过气，文绉绉说了句，"蚍蜉撼树"。

武状元依然拈须微笑。雷大彪冷冷看着地上的子云。子云挣扎着，终于撑了起来。

雷大彪不等他站稳，再飞一脚，踢向他的下巴。

但，一个叫花子闪出来，手一伸，把雷大彪的脚逮住了。

他用力挣了几下，脚依然在叫花子手里。他看了眼武状元。武状元的笑没有了，冷冷道，"给他点教训，不要脚软。"

可怎么教训呢，他脚力已使到了十二分，收、蹬、踢、转，所有动作都没用。

"你是谁？"武状元厉声问。嘈杂声不停，似乎也在重复这个问题。

叫花子张开嘴，露出一口白牙，要说什么，又立刻闭上了。雷大彪还在挣扎，用手去打叫花子的脸，却怎么也够不着。而握在叫花子手里的腿，被越抬越高，仿佛金鸡独立，且被推着步步后退。

武状元看了看总督，意思是还不抓人啊？但总督很有兴致地看着，并不急于发令。

七八条黑衣汉子拿了棍棒，冲了上来，是雷大彪的徒弟们。

叫花子把雷大彪的腿一送！雷大彪后扑出去，砸在武状元身上。师徒两个轰然倒下，顺拱桥的坡度，骨碌碌滚下去八丈远。

总督忍住没笑，吼了声，"拿人！"

叫花子爬上桥栏，回头望了一眼子云，跳了下去。

桥下的南河上，船挨着船，船老板、艄公、伙计都上了桥头看热闹，等于是空船。叫花子顺利从一条船跳到另一条船，很快就没影子了。

乱砖红叶飞

二十三

良玉顺水跑到合江亭,捧起河水洗干净脸,找了一家客栈躲起来。

合江亭是南河、府河的交汇处,从前是有一座亭子的,但已垮了几百年,只留下个地名。这儿水面宽阔,夏秋大雨之后,一片淼淼,颇像流动的湖。二水汇为一股,流下去就到了成都东南角的九眼桥、望江楼。再蜿蜒而下百余里,即在江口镇注入了岷江。

良玉藏身的客栈叫近水楼,向河的一面做了酒馆,背后才是客房。他摸出银子,换了掌柜的干净衣衫,又吩咐做一桌酒菜来。他早饭还没吃,饿得有点头晕了。

楼下有人在垂钓、搬罾。客栈收的活鱼都放入鱼篓,在河水里养着。掌柜见良玉出手宽绰,举止异于常人,不敢怠慢，就亲自蹚入水中，在篓里挑了条肥壮鲤鱼进厨房，剁为三截。鱼身用豆瓣、泡菜红烧成一钵。鱼头、鱼尾加胆水豆腐，熬了醒酒汤。又在柜台下用酒提子打了一大碗七年藏的老酒锦阳秋，还端上一甄子新米蒸的饭。

良玉拿起筷子，想起倒在桥上、嘴角淌血的子云，一点胃口也没有。

望望窗外，正有条细长的木船在漂着，船头船尾，立着七八只黑色的渔老鸹，不时在水里钻进钻出。渔人把竹篙横在背上，身子摆成一个大字，随船晃浪着，十分自得。良玉胡乱刨了几口，就回客房去睡了。

睡得也不安生。想马上去冻青树街魏家看看，又怕城里正在追捕"叫花子"，万一辨认出来，会给爹爹惹麻烦。闷闷的，挨到天黑，就琢磨着先填饱肚皮，再见机行事。把门一开，却有人挤了进来，轻声唤，"小少爷。"是万二虎。

良玉吃了一惊，问他怎么找来的？万二虎说，这不难，沿河一家家问的嘛。良玉大怒，骂他鲁莽，倘若露了行迹，岂不连累一家人？万二虎却嘿嘿笑了。

"小少爷，客栈不是桃源，总督爷安心要抓你，你还能成了漏网的鱼？他是没上心。他早就嫌烦了武状元赖在他家里，喝好酒、吃好肉，还拿出大舅子身份，阻扰他新纳八姨太。武状元出了洋相，他消气得很呢。"

良玉也笑了，骂道，"老狐狸遇到老狐狸。"继而道，"我凑近看那武状元，的确不像个经得打的货，以为他徒弟也该是脓包。没想到……"

"小少爷聪明过人，论见识就浅了点。很有些习武的人，功夫在武状元之上好几截，但没名头。拜了武状元，马上响当当，开武馆、开镖局，牌子就大多了。他们的拳脚，的确是硬得很。不过，"他朝良玉抱拳一揖，"遇到了小少爷，他师徒俩只好一齐滚蛋了。"

"没死吧？"

"两人敷了膏药、缠了绷带、拄了三根拐杖，活得还挺好的。不劳小少爷费心了。"说罢，又补了一句，"雷大彪绰号雷飞腿，这下好了，改名瘸腿雷。"

良玉瞪了他一眼。"说废话就算你得行。子云呢，他还好吧？"

"还好。"万二虎只吐了两个字。

良玉拔腿就走。万二虎赶紧拉住，苦求道，"小少爷吃了饭再走不迟。要帮魏少爷，也得身上有气力，是不是？"

二十四

良玉晌午饭没动的鱼和酒，掌柜都给他好好地留着。拿出来热了端上桌,主仆二人也不言语,埋头狠吃。酒是好酒,万二虎斟一碗,良玉喝一碗,不觉喝空了半坛。天已黑尽,窗外的河面上现出几星渔火。万二虎又要了客栈的一盏大灯笼,待要付钱,掌柜连连摆手,一脸谄笑相送。

街上黑咕隆咚,没星星、没月亮,风吹着,是飕飕的秋意。临街人家漏出的灯光,依稀能见得道路延伸的方向。灯笼亮出一团红光,活像兽眼在不祥地漂移。

魏家的院门久拍不开。良玉摸索一阵,还有点不信,又把灯笼提高照了看,两个门环上缠了铁链,已然封死了。"这就是'还好'!"

他酒意翻涌,一把揪住万二虎的胸口。

"刚才没多说,是怕小少爷听了饭也不吃了。"万二虎哭腔道,"魏少爷被抬回家之后,躺在床上半死不活的,叶窝子的二管家就带了一群人赶来,把院子都堵满了。挑战武状元的事,他们是事先知道的。二管家说魏少爷,愿赌服输,你这一输,除了留下比屋檐还高的烂债,啥都没有了。说着挥挥手,手下人上来就抓子芹小姐。夫人大喊大叫,跟他们拼,被一棒子打倒了。邻居都跑了过来,想拦又不敢。二管家又说,欠钱还钱、欠命还命,自古而今,是天公地道的事。这小姑娘是魏子云作了赌注押给叶家的。他输了,作孽的是他。实话说,他欠的银子押十个小姑娘也不够。老爷积德,说魏家的儿孙没出息,也够可怜的,不过规矩不能坏,这一个小姑娘还是要拿走的。"

良玉的牙齿嗒嗒响。"拿走?他是在拿东西啊。"

万二虎不敢接话。

"拿走了没有呢?"

"……"

"撞开!"

万二虎退后一步,用肩膀猛烈一撞。门板倒了下去,他身子收不住,栽在院里滚了一圈。

地上扔着砸烂的桌子、椅子、锅、碗,还有撕烂的被子、衣服。良玉亲手提了灯笼,把几间屋,还有厨房,都细看了一遍,也都满地狼藉。回到院里,抬头望望,兵器架上,挂着一只红暑袜。

良玉把袜子摘下来,紧紧地捏住。这时候,听到屋檐口有麻雀的叽喳声,小声、谨慎,然而是有喜悦的。他不觉就嘿嘿地笑了,仿佛子芹正穿着红暑袜在院子里飞快地打转。他说,"把刀留给俺,你回去吧。"

"哪有刀。俺专门回府一趟,就为了把刀放下。"

"为什么?"

"唉,小少爷啊。"

"滚回去吧。"

"俺不能。"

"不要逼俺打你。"

"打死了,俺也不能走。"

"打死了,你还能走?跟在俺百步外,不叫你,你啥也别做。"

二十五

走了好一程,街边有家包子铺还亮着油灯。老板拿着两把菜刀在剁肉馅,头一甩一甩。良玉走过去,请教去梨花街还有多远。老板手上不停,嘴里说着"快了、快了"。良玉打了个大大的酒嗝,酒的后劲上来了,脑袋晕得慌。他说,这两把菜刀俺买了。老板说,"不卖。"良玉说,俺多给你些银子。老板把刀定在案板上,看着良玉像看一个怪物。"我有刀就有饭吃,要那么多银子做啥子?"良玉再问,你卖还是不卖?老板骂了句"神经病",埋头又剁了起来。

良玉大怒,到底忍了。

转过街角,又是一家锅盔铺,比良玉早晨抓煤灰的那家大得多。小伙计正拿一把斧头在街沿边劈树疙瘩,预备明天生炉子的柴。良玉趔趄了一下,走过去,咳了声。小伙计刚抬头，他手一伸，就把斧头夺了过来。小伙计大叫，"还我、还我！"良玉说，斧头俺买了。小伙计更急了，"你买斧头？明天来买锅盔的咋个办！"

良玉没奈何，把斧头砍回树疙笼，走了。

摸到梨花街，他的酒没醒，却似乎很饿了。

叶窝子也挂了两盏红灯笼，照着一对门联，上是：德高望重；下为：根深叶茂。两扇黑门十分厚实，关得严严的。

良玉站住，招手让万二虎上来。"叶窝子好深，必有个后门通后边的小街。你去后门等俺。俺寻到子芹，也只有从后门才出得去。老实说，你身上还有家伙没有？"

"还有把小插子。"他从鞋帮上摸出来，是五寸的解腕尖刀。

万二虎走后，良玉隐到墙边，反复下蹲、站直，舒展四肢，渐觉自己的手脚、脑子都跟猴子一样灵敏了。他爬上墙顶，轻轻一跳，正好落在院门的后边。有个护院的家丁靠着门柱在打瞌睡，良玉揪住他的脖子，低声道，"别嚷嚷。俺问一句你答一句，不杀你。"

家丁呜呜点头。

"今天抢回来的小姑娘关在哪儿？"

他呜呜摇头。

"带我去找二管家。"

他又摇头。

良玉按住他的头,朝墙上猛地一撞。他叫起来,"二管家!二管家!二管家!"

良玉把他扔开,往院里扫一圈。墙根堆了几堆砖,是预备翻修屋子的。他就捡了一匹,掂了掂,感觉很称手,就走到中央,等着人来。

快步走来一个家丁,边走边骂,"吼个×!刀架在你颈子上啊?"

"你是二管家?"

"你是哪个?"

"贵客。俺找二管家,有笔买卖给他谈。"

"买卖?你手里拿匹砖做啥子?"

"做买卖啊,一匹金砖。"

"好嘛……跟到我走。"

黑暗中,转弯抹角,良玉默记住,穿了五个院子,两回是从中庭而过,三回从左手旮旯插入,两边都有窗户半开半合,传出喧笑声,间或是敲围鼓、打扬琴、唱清音。有间大屋则十分安静,他从窗口瞄了一眼,里边五六十张烟榻躺满了人，个个跟死鬼差不多。

终于到了一个虚掩的门前。

"二管家，有贵客，是做大买卖的。"

"请。"传出一个尖锐的声音。

二管家坐在一把竹椅上，手里滚着两颗钢弹子，眼睛紧盯住良玉的手。"做大买卖的人，我见多了。"他说，"今天晚饭前，还来了个郫县犀浦的大地主，名字很有趣，叫作戴花翎，喝了一坛泉兴老曲，赌光了祖传的八百亩稻田，不服气，跳起脚骂人，还想动手。这下好了，被打得吐血，扔到了皇城坝去醒酒。"

"你打的？"

"哪消我动手。"

良玉听到身后有金属的摩擦声，是带路家丁拔出了刀。但他像是没听到。"俺是魏子云的兄弟，魏子芹的二哥，俺来，是为了把小妹领回去。"

"你一口一个俺，我咋晓得你是谁？"

"俺是魏胆小……"

"胆小还敢夜闯叶窝子？哈哈！"

后一个哈字没落地，良玉上前一步，伸出左手掐住他脖子，右手向后一扫，砖头正拍在带路家丁的脸上，啪嗒就倒了，哼一声都没来得及。二管家眼珠子急转，却说不出话来。

"你怕了？俺胆子大起来，连自己都害怕。放了俺妹妹，俺就饶了你。"

二管家呜呜点头。

"俺妹妹关在哪儿？"

二管家呜呜摇头。良玉手指松了松，他长喘了一口气。"卖了。"

"卖了？！"

"人贩子一早就等在这儿，小姑娘弄回来，人钱两清，马上就抬走了。"

"去了哪儿？"

"大管家才晓得，说是去扬州做瘦马。"

"……"良玉的牙齿嗒嗒响。

"扬州也是好地方，享清福……"

良玉忍了忍，没忍住，一砖头砸在他的脑顶门。雪白的脑花从窟窿中冒出来，随后是一股黑血，酽得冲鼻子。良玉把他丢开，踏出门去。

前边有个影子一晃，良玉迎头又是一砖。是送宵夜的仆人，连带着一堆碗碟倒下去，漆黑中，碎得像砸开了冰块。

良玉也不多想，径直又走。转了个角，进入另一所院子。听到水响，初以为是雨，然而不是，是个嫖客出屋来撒尿。他骂了句,"你娘没教过你?"一砖头!嫖客站着就死了,半泡尿还留在肚子里。

两个护院的家丁听到动静,提着刀赶过来。良玉在暗影中躲了一躲,闪出来一人一砖!鲜血在黑夜里飞上去,高过屋檐,再砸到良玉的头上、脸上,他抹了一把,粘稠得像浆糊。觉得恶心,就蹲下吐。吐了很多,酒、饭、恶气,都吐了出来,畅快了些。

有风吹来,刮过屋檐上的草梢,刮过脸颊,似乎有麻雀好听的叽叽喳喳。心头一痛,脸上痒痒的,是泪水淌出了眼窝。他也不擦,想起了什么,悄悄笑了笑。

跨过死尸,左右参差地走着,不觉穿进一个天井。

天井虽小,却极雅致,有棵柿子树高挺上去。树下是鱼缸,假山,还有一口井。良玉立在那儿,踌躇不前。

有扇门开了一半,光投在地上,黄暖暖的。钻出个人,朝良玉压低嗓门责备,"还不快些,凉菜要接不上了。"良玉吃了一惊。继而回过神,他把身子躬了躬,双手捧着砖,像捧着一个托盘,稳步走过去。

那人伸手来接,良玉左手卡住他脖子。"谁在吃酒?"

挤出一丝弱音,"老爷、大管家。"

良玉手上一用力,他软软滑了下去。

二十六

良玉从窗口望进去,是间很大的书房,墙上挂着仿元四家的山水渔樵图。靠墙立着博古架、书架。当中一张大案,搁满了书和笔墨纸砚。临窗一条长几,一头摆了几本账簿,一头是酒壶、几碟凉菜,两个人在对饮。向窗的那个,五十来岁,十分精壮。还有个背窗的,则看不清楚。两个喝得少,说得多,说到紧要时,都把头伸过去,像是在咬耳朵。良玉听不清,也没耐烦听。他提起脚尖,把门轻轻踢开了。

精壮的那个吃了一惊,厉声道,"干啥子的?"

良玉叫了声,"老爷。"

他应了声,"嗯。你来干啥子?"

"来给你送金砖。"良玉把手一晃。

那人飞快地到怀里掏家伙。砖头快了一步,飞过去砸在他胸口上。他咳了一声,嚅出半口血,喃喃说,"别杀我……"良玉转向那个背窗的,是个胡子雪白的秃头翁,已然快要吓晕了。

"你是大管家?"

他眼皮眨了眨。

"他是老爷?"

他眼皮又眨了眨。

良玉就掏出子芹的红暑袜，套在老爷的脖子上。"老爷想活是不是？俺妹妹不答应。"两手一拉，袜子狠系。老爷两个眼珠子暴突，两手乱抓一阵，渐渐就没了气。

良玉又转向秃头翁。秃头翁不住地摇头，每根白胡子都在发抖。他心头一软，转过身，在书架上抓了书揩手上的血。

突然，身后砰一声枪响！子弹射偏了点，击中良玉的右边肩胛骨。他晃了晃，站稳了。又是一声枪响，子弹擦过他的颈子，哧溜钻进了书中。回过头，秃头翁还端着两把冒烟的洋手枪，目光有如鹰隼，恨恨地盯着他。

"肏你娘！"良玉把书卷成一个筒，走过去，提起秃头翁下巴，把书猛地插进他的咽喉。虽是一本书，插在那儿，却有铁杵般强硬。热血冒出来，把书一页页浸红了。良玉瞄了下书名，只看清两个字，《……叶集》。

良玉出了屋子，靠墙站着。他的半边身子都痛得麻木了。也不是痛，是虚脱无力，只想等着人来捉他，好去大牢睡一觉。

很多人循着枪声跑来了，脚步杂沓，倏忽之间，却又折开了：叶窝子的中庭，烧起了一柱冲天的火焰。所有人都朝中庭奔过去。

有人拍了下良玉,耳语道,"小少爷,跟我来。"

良玉身子一软,栽了下去。万二虎把他扛在背上,跨过一个把门家丁的尸首,从后门消失了。

后门外就是染房街,再穿到街背面,横着两丈多宽的金河。河边停了条七尺小船,俗称两头望,万二虎撑篙,主仆二人顺河而下。夜色中,秋水寒波,过了粪草湖、卧龙桥、青石桥、庆余桥、龙王庙、拱背桥、东岳庙,抵拢东南的城墙根。

墙下的水关有闸门,闸上有岗亭,吊了个大灯笼,写着:"禁"。

万二虎打了个响亮的呼哨,兵丁揉着睡眼踱出来。万二虎唱了句:"买卖人,买个方便啊。"扔了包碎银子上去。闸门随后提起,小船驰出城去。又穿了两座小桥,就进入了府河。从这儿上溯两里,即是天祥寺。

谯楼上的梆子正敲三更。一个时辰前,小白先生在寺中过世了。

第四卷

折筷为誓

县衙门

一

小一、元雨骑马向县城而去。

官道三十里，扬鞭跑马，有时为了抄近路，还会驰入稻田。稻子黄澄澄的，安静地铺展在午后秋阳中。八只马蹄卷起的旋风，把稻叶、稻穗有力地扬起来，在空中飞出去老远。小一说："刘少，你替我救了师叔出大牢，这个情我今后咋个还？"

"还啥子。你欠得越多，我越欢喜。"

"那我岂不负债累累了？"

"这不叫负债。"

"那该叫负情？哈哈哈。"小一大笑。元雨也笑。两人再抽了一马鞭。

平原上，县城的城墙、雉堞、小小箭楼，逐渐冒了出来。

二

一了法师被抓的原因，不是很复杂。

县令姓祝，福建莆田人。自小随母亲礼佛，用心很诚，晨抄一遍《心经》，晚跪一炷香。成年后，一直在衙门替人做师爷，同时也不辍于科考。到底在五十九岁上，中了个举人。随后又候补，坐了五年冷板凳，捐银子、通关节，终于成了这座县衙的主人。两个月前才上任，先去成都大慈寺烧了子时香，随后到干槐树街睡了两夜风流觉，顺便纳了叫小乔的姑娘为小妾。

小乔初嫁了，祝翁秋光满面，万事俱在好时辰。

不过，县城只有巴掌大。小乔娇嫩，懒得很，也怨得很，不安于室，却又无处可走。偶然去了一趟鸡脚寺烧香，回来就变了，爱说爱笑。还撒娇，让祝县令买了许多新衣，件件嫩红、鲜绿。自此之后，间隔两三天就去鸡脚寺听法师说法，讲《心经》。还曾有一夜未归，说是跟一群居士婆婆参禅打坐，时空两忘，醒来就已鸡叫了。

祝县令动了疑心，暗中派人打探。回说，这寺中的主持，高挑俊美，言谈不凡，且不忌荤腥，不拘俗礼，深得女施主的欢心。功德箱里的碎银子不说了,翻修藏经楼的梁木,都是两百里内大财主的老母亲们捐上的。另有风传,主持还在禅房中男女双修,不过,一时还拿不到实据。祝县令醋意大发,酸到了牙根,就连夜写了十条罪状,次晨点卯,叫捕头带了七八个军汉去鸡脚寺,把一了法师枷了,押回来。

县城距鸡脚寺也是三十里。一了法师是晌午关进牢房的。

不到两个时辰,刘安刘府少爷的帖子已递进了县衙门。

三

祝县令上任头一件事,就是拜访刘府的大老爷。少爷刘元雨,自然是见过的。

元雨先给县令送了礼:两匹大姐夫家上好的绸缎,绸缎中夹了张银票。随后说,"家父曾请一了法师讲过一回《心经》,十分受用。但还有些关节没有打通,正让我去鸡脚寺请法师。不想,先被父母官请到府上了。也是讲《心经》吧?我就去客栈写间屋子,安心等。啥子时候法师讲完了,我跟他一起回刘安。"

祝县令尴尬苦笑,说,"不是讲《心经》,是有良民告状，说法师私德不检、酒肉不戒、谎言惑众、诱骗妇女，多得很。"

"可有一件实据吗？"

"还没有……我把法师请来，也就是想跟他核实下。"

"那我也等吧。十天半月够不够？"

"说笑了说笑了，法师马上就可以走。"祝县令笑着摇头，一脸的无奈和慈悲。"我再借匹马给法师，一直骑到刘安镇。可惜我这衙门是个清水衙门，马也是瘦马，要受点委屈了。"

大月亮

四

三人三骑往回走,拐了一点弯,径直去了杏花烧。

这大半天发生了啥事,刘大麻子概不晓得。他亲督着把楼顶收拾干净,桌上的酒和凉菜已经齐整。主客入座,除了元雨,还有一了法师、小一、大邌,法师的两个小徒弟,两个从鹤鸣山溜下来的小道童。

酒斟满了,元雨正要举起酒碗,一了法师说,"慢。俺不喝酒,请换一杯茶。"

元雨不解,头一回见法师,他是肥肠锅盔都吃得的,咋会不喝酒?

小一却是明白,就问师叔,"老鹰茶还是茉莉花茶呢?"元雨说,"喝蒙顶的雨前黄芽吧。是雅安的朋友送给伯伯的,我存了一罐在这儿。"

黄芽汤色微黄，在逐渐垂落的夜色中，弱到了几乎看不出。

一了法师双手端起茶碗，先敬元雨。"多谢刘少相救。不然，今晚的饭俺是在牢里吃，而且是馊饭，可能还只有小半碗……"说着，把茶咕嘟嘟喝干了，拿袖角揩了下嘴巴，赞道，"好茶。"

小一问，"好在哪儿？""淡得像一碗白水。""那撤了茶，就给师叔上白水吧？""胡说。岂不辜负了刘少的美意。"

众人大笑。大逵不笑，他喝干一碗酒，正专心啃一只鸡腿。

元雨回敬一了法师。"我愿意出一把力，是为了小一，也是久慕法师的大名。以这一碗酒水，洗法师的冤屈。"

一了法师已把茶碗端了起来，听到这儿，又放了下去。"刘少，说句实话，俺也不冤枉。"

元雨吃了一惊，看看小一。小一只是笑笑。

"俺师父，小白先生，临终前，俺没在他老人家床头尽到一分孝，他却牵挂俺。他跟俺何师兄说，子云、良玉没有来，是有他们的事。他们心里，是有师父的。世间没有绝路，就算犯了血海大案，也要走活路。没处立脚了，就去鸡公山的鸡脚寺投他大师伯。鸡脚，也是脚嘛。"说到这儿，一了法师嘿嘿笑了，喝了一碗茶。

众人不笑，直着耳朵等他说。

"师父又说，良玉还是小毛头，太嫩了，倘若进庙子，就让他戒酒色，也太屈了他。能戒一半也是可以的。"

烛光摇曳。月亮爬上天空，月光把烛光压了下去。杏花烧的顶上，像漾着一片水。

"俺听师父的话，做了和尚，就把酒戒了。可怜的子云兄，连做和尚的命也没有，没撑过来，死了。嫂子带着两个孩子改了嫁。子芹妹妹呢，至今一丝儿声息也没有。"

他端起茶碗，又一口喝干，连茶叶都嚼了。

哑了片刻，小一说，"师叔，这些事，我爸也说过好多回。他说子芹姑姑还活着，只要不见尸，就能见到人。"

一了法师点点头，把手一挥。"吃吧。刘少的美意，只有吃得精光了，才算没辜负。"他面前放了一钵卤肥肠，就夹进嘴叭叭大嚼，卤水、油汁从嘴角滴下来，十二分惬意。

元雨等他嚼完，小心道，"法师刚才说的，我好多不明白，也不敢多问。只想晓得一件事，咋个叫县令没有冤枉你？如果不便说，也可以不说，法师多包涵。"

一了法师呵呵笑。"说了不妨。俺戒酒不戒色，但凡有女人撩拨，俺是没有法力护身的。祝县令的小妾，又水嫩又寂寞，她有心于俺，俺也不拒。再说，俺要拒了，岂不便宜了祝县令那个老东西？"

元雨沉吟了一会。"法师所说，也有道理。不过，出家人总该比在家人多些戒律吧，不然，又何以出家呢？"

"俺是戒心，不戒身。"

"身受之于心，心动而后身动。还请法师开示，身心如何分得开？"

"今晚只谈酒色，说开示就重了。"一了法师侧头望了望楼外，缓缓道，"身心本就是分开的，人定了许多章程，才把它们缝合在一起。即便如此，能做到身心合一的，也只有一个人。"

"谁？"

"佛。"

"佛？"

"佛在成佛前，妻妾成群，酒肉欢娱，心受之于身。他还是个活人。"

"成佛之后呢，就成了死人？"

"不是死人。"

"是啥？"

"是佛。还能是啥！"

元雨默然，众人也都沉吟了一会儿。半晌，鸡脚寺的小和尚怯怯道，"经上说，人人得而成佛。倘能那样，诚然是好的，可天下的酒肉谁来吃？天下的女子谁来娶？"

一了法师一筷子敲在他脑门心，指着满满一碗酒，"干了。"小和尚面带难色，还是皱着眉头喝得一滴不剩。

"晕不晕？"

"晕……"

"晕就对了。操自个儿的心吧。人人成佛？观音还在菩萨道上呢。"

小和尚头一歪，趴在桌上就睡着了。

众人笑了笑，元雨问，"法师教授弟子拳法么？"

"不教。"

"只念经？"

"不念佛经，也不读《论语》，只让他们识文断字，会打算盘，日后还俗了，能去集镇上做个账房先生、小掌柜，过过小日子。"

"不传几个弟子可惜了。常听小一说，法师的武艺很不一般啊。"

一了法师盯了小一一眼。"吹！"

小一赶紧说，"是我爸时常挂在嘴边的，吹也是他在吹。"

一了法师笑道，"他吹俺，也就是吹自己。"

"我爸有时还念叨，说他大师伯修炼了几十年，如今该是顶破天了吧，可惜没能看到他露一手。"

"这位大师伯，俺进庙出家后，他就把鸡脚寺让出来，搬到山顶的一个草庵里，依旧闭关，至今没有下来过。"

"他练的叫啥子功？"

"俺也不知道，没问过。"

"如果练成了，会是个啥景象？"

"昆仑雪崩吧，地崩山摧壮士死！俺也只能这么想。"说罢，一了法师仰天看了看。

元雨嘴里"啧啧"不已。"该就是天下第一了？"

"第一？不好说。"一了法师面前的肥肠钵已空了，他伸手拈了根腌黄瓜，咔嚓咬了一口。"好味道。俺师父从前也好这一口。他吃了黄瓜，喝点老酒，就爱给我们问些怪问题。譬如说，《水浒》里最漂亮的女人是谁？武功第一的又是谁？"

"那还消说，"元雨冲口就说，"最漂亮的是潘金莲。"

一了法师摇头。

"是潘巧云。"小一说。

一了法师还是摇头。"师父说，是林冲的娘子。你们想想，是不是这个理？"

元雨默了一会，说，"懂了。"小一也笑道，"懂了。师爷爷硬是个怪老头。"

一了法师大笑。"他不怪才怪了！"

大逵一直闷头吃喝，这时候打了个肥酒嗝，咕哝道，

"最漂亮的是王婆。"

众人面面相觑,连一了法师也愣了。

"错了么?"大逵十分不满。"是王婆十七八岁的时候。"

众人哈哈大笑,一了法师骂道,"这小子装憨啊,有他的。"

笑罢,元雨问,"那武功第一的是谁呢?"

小一说,"这个嘛,我爸也问过我,我说是武松、鲁智深、李逵、卢俊义……他都说,错了。"

"哦。"一了法师有点惊讶。"那他说是谁呢?"

"他说,是女人。男人到头来都是拿给女人收拾的,譬如孙二娘,剥男人的皮、剁男人的肉,还剃度了鲁智深和武松。"

一了法师默然,严肃地摸了摸下巴,继而笑道,"你爸比师爷爷还要怪。他跟你说笑话。"

"那,师爷爷说是谁呢?"

"俺师父没点破,只是让徒弟们自己去琢磨。"

"那师叔琢磨出是谁吗?"

"没有。俺又不当天下第一,懒得动脑子。"

"为啥呢?"

"俺不喜欢'寡言语'。跟了大师伯好多年,俺听他过的话,十句不到,头一句,'来了就好'。第二句,'面壁十年'。第三句，'别学你师父'。哈哈，俺不学师父，学哪个。"

小一说，"自我爸问过我之后，我琢磨了好一阵，好像看出名堂了。第六十七回，李逵下山，跟人狭路相逢，吵了起来。那人扬手一拳，就把李逵打倒了。李逵跳起来，他又一脚，把李逵踢翻了。李逵平生这一回，输得心服口服。这个人，该不该算第一？"

元雨忙问，"这个人是谁？"众人都静了下来。

"书上说了六个字：平生最无面目。"

元雨一脸发蒙。

一了法师哈哈大笑，拍拍手。"俺的少爷，好像还缺一道醒酒汤啊。"

元雨突然醒过来，赶紧站起。"稍候稍候，这道醒酒汤，我要亲手做。"他边说边走，一眨眼就冲下楼梯了。

五

一了法师说，"刘元雨这孩子够意思，值得交。"

小一说，"刘少今天出手救师叔，一是仰慕师叔很久了，一是想请师叔点拨他武艺。他也学武好几年，没遇到好师父。"

"你就可以教他嘛。"

"我？咋个要得哦。"小一嘿嘿笑，自干了半碗酒。

"俺早就不教人习武了，寺里连一件兵器都不留。"

"两三招拳脚也可以嘛。"

"半招也不行。十多年前，俺收过一个少年，天资很高，又很肯吃苦，论灵便，他可以在树顶上跳跃。论力道，能够指头削筷子。真是没说的，千里难挑一个。"

"这事我爸也提起过。他说，你师叔从来目中无人，这么夸一个徒弟，要么脑壳发昏了，要么呢，这娃儿定是个大材。有一天，他还专门去了鸡脚寺，想亲眼看一看。可惜，你已经把他踢出师门了。"

一了法师叹了口大气。"他是个大材的料，但戾气太重，怨恨太深，容不得人，俺自然也就不能容他了。他爹是个家道中落的小财主，想不通，病恹恹死了。这少年跟寡母长大，自小借债、还债、躲债，在白眼中讨生活。他娘求我教他几招，免得被人欺。他一上手，却专门欺负人。但凡跟人过招，他都往死里打，打得伤筋断骨算轻的。村里有个猎户，约他切磋，他把人家眼珠子都打爆了。这天下的人，除了他娘，他看谁都像八辈子的仇人。俺叫他滚蛋的那天，跟他撂了两句话：一、永断师徒的名分。二、腌臜泼才，敢作孽，老子砍断你颈子。"

"他说了啥？"

"他啥也没说。只是捡起一匹砖，照自家脑门一砸，砖断了，气哼哼走了。"

"他母亲没再求师叔？"

"求过七八次，俺到底还是狠了心。"

"他母亲……长得一定好看吧？"

一了法师愣了愣，一巴掌扇在小一的头顶上。"这孩子，跟谁学坏的？"

小一笑道，"我爸没这个本事，师叔又不教，想学坏都不易。"

一了法师伸手又要打，元雨突然叫着，"醒酒汤、醒酒汤！"刮风般上来了。

他端着一罐子鱼汤，身边还多了个高挑的姑娘，手握一把长柄的勺。夜空碧蓝，月亮大得像在一步步压下来，把姑娘的脸颊、鼻子、嘴唇、唇上的痣，都细致勾画了出来，睫毛下两汪月光。

小一心口一跳，差点叫出声，黑姐。

六

黑姐先朝一了法师合十，叫了声，"大师。"又叫两个小和尚、小道童，"法师。"叫大逵，"大逵哥。"顿了一下，头一转，似乎才看见了小一，笑道，"锅盔小弟。"

小一脸上烧了烧，想说"你还欠我鱼肉馅"，却开不了口。

黑姐先给一了法师盛了一碗汤。

"阿弥陀佛，俺从没喝过这么鲜的汤。不是杂拌鱼吧？"

"今晚我伯伯钓到了三条江团，他说稀罕、金贵，让我赶紧送过来，一来多卖几个钱，一来也是讨少爷、贵客们的好。江团砍成小块，混进杂拌鱼，还是杂拌鱼。"

大逵一口喝干了一碗汤，咕哝道，"不像刘少的手艺。"

元雨说，"大逵果然是装憨，嘴巴这么刁。鱼汤是牛姑娘熬的，我给她打下手。"

一了法师说，"这鱼汤的秘方，可说来听一听？"

黑姐笑道，"哪有秘方。穷人家作料少，泡菜倒是不缺的，把泡椒、泡姜、泡萝卜、泡青菜加狠些，再剥几十颗独独蒜，撒些毛毛盐，熬到汤雪白，就可以起锅了。"说着，眼珠子一转，"锅盔小弟，就你没夸我，不合你口味哇？"

小一的脸又烧了烧。他端起碗，喝了小半口，笑道，"好喝，舍不得喝。"

"好喝多喝点，敞开喝，改天我再熬。"

鹞子

七

秋分过了,寒露也过了,早晚凉起来。何锅盔门外的槐荫,倒比夏日还浓了些。这一天冷场,午炮后,刘安静得像是睡着了。何家父子在槐下吃晌午,一盘泡椒炒翻花茄子,一盆豆腐白菜蘸胡豆瓣酱,两碗掺了苞谷籽的甄子蒸米饭。

何道根说,"昨天有人来提亲,说的是张记杂货铺的小女儿。我说不得行。"

小一笑道,"咋不得行呢。我见过一回的,除了脸大、眼睛小、牙齿有点龅,还可以嘛。"

"我说了,要识得字。"

"选儿媳妇,不是选女婿。"

"反正要念过几天书。你妈妈就识得些字,也喜欢有学问的人。"

"爸,你也算有学问的人啊?你要有,十个武举人也拿到了,可能还是解元呢。"

何道根一拍桌子,脸都黑了。

小一赶紧给他夹了一大筷茄子,哄道,"茄子要下季了,多吃些。儿媳妇会有的,保证漂亮、能干、够孝顺。"

何道根气色渐渐回复,也不言语,只是吃。吃罢一抬头,却又愣住了。

小一把头转过去,黑姐正站在他身后。

依旧是一身黑衣,肩挑两只空扁筐,草鞋里一双大脚。但,颈上多了一条黑丝巾,衬得黑脸蛋透出霜后的柿子红。

何道根冷冷问,"牛姑娘,有啥子事?"

"吃锅盔。"她指着店招说。"我没有走错嘛?"

八

何道根气闷闷,进里屋去楼上打盹了。

小一收拾了桌子,新端出一盘锅盔,混糖、椒盐都有,各切成了四牙瓣。还有一壶新沏的老鹰茶。

黑姐搓手道。"这么多啊,不晓得我吃不吃得起。"

"我请客,谢你的鱼汤。"

"我……已经吃过了。"

"吃过了？"

"是刘府少爷请我吃的，那么客气挽留，我也就吃了。听说过没有，白吃的东西，最好吃。"

"黑姐吃了一顿最好的晌午饭？"

"也不算……我惦记着你家的锅盔，还是留了肚子的。"

小一自饮了一碗茶。"你吃不下了，也可以不吃。"

"凭啥子不吃。"黑姐抓了牙混糖锅盔，咬一口，叭叭嚼，糖汁滴滴滴，上唇的痣起伏着。

"刘府那么大，好巧，你就遇上了刘少。"

"他给厨房打了招呼的，牛姑娘来送鱼，要马上跟他说。"

"……"

"这个少爷，倒是个周到、谦和的人，留我吃饭，还问我识字不？我说不。他就拿出一本书，叫作《千家诗》，一字字念给我听，说若是我喜欢，今后他教我读书。"

"念了一首啥子诗？"

"记不得了，我一识字就头痛。"黑姐咧嘴一笑，露出两排白牙，敲了敲头。

笑得小一心口一痛一痛的。他又自饮了一碗茶，把碗啪地顿在桌上。"别识字，女人一识字就变蠢。"

黑姐瞪着他，瞪了好久，又伸手到盘子里抓了锅盔，不停地吃。

"够了。"小一拍桌子。

黑姐乜眼看着他，嘴一圈还粘着锅盔屑。"你高兴了嘛？"

小一呼了一口气，喃喃道，"不高兴。"

黑姐指了下茶壶。"我要喝。"

小一倒满一碗，推给她。

她换了个话题。"我还见到了少爷的妹妹。春红跟她吹过，说我能在水下伏一天一夜，她就走过来看稀奇。离了还有八丈远，她瞟一眼，就又回去了。你见过她没有？春红说，她读书比他哥还多。"

"一听就是蠢女人，值不得一见。"

"我也瞟了她一眼，倒也不是很蠢。矮矮小小，身子弱，像片纸人儿，吹阵风就要飞。小脸儿和颈子是雪白的，也像个雪人儿，哈口气就要化。"

他抽了口冷气。"他还教了你读《红楼梦》？"

她抽了他一巴掌。"小锅盔！你在做啥子梦？"

他摸了摸自己的脸，眼珠转了转。"这丝巾，是他给你系的吧？"

"我又不是没有手。"

"你说给我送鱼来，鱼筐明明是空的。刘少的心也太贪了嘛。"

她把头别一边，去望古槐上密密的褶皱，上边停了只蝉子留下的空壳。

小一犹豫着，还是说了，"刘少是定了亲的人，你还不晓得嘛？"

"我晓得啊，春红早跟我说过的。"她回答得很爽快。"我也问过少爷，他说是的。"

"……"

"小锅盔，你咋个了？"

"大老爷有六个妾，少爷自然也是可以纳妾的。"他看着她，嘴角挂了丝笑意。

她拿起一根筷子，淡淡说，"宁死不做少爷的妾。"一用力，筷子折为了两段。

小一从她手里把断筷拿过来，轻声念了一句，也一用力，断筷折为了四段。

"你叽叽咕咕在念啥子？说给我听。"

"我……在想，古人折箭为誓，还不如折筷子。"

"为啥子呢？"

"天大地大，吃饭最大。"

"哈哈哈……"黑姐大笑，白牙齿闪闪发光，黑嘴唇亮晶晶的。

小一正色道，"笑完了没有！我的鱼在哪儿？"

"我专门挑好了养在鱼篓里，还放在船舱。吃了锅盔，你就跟我去拿嘛。"

他听了，抠抠脑壳，抹抹脸，到底没有忍住，嘿嘿嘿笑了。

九

两人向镇尾而去，小一肩着扁担、扁筐。镇子很安静，有阳光，但不烫人。偶有蝉子打盹醒来，吱吱叫。铺子里也有人伸长脖子望出来，茫茫然，目送他俩的背影。

马打铁的锤声也消停了。石拱桥的上空，有一只孤鹞在盘旋。

黑姐说，"又有鸡儿要遭殃了。"小一说，"不会的。"

他也不卸身上的家什，弯腰捡了一块干泥巴。鹞越飞越低，突然盯准了哪一点，俯冲了下来。

小一后退两步，快速地腾了腾，干泥巴飞上去！正打在鹞的左翅上。砰地响了下，鹞栽下来，落进枯黄的苞谷林。黑姐说了声"活该"，发力就跑去捡。林子里一片扑棱棱，她还没跑到，鹞斜着身子挣起来，歪歪扭扭地飞远了。

"咋个搞的嘛？"黑姐大喊。

"我只使了五成力。"小一轻声答。

"妇人之仁,我就晓得你成不了大事。"她走回来,拿指头戳着他脑门骂。

小一笑起来。"你这个妇人,比男人还要毒些哇?"

她更来了气。"我要也是个软蛋,岂不都拿给人家欺负了。"

"除了你,谁欺我?"这话,他却没有说出口。他看着她,觉得她的嗔怒,两眼冒火,都是好看的。

三姨太之死

十

雨水落了一夜,天亮时飘成了丝。枯叶堆在窗台上,已是厚厚的一叠。

女仆摆好早饭,不见三姨太来吃。进她屋子请,被子叠得齐整整的,却没人。小院寻遍了,又轻声叫,还是不见出来。只得跑去大太太房里说了。随后,大老爷、少爷,合府上下也都晓得了。大老爷说,还是在府里多找找。刘府就四个门,夜里关得比牢门还要牢,她能去哪儿呢。

三姨太确也去不了哪儿,即便刘府夜不闭户。她爹妈早死了,亲戚也都是穷亲戚,年景不好,还指望她周济。她是乡下人,家里开了一爿榨油小作坊。大老爷当初娶她,是指望她生儿子。媒婆夸她骨架子大、屁股圆,一看就是能生的料。但自进了刘府,到五姨太生了元雨、六姨太生了元菁,三姨太肚子都一直是瘪的。大老爷从未责骂她，却不再理会她。大太太、姨太太们也从不来串门。

她长了张青皮脸、三角眼，上了年龄后，眉毛、眼皮都耷了，默然看着床、被子、窗户，院墙犄角的一片屋漏痕，可以看一上午，又看一下午。

去年开春，她在小院靠井台的空地上，点了两棵向日葵。向日葵为了抢阳光，使劲上蹿，杆儿又直、又高，冒出了院墙。但凡有人从门外过，一抬头，就能看见两只金灿灿的大圆盘。

她把圆盘剪下来那天，元菁走了进来。屁股后自然跟着春红，她眼珠子滴溜溜乱转，一副气哼哼的样子。

元菁却十分安详。她坐在屋檐下，喝三姨太的菊花茶，一边抬出瓜子送进嘴，小心咬。壳破了，射出一粒浆，是清甜的。隔了半丈远，三姨太抱着水烟袋，吹着纸捻子，笑眯眯看她。元菁起身要走，三姨太让她把向日葵也带走。元菁说，"不了，过两天再来嗑。"

过了两天，元菁要再来，春红把她拦住了。

"一个守活寡、一个望门寡，成天碰在一起做啥子？不怕阴得慌。"

元菁恼羞成怒，扬手就要扇她大耳光。她却叉了手看着小姐，一副凛然不惧。元菁无言，把手收回来，人也退了回去。

刘府上下遍寻三姨太，元菁踩着水洼，又来了。去年的向日葵，还留着两根残柱。她走了一圈，趴在井台上朝下看。她看见三姨太泡在井水中，白了多半的头发，在水中一沉一浮。

大太太后来说，"这个老三啊，夜里落大雨，还要自己去打井水，脚一滑，咋个不掉下去嘛？可惜了。"大老爷，刘府上下，都一片惋惜。

只有春红咕哝，"啥子脚一滑？说起笑人。"

这回元菁没有饶过她。先用鸡毛掸帚子抽了她的屁股、小腿，又罚她跪了一炷香。

十一

三姨太的死，不是了不起的大事情。不过，她娘家还是来了很多穷亲戚。女人哭着，男人一脸苦相，小娃娃乱窜。

这几天，元菁是烦透了。她吩咐把小院门关紧。

她沏茶绣花，偶一抬头，看见帐钩斜挂的断箭，心口暖一下、酸一下，暗忖这世间的人，见到的为啥都是不想见的呢？

元雨就无法闭门闲居了。虽然丧事不必他操心，但身为少爷，总有些礼仪非得他到场。好在很多杂务、应酬他也可以不理会。

即便这样，他还是跑了几趟厨房。牛家姑娘送来鱼之后，他就把她留下来，在厨房里帮忙。

牛姑娘一向穿黑，他找了一条白丝巾，让她围在脖子上。又找了一双黑布鞋给她，新而合脚，鞋底又厚，她本来就高，穿上后在元雨眼里，更显婷袅出尘，实在不像个厨娘。但她站在案板前，剐鱼、宰鱼，又在灶台前配料、熬汤，动作利索，又快又准。火焰映到她脸上，水汽又一遍遍蒸过，小汗粒布满鼻翼、上嘴唇，美人痣夺目得如一颗黑金。元雨站在厨房门口，伸脖子看她，总也看不够。

好歹等一大锅鱼汤熬好，元雨招手把她叫走了。

两人在墙和墙之间徐行。府里的小道笔直，硬拐，又笔直，似乎没一个尽头。路遇的仆人、家丁都暗自惊讶，姑娘比少爷还高出半个头；少爷不像是少爷，脸上写着谦卑。

"真不该让你做这个……"他满心的歉意。

"怕我做不好？"她大眼珠转了一圈。

"不是不是……我不是这个意思。"

"不是就好，那我明天再来帮忙吧。"

元雨不肯放她，请去他小院里喝杯茶。她说好嘛，随了他走。

十二

元雨的小院，说小不小，比三个姐妹的小院加起来还大些。有几棵柚子树，一架紫藤，池塘、假山，屋檐下还有两只绿毛、红嘴的金刚鹦鹉。

牛姑娘上几回来，元雨都是引入书房的。今天不同，就在院子里喝茶。

茶里加了炒焦、碾成沫的胡豆，是刘家几代人爱喝的，用以助消化，俗称打饮食，味略苦。后来日子富了，又在茶里加蜂蜜，甜渍渍的，茶和焦胡豆的苦味，就不大喝得出来了。

元雨问她，"我教你的那首《千家诗》，能背了吧？"

牛姑娘摇头，"是哪首？"

"就是第一首，'将谓偷闲学少年'。"

"写得实在不通啊，少年哪有闲的？我一闲，妈就追在后边骂，伯伯拿鱼竿打。这写诗的没穷过。"

元雨嘿嘿笑，附和道，"对，该让他饿三天。"

牛姑娘也撇嘴一笑，"饿三天算啥子，第四天又大鱼大肉了。"

"谁给他做啊？"

"还不是我这种厨娘。"

元雨又斟了一杯茶，小心推到牛姑娘跟前。"你生来就不该站在厨房里。"

牛姑娘把茶一口喝了。"我生来就该打鱼。"

"你生来就不该活在水上。"

"我是做梦都活在岸上。"

"那就来嘛，"元雨拿手指着小院，划了一个圈。"这么多房子，还住不下你？"

牛姑娘摇摇头。"府上的作料太多了，会把我脑壳弄昏的。"

"谁还让你进厨房？喜欢啥子吃啥子，花样多得很，有人做。"

"我只喜欢吃锅盔。"

"锅盔？"

"就是何锅盔。少爷不是也喜欢吃的嘛？"

"嗯，偶尔喜欢吃。"

"我天天喜欢吃。"

元雨的脸色阴下来，胸脯起伏着，似乎有点透不过气。"牛姑娘跟他已经很熟了？"

牛姑娘点头。"老熟人了。"

"你喜欢他……的锅盔铺？"

"不喜欢的事，我不做。"

"我要是请你留下来吃晚饭，你肯赏光么？"

"赏光？我咋受得起。他打好了鱼肉锅盔，等我去吃呢。"

说着，牛姑娘站了起来。

元雨把她送到了院门，又执意要送到府门。走了几步，遇见一个穷亲戚在小道上徘徊。

他约在二十七八岁，相当结实，但脸上已晒出好多的褐斑，且牙巴紧咬，腮帮子冒出两颗肉疙瘩。他先瞟了眼牛姑娘，继而跟元雨对视着，表情很是冷淡。

元雨突然来了气，恨恨地盯着他。

他被盯得终于拱了拱手，低声念出两个字，"少爷。"

穷亲戚张山

十三

这个穷亲戚,悄悄去何锅盔找了何小一。

找了四次。头一次是晌午刚过,这天逢场,门口顾客还多,小一忙着打锅盔、烤锅盔,边上就站着高个子黑姑娘,帮着收钱、递送。

何老掌柜坐在一边闲着,气鼓鼓地抽叶子烟。他只好罢了。

第二天再去,也是晌午过了一刻,不逢场,没客人,可小一跟黑姑娘坐在槐树下喝老鹰茶,叽叽咕咕,说起没个完。也只好罢了。

三姨太丧事办完的那个下午,他又去了。倒是不逢场,姑娘也不在,但槐树下依旧坐的是两个人,小一和他爸。

老掌柜绷着一张脸,小一则嘻嘻哈哈,一直在逗他高兴。穷亲戚站在小街对门,看了很久,默然回去了。

他第四次来时,已是十多天后的傍晚。秋意深了,飕飕风凉,小一独自一人趴在槐树下睡着了。细碎的黄叶落在他头上、桌上,他似乎睡了很久,睡得很沉,一点没知觉。手里还压住一本书。

穷亲戚把书抽出来,是《千家诗》。小一醒了,揉揉眼,迷迷糊糊的。

"你买锅盔?"

"不是。来跟你交个朋友。"

小一伸手来拿《千家诗》,他手一扬,避开了。

"这就是交朋友么?"小一问。

"抱歉、抱歉。"他把书放在桌上,推了过去。

小一给他倒了一碗老鹰茶。"朋友贵姓?"

他叹了口气。"我还不想说。倘若说了,也不是实话。一辈子是个输家,又是家里老大,你可以叫我苏大。"

"苏大?看你一脸冤屈,不如就叫苏三。"

"既然我有冤屈,还拿我说笑?"

"抱歉抱歉……我们算是扯平了。"

"好吧。"他说,"你可以叫我张山。《水浒》里,鲁智深、宋江亡命之际,不都自称张山么。天下的张山,数也数不清。"

小一拱手抱拳，叫了声，"张山大哥。"

张山摆摆手。"还记得《水浒》第十四回么，赤发鬼刘唐为啥要去见晁盖？"

小一眼珠子转了一圈，笑道，"大哥是要送一套富贵给我么？我没晁盖的本事，受不起。"

"兄弟，你恰恰受得起。"张山一脸的恳挚。"我见识过兄弟的本领。那天在见山楼下的空坝上，你一人打翻两个摆擂的狠货，我也在人群中观看，为你跺了脚，喝了彩。"

"大哥见笑了。是我和刘少联手的，再说，也很有点侥幸。"

"兄弟不必过谦了。我也有过争天下第一的妄念，看了兄弟的拳脚，心顿时冷了……一半。"说罢，两人对视了片刻，彼此哈哈大笑。

"刚刚说到联手，更见得兄弟的仁厚。我来这儿，也正是为寻一个联手。"

"哦，还真有生辰纲要取？"

张山重重点头。"也可以说，比生辰纲还贵不止一百倍。"

小一盯紧张山的眼。"这么说，是笔不义之财了？"

"对。"张山坦然道，"就如刘唐跟晁盖所说的，是一套不义之财，取而何碍。上天知之，也不为罪。"

小一摇头。"自小我爸就跟我说，不义之财，分毫不取。"

张山并不惊讶，似乎早料到他会这么说。"兄弟的拳脚，是我佩服的。兄弟的学问，也早听人说过，能读会写，不比一个村塾的教授差。不过，论见识，还是迂了些。"

"……"小一不语，等他的下话。

"看得出，兄弟是一个孝子。不过，打几个锅盔，何以能让令尊享清福？还有个绝等好看的妹子要嫁你，是弃了绫罗绸缎、山珍海味跟你的，你就让她四季穿草鞋，天天喝这碗老鹰茶？"说着，他似乎来了气，端起一碗茶就泼在了脚下。"'穷则变，变则通，通则久'，这是《易经》上的话，兄弟该是读过的。"

小一的嘴角翘起来，却不像是笑。"没读过，我也晓得的，锅盔要一个个打，镖要一趟趟押。水里的鱼，也是要一条条抓。我所求的一点变，只在伸手能做的事情中。"

张山摇头。"我所求的富贵，也是伸手可及的啊。且让我给兄弟细说吧……"

"不了。"小一打断了他。"大哥说的话，就当没说过。我请大哥吃锅盔。"他起身去灶台上取了张白面锅盔。"吃了锅盔，我们就此别过吧。"

张山把锅盔摊在手掌上,虽已冷,却还又厚实又绵软。"那我就不客气了。"他把手合起来,狠狠捏,锅盔在他掌心压缩成一颗坚硬的丸子。

他把丸子扔进嘴,留下一句话:"来日方长,我们还会见面的。"

十四

张山走后,小一对着他坐过的板凳,发呆了好一会。随后收捡起《千家诗》,大步进了里屋。

何老头坐在窗边,在细心地卷叶子烟。

用一只独手,他也能把烟叶擀平,折叠,卷成拇指粗、半尺长一根根的,齐整整放入一个小木盒。烟叶金黄,亮崭崭的,像盛了一盒漂亮的铜管。

小一进屋就乱了,翻箱倒柜,旮旮旯旯都找了。像在找一件急切的东西,但没找到。

何道根问他,"找啥子?"

"我们家那把刀。"

"我藏起来了。"

"为啥要藏呢?"

"那把刀戾气重,我怕它给你找麻烦。"

小一一跺脚。"爸,麻烦找上了门,还是只有用刀解决。"

何道根拿火镰点燃一根烟,闭眼吸了一长口,徐徐吐出烟雾来。深秋的屋子里,立刻有了一股青灰色、呛人的暖意。

他说,"用刀解决不了的麻烦,老子见多了。"

第五卷

喜相逢

槐下晌午

一

三姨太的丧事办完,牛姑娘还来刘府送过几次鱼,但放到厨房就走了。等元雨赶到,只看见鱼在石缸中嬉游,人已没了影子。他晓得,她是去了锅盔铺。

元雨怏怏的。看书、练拳,均怏怏无心,就信步走到总管家周槐寿的屋里去。他正在打算盘,桌上堆了一大堆账本。还有一碟油酥花生米,一壶酒。空气中飘浮着酒味和霉味,让人略有点晕头。

周总管家吃了一惊,元雨却坐下来,拿起他的杯子,喝了一大口,啧啧地说,"还是酒好。"

周总管家笑笑。"少爷青春正好,为啥总蹙眉?让刘九带你骑马去乡下散心吧,佃户家的土鸡熬汤味道鲜,掐点刚上新的菜煮米汤,也是好喝的。还有,村里的姑娘、媳妇都红彤彤好看,野味十足,少爷有心情,跟她们乐一乐,也是可以的嘛。我这阴黢黢的地方,还不是你该来的啊。"

元雨想吼一声,"我没心情!"然而,只默然坐一会,走了。

他转悠一圈,去了妹妹元菁的院子。

院中置了一只铁炉,正在焚叶。

炉顶的矮烟囱,冒出一柱淡青的烟雾。元菁督着春红,用竹扫帚把落叶扫拢来,在炉脚聚成小尖堆,一把把投进炉子里。

元雨笑道,"黛玉葬花,元菁焚叶,都是闲得风雅。好在没有焚诗。"

元菁说,"哪有诗好焚?十五岁之后,我再没写过诗。"

"为啥呢?"

"心里没诗,咋个写得出。"

春红突然大嚷,"小姐写了的。那次去成都,逛了小关庙,她嘴里就叽叽咕咕个没完。回到大小姐家里,借了笔,一口气抄了下来。"

元菁脸一红。"胡说,哪有这事。"

春红风快地跑回屋子,又风快跑了出来,手里捏着两张纸。"这不是?"

元雨凑过去看，元菁一把抓了过来，揉成一团，抛进了炉子。"蓬"地一响，火苗上蹿了半尺。

春红眼睛都气红了。"小姐也太任性了！"

"呸！我也没见过这么任性的丫鬟。索性，把你赏给少爷做妾吧，他打起人来，比我下得手。"

春红瞟了眼元雨，却扑哧笑了。"下人都夸大老爷是刘善人、少爷是小善人，他咋个舍得打我呢？"

元菁也瞟了眼元雨。然而他望着炉子，一副呆相，像啥也没听到，眼里是灰灰的。她就拍了他一下。"哥，我去跟伯伯说，把陶家小姐早些迎进门，你也过得欢喜些。"

"陶家小姐？"元雨一脸的懵懂。

"就是自贡盐商陶老先生的女儿，我嫂子。"

"哦，还早嘛……"元雨呼出一口气。"我过得很欢喜。"

元菁不说话，抓了把枯叶扔进炉子。

"听我妈妈说过，二姨太是先于大太太进的门，不晓得是不是真的？"元雨问。

"我也不晓得。不过，贾宝玉先有了花袭人，再喜欢上林妹妹，最后娶了宝姐姐……终究是输了个精光。哥哥为啥问这个？"元菁不解。

"问问而已……"元雨支吾着，转身又走了。

二

元雨磨蹭回自己的院子,却坐不安生。

距放午炮还有半个时辰,时间多得磨皮擦痒。他又起身,转悠着,出了院子,出了见山楼下的刘府正门。过吊桥,进了镇街。

冷场,秋意中飘着冷色的闲。他很想去锅盔店会小一。有一阵没去过了,就像已隔了好久,也有了说不出口的隔膜和生疏。

就这么走着,踌躇着,举头一看,已到了斜江茶铺的门口。笑面曹站在屋檐下给他拱手打招呼。"少爷稀客。新从杭州进了龙井,进来喝一杯嘛。"

他还在迟疑,店堂里闪过曹太太翠绿的袍影。他一抬脚,就进去了。

曹太太的袍子翠绿,抹过菜油的头发乌黑发亮,扎了红发带,脸蛋还像蒙了粉的白杏儿,杏眼水汪汪的。她盯着元雨上下看,柔声说,"少爷是先吃饭,还是先吃烟?"

元雨被她看得有点气紧,也没听明白,就说,"随你嘛。"

"随我？"

"嗯。"

她把他带到走廊尽头,推开一扇小门。里边倒还宽敞,有牌桌、茶几、立柜、躺柜。一张大烟榻,席子磨出了褐黄的包浆。床头柜上,摆了全套的烟具。还有一扇撑开的格子花窗,外边是几笼慈竹。

小丫鬟送进来一杯龙井,闻着很是清香。元雨喝了一口,烫得噗地就吐了。小丫鬟吓呆了,曹太太摆手让她走,又把茶端到嘴边,替他嘘嘘吹着。

一把带鞘的柳叶刀,斜靠着烟榻。元雨一眼认出,是刘九的刀。

刘九有两把刀,分别是大老爷、二大老爷赠送的。一把单刀,刀鞘上刻了"忠",一把柳叶刀,刀鞘上刻了"勇",以嘉奖他忠勇双全侍奉于刘府。刘九平日随身带的是单刀。

"这屋是刘九的？"元雨问。

"倒也不是。不过,九哥常来。"曹太太把刀抱到立柜的旮旯里,把门闩上,挨过来握住了元雨的手。她的手滑腻得让元雨一阵难过。

她把他领到烟榻边,让他躺上去,为他把鞋解下来,还顺手在他的脚上揉了揉。

烟榻上有两个枕头。但她只是坐下来,俯下身子去操弄烟具。她的胸脯擦着他的胸脯，嘴唇上血红的胭脂，像要滴到他嘴里。

"少爷还没有吃过烟的吧？我给少爷吃头一口。"

他下边硬得发痛。

见山楼上，午炮轰地一响！他神经质地一抖，撑了起来。

"咋个了，少爷？"

"我……改个时辰再来吧。"

笑面曹还捧着一碗茶，坐在门口招呼过路的熟人。见到元雨匆匆出来，吃了一惊。"少爷，这么快就吃完了？"

元雨已清醒了过来，声音也淡定了许多。"这一口留在这儿，总归是要来吃的。"

"请代我们多给大老爷请安，谢他老人家的恩德，能在他下巴下捡点汤汤水水吃，我们一辈子都够了。"笑面曹说着，满脸的皱纹、白发、白胡子、鼻毛，还有一嘴的黄牙巴，都笑得在哆嗦。

元雨有点恶心，没搭理，径直跨出了茶铺。

三

古槐下，小一正在抹桌子、摆碗筷。

元雨走拢去，念道，"一副、两副、三副，小掌柜，还少我一副啊。"

小一转身看见他，没有说话，只是笑。

何道根端出一大盘切好的锅盔，乐呵呵道，"刘少稀客，好久没来过了。小一欺负你？说给我听，让他跪两炷香。"

元雨也笑道，"有人欺负我，倒不是小一。"

"哦？"何道根露出惊讶。

正说着，黑姐出来了。一共出来了三趟，一趟是端一盆鲤鱼烧豆腐，一趟是端焓炒莲花白，一趟是端了个土巴碗，上边还倒扣了一只碗。

"吃嘛、吃嘛。"她招呼着元雨，似乎他是常来蹭吃喝的邻居。她的浓发绾了一个大髻，中间穿了根闪闪发光的钢针，而鬓角、脖子上都是汗，嘴角漾着笑，已很有几分主妇的样子。

小一把倒扣的碗揭开，是炒得焦黑的胡豆。黑姐舀了一调羹到元雨的碗里，劝道，"这是牛祖祖教我的，贱，好吃，经得饿。"

元雨摇头。"我怕硬。"

黑姐用筷子敲他的碗边边。"吃一颗再说。"

元雨就吃了一颗。牙齿刚咬上，胡豆就碎成了粉，粉里饱含着酸甜的汁水，还混着辛、辣和微苦，流淌在嘴里，说不出的安逸。他把碗里的都吃了。"胡豆咋这么好吃呢？"

小一说，"你想想茄鲞就明白了，胡豆不只是胡豆。"

元雨还是不明白。黑姐说，"啥子茄鲞？要用脑壳想。先要把酱油、盐巴、醋、胡豆瓣、熟油海椒、红糖、姜葱蒜，搅匀了，切成小颗颗，盛在碗底底。再把胡豆放铁锅头狠是炒，炒得见黑了，铲进碗，掺满放冷的老鹰茶，哗啦一声响！再搞快拿碗扣过来。捂一个时辰多，就成了。"

元雨听笑了。"可怜的胡豆，好吃倒还是很好吃。"再吃了两颗，又问，"这道菜有个啥名字呢？"

"醋渍胡豆。"黑姐说。

元雨看了眼小一。小一没表情，正在大口吃一块鲤鱼。

彼此无话，默然把一顿饭吃完。何道根照例进里屋上楼歇了，黑姐收拾桌子。

小一去灶台换了壶热茶，给元雨倒了一碗，自己倒了一碗。

元雨一口喝了半碗。"我刚从斜江茶铺过来的，一杯上好龙井，太烫了，结果没喝到嘴里。还是这个好。每回来你家吃锅盔、喝老鹰茶，就没吃厌过。"

小一笑道，"粗茶淡饭，经你一说，我简直觉得可以吃一辈子。"

黑姐洗完锅碗，走出来，却没有坐下。"小锅盔要跟我上船，去看渔老鸹抓鱼。少爷要有闲，也去看个热闹嘛？"

"小一是旱鸭子啊！"

黑姐看了一眼小一。小一说，"不怕，我落了水，她救我。"

元雨就盯着黑姐，恳声道，"要是我也落了水，你救哪个呢？"

黑姐又看了一眼小一。小一也不晓得该说啥。

元雨哈哈大笑。"你就救他吧，我会水。"

黑姐松了一口气。"那我们就走嘛。"

"我不去了。"元雨说，"下午还有事，在印堂替伯伯应酬几个成都的客人。"

三更鼙鼓

四

吃过醋渍胡豆的次晨,元雨就出门,去温江探望二姐、成都探望大姐。

他给大老爷说,"伯伯让儿子兼修文武。现今武是会了一二,文还没有入门。去两个姐姐家,一是想念她们了,一是长点经济之道的见识,听些姐夫的教诲。"

大老爷苦笑。"他们有啥子可以教诲你?不过,广见识是对的。世道的昏乱,还在后头啊……雨儿,你还是心肠软了些。去吧。"

五

风冷了,天也黑得早。何道根送走最后一个顾客,想再抽根叶子烟，就把铺子门关了。这时候，又来了一个人。

是个五十多岁的老头，脚下草鞋，头上斗笠，一手握了钓鱼竿，一手提了条小鲤鱼，脸上长了颗气呼呼的红鼻子。何道根认得他，老娘滩的牛黄丸，牛伯，牛姑娘的爸。也可能，过一阵就是亲家了。

但这位亲家不认得何道根。他喝了句，"是何老板？"

何道根点头，"是。"

"何小一的伯伯？"

何道根已有点不悦，但也忍了，又点头。

"何小一人呢？"

何道根本想不说，却偏偏说了。"跟牛姑娘打鱼去了。"

"打鱼？"牛伯眼珠子急转，呼吸也粗了。看得出，他也在忍着。"我早该来看看你的了，可又拖着没有来。为啥呢？我不能空手来。今天总算把礼物给你备下了。"说罢，把小鲤鱼往桌上一甩。

鲤鱼的甲是淡金的，还活着，被这一撞击，眼睛眨巴眨巴，吐出一小口血、一小口气，呜呼了。

何道根看得伤心。然而，牛伯的伤心更甚于他。

"何老板，你看、你看，这条鱼还没有五寸长，它的命，还没有长够啊！你要还有点天良，就不会唆使你儿子勾搭我女儿。我女儿，她不是卖锅盔的命！"

何道根用指头敲着桌子。"卖锅盔咋个了！你女儿能在这儿卖锅盔，是她的命好。"

牛伯怒吼一声，钓鱼竿猛抽了过来。

何道根早有防备，手一伸就把鱼竿抓住了，再一挽、一拉、一转，鱼竿就跟绳子一样，套在了牛伯的脖子上。

牛伯眼珠子鼓起来，嘴里呜呜叫着。

何道根说，"牛姑娘虽不识字，倒像个知书达理的闺秀，我想这到底是她爸爸教得好。不承想，牛黄丸还是牛黄丸。不过，老子是牛黄解毒丸，怕了你？"

牛伯狠狠跺脚，死命挣扎，胸脯一浪一浪的。

"你要乖，要听话。你以为何家是卖锅盔的命？老子跟你说，何家八辈子都是刽子手，在东较场砍人头。听说过鬼头刀没有？"

牛伯消停下来了，竖起耳朵听。

"杀你不消鬼头刀。老子手上加把劲，你就成今夜头一个野鬼。快二十年没有杀人了，你不要逼老子。"

牛伯眼珠子急转，不停地点头。

何道根把手松了。牛伯眼里淌出两行泪。"我牛家穷了八辈子，鲤鱼翻身，就指望我家这个姑娘了……放了她嘛，她不能嫁到锅盔店做老板娘。"说罢，跪下磕了一个响头。

何道根一把把他拉起来，再把鱼竿和小鲤鱼塞到他手里。"我儿子想做啥子,就做啥子。他做啥子,我都喜欢。"

六

小一提着鱼篓回家,屋里已经点灯了。何道根坐在桌边,沉着脸抽叶子烟。冷锅冷灶,啥吃的也没弄。

但小一一脸喜气,哪儿看得到。他把鱼篓里的杂拌鱼倒进水缸,边搅水边说,"爸,这些鱼欢蹦乱跳,肉不是一般鲜。天天给你煮一碗醒酒汤,巴适得很。"

"说得我就像天天在喝酒。"

"那你就天天喝酒嘛,反正喝醉了也不怕。"

"我怕的事情还少了?"

"怕啥子呢?"

"怕你一辈子就做个锅盔匠,咋对得起你死去的妈。"

"又拿我妈来压我。"

"今天来了个客人,给你指了条活路。"

"笑话。我一直就活着。"

"听我说完!"

"爸你说,你说。"

何道根反而不说了。他起身找出两个土巴碗,去酒坛子舀了酒,各盛了半碗。又摸出两个冷锅盔。"先喝两口。"

小一飞快喝了两口,看着他爸。"这是个啥客人,听起很不一般嘛。"

"很是不一般,从成都来的。"

"成都人就不一般嗦?我押镖进成都,也有几十回了吧,咋个没有看出来?"

"他是武备学堂的教官,在日本留过学。"

小一差点喷了一口酒。"刘府从前请的先生,也是留日的,大名谈江山。自家的鼻子、胡子都没理得清,还要谈江山。就是个活宝。"

何道根一拍桌子!小一闭了嘴。

"这个教官叫作周立人,老家是浙江会稽的,在日本学的是陆军,精于打枪、放炮,还通兵法,也写过诗文。四川武备学堂昨年成立,就请他来做了副总教习。他说,薪水不高,但为国效力是应尽的本分,不兴讲价钱。已招收了两期,学生是齐备了,苦于好苗子少。成都子弟,多半死懒好吃、好赌博、好议天下事,倘要他动手动脚来真的,就不得行。少有的几个优等生,都是从彭县、郫县考来的。所以周先生又说,礼失求诸野,武失也该求诸野。趁这几天得空,他就单人匹马到成都团转的乡镇转一转,看有没有可教的人才。"

"爸说了半天,也没听出这学堂哪点好。"小一翘了翘嘴角。

"慌啥子，我就要说到了。"何道根的叶子烟熄了，又伸到灯上点燃，大吧了一口。屋里的烟味重了起来，弥漫着青色的雾。

"周先生说了，害中国者，莫过于八股文、考科举，就像裹脚布硬缠女人的小脚，骨断肉伤，以至于几百年没良臣、没战将，自道光二十年以来，一败而再败于列强。而今弃八股文，改科举，兴学堂，是大好的事。但英才难选，这是让他头痛的。他又说，文学堂，自然是重文。武学堂，要文武双全，就更难了。但凡考上，就相当于中了武举人，毕业都到军中当官长，不三二年，就升管带，管几百号的兵。"

"爸还在做武举人的梦？"

何道根听了像没听见，只管说，"管带，这多好。你妈妈地下有知，岂不欢喜得掉泪？"

"妈欢喜啥呢，我又不是管带，爸。"

"听我说！周先生人很朴实、恳挚，吃了两个椒盐锅盔，喝了一壶茶，临走时再三托付，倘若有合适的少年，品性又端正，务必推荐到武备学堂。读两年，吃住由学堂包了，还要酌发零花钱。你看，多好的呢。"

"好。好是好，跟我不相干。"

"你不能打一辈子锅盔嘛。"

"打一辈子锅盔也好嘛。好多人连锅盔都吃不起。"

何道根差点拿烟杆敲在小一脑门上。但,也忍了。"你吃一辈子锅盔就算了,让牛姑娘也吃一辈子?这团转一百里的女子,数标致、好看的,就这一个,你忍心!"

小一嘿嘿笑了。"斜江茶铺还有一个,爸就没看到?"

何道根大为恼火。"看你是个憃虫,你眼睛还看得宽!不要学你师叔。"

"学也学不到。"

"不过,我看也只有他能教训你。再过几天,他就要来拿肉锅盔。"

"他凭啥子教训我?身为人子,不结婚、不生娃儿、不在爹妈跟前尽孝,出家做了和尚,还是个花和尚。"

"这些话,有胆量跟他当面说。"

"说就说。"小一一口把酒干了。"爸,你也干了嘛,早些睡。我再读会儿书。"

蟋蟀在床脚叫着,老鼠一溜烟跑过头上的屋梁。是十月的静夜了。

何道根躺在床上翻了几回,隔着楼梯喊,"一儿。"

小一在灯下应了一声。

"你就不喜欢回成都住？"

"我就喜欢住这儿。"

"牛姑娘要喜欢成都呢？"

"……"

"你还是考一回。考上了，不读也可以。要得不？"

"再说嘛。"

七

小一在灯下展开的，却不算一本书。

他自小习颜楷，三年前，师叔看了夸奖他，"比俺小时候强多了。小一的字，可以替人写门联、招牌，赚几个润笔小钱了。"又说，"可以了，换个帖吧。颜楷再临下去，也就是一个馆阁体，只适合冬烘先生写课本、吃闲饭的大臣写奏章。"

小一不服，反问，"那颜真卿为啥没写成馆阁体？"

"他开一代书风，跟他跑的人，都成了风中的沙子。"随后，师叔送了他一本新帖，是拓的石鼓文，嘱他练篆书。

篆书好在哪儿呢？小一翻开，几乎一字不识，两眼懵懂。师叔说，"这些弯曲的笔法，就是长臂伸出去，再又收回来，行云流水，看似轻，实则狠，你就当是武功秘籍吧。"说罢大笑。小一也不当真,却也练了下来。三二年间,临了不止二百通。师叔看了,自然又夸。夸完了却说,"差不多了。换个帖再练。""啥子帖?""俺也不晓得,总之,要破。""破?""破。"这个回答,让小一觉得好玄,无所适从,就搁到了一边。

今天黑姐跟他说,要他教她学写字。他琢磨,开手还是颜楷好。爸上床后,他就举着油灯在柜子里翻找《多宝塔碑》《麻姑仙坛记》。

却顺带翻出了另一本帖,是前年在成都西玉龙街的古旧书屋买到的。拓片合页,封面、封底、前后几页都已破损不可辨,但字迹还清晰。问卖价,便宜得相当于几个锅盔钱。店伙计说,倘若品相完好,就得拿只金锅盔来换了。是何子贞的弟子冒死在褒斜道隧洞口拓的,给老师做七十岁寿礼。拓了多份,这一份估计是拓工略逊,就流到了市上。再加之破损,才落到这个结局。

小一请教,"可有个名字?"

伙计摇头。"只晓得是汉碑。"

小一莫名升起一点怜惜,当即就买了。回家放入柜子,藏而渐忘。

这会儿,灯下重看这份碑帖,却有说不出的惊叹。是汉隶,筋骨遒劲、笔力古拙,却又飘逸飞扬,"命"字向下的一竖，势如破竹，跨度比三个字还长。而"上"的垫底一横，则像山脊线一样，托起孤松，向右延伸且上挑。还有两个"武"，不霸悍，却灵敏自如，好似一旦出手，眨眼千变万化。之乎者也的"之"，也一点没有迂夫子气，身姿一弯，向后甩出漂亮一脚。

他看之不够，暗忖咋会拖到今日才想起它了呢？不过，似乎也正好。没经过颜楷、石鼓文，未必能看出这块碑帖的好。

这时候，街上梆子已敲三更了。该吹灯睡觉，却又有点舍不得。正犹豫着，忽听几声火铳响！继而是护院的狗群狂吠，锣响、鼓响，一片片呐喊。

声音是从刘府北边传来的，不算很大，但在深夜里传得很远，很骇人，仿佛滔滔洪水正在怒拍着院墙。

八

小一从墙上摘下弓，查看下箭囊，有三根箭。

快步穿巷过街，很快到了刘府的南门外。镇上多数人家点燃了油灯，但门窗紧闭，没有人出来。

见山楼上，两只灯笼飘摇着，坝子空空的。隔着刘府，能望见北边的夜空，已被火把映红了。杀声激烈，是悍匪群集，在猛攻北大门。还有几团火球扔进北墙，点燃了树梢和屋顶，伴随有女人尖锐的哭叫。

小一站在空坝中，等待着。

他看见两条黑影摸到了南墙下，把两条带抓钉的绳子抛上去，正卡在雉堞的缝隙里。随后，攀援而上，敏捷甚于两只黑猫。

墙上两个把哨的家丁发现了，喊着"抓贼啊！"，前边的黑影已跃上雉堞，挥刀一削，再一削。

这一刻，小一的箭已经射到了，正中黑影的右腿。他晃了晃，栽下来，落在壕沟中，溅起"嘭"的水声。后边的黑影抓住绳子愣住了。小一再发一箭，射中他的左臂。他手一松，也落了下去，脑袋撞击到壕沟的石坎，砰！像敲破了一只罐。

水里的中箭者扑腾上岸，打了个呼哨，一匹马从暗处跑了过来。他爬上马背，把腿上的箭拔下来，叫了声"驾"……

小一的第三箭瞄准了他的后背心，但迟疑着没有射出去。

马驮着伤者，嘚儿、嘚儿地消失了。

过了会儿，北门的杀声也逐渐减弱了。刘九率家丁冲出去，砍了十几个，抓了十几个，剩下的都跑得不见了影子。

小一回到家，把箭和箭囊挂回墙上。想睡，却一点睡意也没有，索性就在灯下临汉碑。临了两张，忽然埋下头，左手支额，半晌缓不过气来。

何道根睡醒一觉，听到有响动，趿着鞋子走下来，看见小一在流泪。

"咋个了，一儿？"

"爸，我杀了人。"

叶二自述

九

周总管家回禀了大老爷,说几个小毛贼闹事,已悉数剿灭了,请接着睡好觉。

随后,他吩咐把拿住的匪们,活的、死的,都弄到大厅来。有人认出,其中一个伤者,就是曾在见山楼下摆擂台的黑二。

黑二中了一火铳,半边脸和一颗眼珠都打烂了,肋下还挨了一刀,但他气哼哼的,虽被按来跪下,却很是不服。周总管家的问话,他一概不答。

周总管家就说,"也好。把他扔出去,赏给护院有功的五十只狼犬,再去县衙门给他销个案,说他苦战至死,是条硬汉子。"

他听了,脖子一软,呼出一口气。"你们想晓得的,我都说。"

周总管家安排了二管家亲自笔录。供述过程,甚为漫长,他还端了一碗热酒让黑二缓口气,润一润嗓子。

笔录的内容,大致如下:

我不姓黑,姓叶。原住成都皇城脚下梨花街,也算大户人家,日进斗金。二十年前,我才十二岁,惨遭了一场横祸,家破人亡,有的被杀死,有的被烧死,还有的病死、气死了,就我和大哥活下来。

后来,又有许多仇家趁机上门,不依不饶。

告到官府。衙门里从前拿我家银子、吃我家烟酒的官们,都变了张冷脸,没一个肯援手,任我们自生自灭。

许多装清廉、充刚正的官员还说,叶家这个腋窝子太脏了,早就该洗了。清水洗不干净,一把火烧了是正好。

简直没心肝!

为了活下来,大哥就带我逃到西岭雪山,投了老棚子,学着做些不要本钱的买卖。

做了十年,我们撤出来单干,立了自家的大棚。棚下的弟兄,也有了二十来个。不下山抢人,就在山里打猎,日子还算过得起走。

但大哥不甘心一生为匪，总想发一笔大财，回成都起院子、建楼房，重振祖业。

我说，这笔财也太大了嘛，哪儿去找？大哥说，"刘姥姥都晓得，这长安城里，遍地是金银，只可惜没人会去捡罢了。偏偏就你不晓得！"我说，"我只晓得，这儿不是长安城。"大哥说，"看远些，哪儿最有钱？"我说，"自然是刘安的刘府啊。不过，山里七十二棚的弟兄，再有胆，做梦不敢去碰一下。"大哥说，"为啥呢？"我说，"拿鸡蛋碰石头。"大哥说，"石头也有缝缝，就看你会不会用巧劲。"

大哥带我悄悄摸到了刘安，在镇子尾巴的小客栈住了两天。

晚上去斜江茶铺吃饭，看见一个带刀的汉子，经人指点，知道叫作刘九，是刘府顶厉害的角色，每晚都来走廊尽头的小屋子消磨到天亮。大哥就让我做接应，他溜到厨房，抓煤灰抹了脸，佯装成喝醉的流浪汉，闯进去挑事。

烟榻上，刘九正跟老板娘在头挨头烧大烟。大哥就强行把老板娘抓起来，又摸又亲。刘九气火了，拔出刀就砍。大哥有防备，一脚踢飞了他的刀，再一脚踢在他胸口上。他吐了一口血，仰天就翻倒了。还是老板娘厉害，一点不怕事，捡起刀就要跟大哥拼命。大哥跑出去，把门反锁，一趟子就跑不见人了。

他后来跟我说,"刘九那点武艺,稀松平常,我们有指望。"

过了两个月,大哥又带我来了刘安,还牵了头肥猪,在见山楼下摆擂台。一是贴近了探刘府的虚实,一是看镇上的水到底好深。他也想借此打刘府的气焰,先把它打蔫。

开头还好,每次交手,对方都输得灰头土脸。我瞟到刘九就在院墙上观望,不过,他是没胆下来的。他没胆,他手下的家丁自然都怂了。

不承想,刘府少爷搬来了救兵。居然是一个少年,把我两兄弟都打趴了。大哥很是黯然,他说,"不怕刘府,但怕刘安。这镇子上的水,深得很。"我说,"那就算了嘛。"他说,"不,耐心等。会有那一天。"

等了两年,那一天,果不其然就来了。

一个很阴沉的男人,骑马上山,提了个麻布口袋,来老棚子拜会我们。

他自称张山,口袋里装了一份大礼。大哥拿刀把口袋剖开,里边爬出来一个鼻青脸肿的书生。大哥这一阵子正烦躁,就说,"啥子礼物!拿来有×用。烧来吃、腌了吃?我嫌酸。刀都省了,挖个坑活埋了了事。"

书生哇哇大哭。

张山就笑道,"慢。他不是礼物,他的舌头才是礼物。"

我们听不懂。问他,你是谁?先给我们说清楚。

"丧家之犬,有啥脸面多说呢。我只说说这个活宝的来历。"张山说,他几天前去成都讨活路,做了一桩没本钱的小生意,就去干槐树街买快活。几个客人和姑娘聚了一桌喝花酒,席间有一位谈先生,酒量好、话多、牢骚大,先论时局,骂老佛爷专权、皇上懦弱、百官无能,而草民艰难且愚昧,让他心忧如焚。再次是他怀才不遇,在东京帝国大学留学十年,以优等生毕业,回来却报国无门,先后被京师大学堂、四川通省大学堂所不容,而今只能在簧门街开一小小学馆谋生,实在是老天无眼,人间何世。客人们都很唏嘘,连鸨母和姑娘也红了眼圈。

张山就问他,刘安的刘府,从前也请过一位留日的先生教少爷和小姐,不晓得跟你有何关系?

他说,正是敝人。我在刘府做了八年先生,少爷、小姐都敬我如父。后来通省大学堂坚邀我去做总理,连总督也传了话,不去不好,只好去了。去了才发现,是做副总理,总理给了盐茶道道台的亲家。忍口气,也只好算了。然而,这亲家是个小人,嫉贤妒能,处处掣肘,给我难堪。是可忍孰不可忍,我就递了份辞呈,一番严词痛陈,出口恶气,昂然走了。午夜回首，想起当初在刘府的八年，大老爷的恩德、少爷小姐的依恋，也很是唏嘘的。

有客人就问，听人说刘府钱过北斗，可是真的？

谈先生就微微一笑，说，钱过北斗固然是句虚话，当不得真。不过，实话来说，刘府的银子不比一省之藩库的银子少。

客人不信，说藩库的银子至少几百万两。刘府也有这么多，该放在哪儿呢？

谈先生又冷笑道，说你土你别生气。刘府的银子是兑成了金子的，几十万两，还不好放么？

另有客人问，外边都传说，刘府的金子是藏在印堂的，可当真？

谈先生又是冷笑，说，这又是土话了。这藏宝之地，大老爷请我去看过。实则虚之，虚则实之，人皆以为是印堂，他就偏偏不。

众客人都问，就连老鸨、姑娘都竖起了耳朵：那是哪儿呢？

谈先生就喝口酒，干脆道：不能说。

张山暗暗记在心里。过了两天，他去簧门街找到谈先生，请他去西城门外的青羊宫吃素席。谈先生欣然答应。出了城门，走到僻静处，张山一拳把他打晕了，装入麻袋，雇了两架鸡公车，载到温江的马厂坝。就在一块稻田边，张山隔了麻布问，刘府的金子藏在哪儿？谈先生说，就在印堂。张山隔着麻袋一顿拳脚，骂道，你说过偏不在印堂。谈先生哭喊，在地牢，藏得深。张山又打，冷笑道，你说过虚则实之、实则虚之，该是在一个人人一眼可见的地方。

谈先生泣不成声，终于说了，在见山楼。

张山觉得很有道理。就挨到天黑，就近去偷了一匹马，把麻袋横在前边，一骑两人，去各处探看，找人合伙，称之为："要不要？我有一套富贵送给你。"

我大哥听了，就笑道，"傻瓜才不要。"

但刘府院墙高，家丁多，养的狗也出名的恶，要硬抢不得行。张山却已经想好了，他对大哥说，你带大队人马从北门强攻，声势越大越好。再指一个你最亲近的人，随我从南墙摸上去，直取见山楼。那一笔富贵就在我们掌心了。

大哥觉得可行，又看了我一眼。我就对张山说，"你有啥本事呢，亮一手看看。"

他就让我砍他一刀。我一刀砍去，他侧身一避，嗖一下，指头已戳在我的喉咙口。

我吃了一惊。他说，"这不算啥，是师父教我的头一招。"我就问他师父是谁？他说不能说。我说，"那就是死了嘛。"他劈脸一拳！这次好狠，我仰天就倒了，吐出一颗牙齿、一口血。他还指着我骂了一句，"我事师如事父，你背时。"

大哥身边的人都拔出了刀来。大哥说，"每个人都有忌讳，不能碰。算了嘛。"他另派了个绰号小猴子的兄弟跟张山去爬南墙。又联络了前后山两个老棚子，约好一起打刘府，事成后各分一成给他们。

两天后，吃了夜饭，我们下山去刘安。五更摸到了邱坝，进了一座破道观，叫作玉皇宫，只有一个驼背老道士，李驼背。我们进去隐了一天，吃随身带的馍馍和野驴子肉。大哥不准喝酒，不准高声，违者抽二十鞭。再等到天黑，把谈先生绑了，交给李驼背，让他拿戒刀看好了，等我们回程时来取。倘无闪失，给他二两银子。

李驼背就问，"倘有闪失呢？"大哥说，"人财两空。"

后边的事，我不说，你们也晓得了。最好赶紧去查一下，见山楼的金子还剩多少。

周总管家听完，让叶二在录下的述状上签了字、画了押，吩咐一声，"把人抬上来。"

十

抬上来的，是一具黑衣尸首，两根箭。叶二爬过去看了，认得是小猴子，后脑勺破了一个洞，血已结成了干疤。他愣了半晌，傻傻地笑了，眼泪成串落下来。继而问，"还有一个人呢？"

周总管家说，"中箭逃亡，天亮就能抓回来。"又问他，你大哥是死了还是也逃了？

叶二在死人堆里刨了好一阵，指着一具满脸刀伤的尸首说，"我大哥。"

周总管家不信，问他咋个认得出？叶二说，"大哥左脚心有颗痣，不信，你来看。"

刘九凑近看了，点点头。

周总管家就下了最后一道令，让二管家备五驾马车，把匪们不分死活，连夜押运到县衙门，交给祝县令。他说，"刘府不设私衙、不动私刑，要请父母官依法处置。"

又让刘九带两个家丁，押了叶二去玉皇宫接谈先生，要礼节周全，不让谈先生受惊、伤皮肉。"对谈先生，我实在很为难，"周总管家说，"不知该请他吃板刀面，还是给他一锭金元宝。"

刘九指着叶二问，"接到了谈先生之后，他呢？"

"留他一条命，放归山林吧。"周总管家很累了，揉了揉眼窝子，又补充道，"先砍了他右脚，免得祸害乡人。"

刘九一行骑马到了邱坝,天已经亮了。

邱坝距斜江仅一里,是一片缓坡,田土肥厚,农家都颇为殷实。玉皇宫距村庄又有一里,却已凋败日久,岁入的香火钱,只够供养一个李驼背。近五六十年来,信佛的人,上朝高堂寺;奉道的人,则登鹤鸣山。玉皇宫自然也就衰败了。何以如此呢?没人说得清。细究起来,缺一个潇逸清芬、谈吐不凡的道长,这也算个缘因吧。

李驼背每天做的事,只是扫落叶、烧茶、煮饭、看顾菜园子。人若问他何为李老君、何为张天师、何为羽化登仙?他一概回答三个字:"空了吹。"外路人听不懂,皆以为高妙。有点道行的人则笑谓:"鬼扯淡。"

马蹄声惊醒了李驼背。也许他原本就没睡着,一直在等消息。

破殿上的枯草、庭院中的落叶,还有四周冬水田的水,都冷冷的。马却走热了,出了毛毛汗,汗气蒸出来,有冲鼻子的、不安的味道。

刘九问李驼背,"谈先生呢?"

"跑了。"他说。

"跑了?!"

"跑了。昨晚那帮土匪刚走,他就跟我说,他跟大老爷是生死交谊,也晓得这帮匪贼眼红大老爷的财宝很久了,就故意献上一计,其实是引君入瓮,他们有去无回。大老爷定会重重赏他的。如果我今夜就把他放了,他去刘安睡个好觉,明天再来分给我十两赏银,且是纯银的。我说空了吹,如果匪们回来了,我岂不人财两空啊。他说,这话不假,意思是我跑了,你就拿不到二两赏银。二两和十两,你要哪个嘛?我说,自然是十两。就解了他的绳子,还给他喝了一壶茶,吃了两个冷馍馍。他嘴一抹,车身就走了。我觉得不踏实,就在后边追,喊他写个纸飞飞,立约为据。他不理,走得更快了。我就在后边追,一把抓住了他的辫子,死劲扯。结果扯断了,是根假辫子!辫子都做得假,他还有哪样是真的嘛?简直就是一个:空了吹。"说着,李驼背大哭。

刘九听得不耐烦,喝了声,"够了。留了你这些话,去跟总管家说吧。"又看了叶二一眼。

叶二已然有备,就闭了眼睛,伸出右脚由他砍。

但,刘九用刀拍了拍他的颈子。"我要这儿。"

"凭啥子?!"叶二愤然问。

"因为,老子武功稀松平常嘛。"刘九笑笑,一刀砍下去!没砍断,又补了四五刀。

三根箭

十一

元雨从成都回来,听说了群匪来袭的事,很是惊讶。

他找到周总管家,讨了射中两个飞贼的两根箭,细细看了,问寻访到射箭的义士没有呢?

"还没有。不过,已在镇子、村庄,还有县城里,都张贴了榜文,请义士径来刘府,领赏银三十两。"

"……"

"少爷是觉得赏银少了么?那就往上提,五十两可好?"

"五百两也没用。他若是想拿赏银,当晚就进府请赏了。"

"这倒是……会不会是跟少爷一起打擂台的少年呢?"

"老先生觉得呢?"

周总管家摇头。"三十两银子,够把锅盔铺开成酒楼了。

他为啥不拿？"

元雨笑笑。"依我说，这事就罢了。刘家人心里记义士一个情就好。"

"这个情，十分应该记。倘若飞贼在见山楼寻宝没着落，怒火攻心，窜进府里就很凶险了。叶二说他拳脚狠辣，该是真的。他挥刀杀死两个家丁，居然不用刀砍，是刀尖割喉，深及一寸……这样快的刀法，简直就是鬼魅。他要在府里开了杀戒，不知多少家眷要做刀尖下冤魂。"

元雨抽了口冷气。"他也不能够活着出去吧？"

"那是另一回事了，少爷。"

十二

刘府，最后听说有义士拔箭相助的人，是元菁。

群匪猛攻时，她已睡下了，却没有睡着，一直是迷糊的。听到响动，就唤春红出去看个究竟。

过了半晌，春红回来说，是一群讨口子在门外争吃的，又吵又闹，还动起手来了。

元菁疑惑，喃喃问，"这么晚了，咋还有吃的让叫花子来抢？"春红说，嘿，大老爷心血来潮嘛，半夜发善心，叫人把剩饭、剩菜煮热了，还宰了两个腌腊的猪脑壳，装了三大桶，抬出北门去。叫花子哪儿喂得饱，没抢到嘴的，还破口大骂呢。不识好！

元菁笑道，"就春红有良心，识得好。"头一沉，就睡着了。

酣沉沉一觉醒来，天下已经太平了。

春红这才说了些夜间大败悍匪的故事。她听了，疑惑不肯全信，觉得像在成都茶馆听龙门阵，玄。是春红一张油嘴，唬人取乐。

春红自然委屈，就去家丁中搜集些破匪之战的枝节，转述给元菁。的确很可怕，倒也不像是假的，元菁始信了。听到两个飞贼口衔利刃偷袭见山楼，她心都揪紧了。随后春红口里吐出"嗖、嗖"两声，说，一箭一个，统统栽倒了。

元菁心不跳了，是心凉，嘴角浮起冷笑来。"一箭一条命，也太毒了嘛。"

"无毒不丈夫。"春红笑道，"箭是玩具，练来耍的嗦？都跟小关庙那个不中用的家伙一样啊！"

元菁的脸苍白，继而发青，牙齿嗒嗒响，但到底忍住了，没言语一声。

"小姐你咋个了，发烧了哇？"春红吓了一跳，赶紧伸手去摸她的额头。

元菁啪地一下，把她打开了。

"小姐……"

元菁摘下帐钩上盛箭的布袋。袋口的莲蓬已有了黑澄澄的光，放手心一捏，碎碎地成了一捧渣，飘出陈年的莲子香。她把箭抽出来，拿指头摩挲着，比记忆中的还长、还要新，箭镞铮亮，箭羽灰白，紧夹断箭的两半边筷子，像是昨天才缠上去的。

一抬头，元雨正站在她跟前。

"我看见袋子挂帐钩上两年多了，不晓得是一根箭。"元雨说。

"你现在晓得了。"

"哪来的呢？还是根断箭。我看看。"元雨把手伸过去。

元菁摇头，不给。

"这是小姐的命根子。"春红说。

"命根子？"

"换句话说，也是小姐的伤疤。"

元菁呵斥一声，"闭嘴。"

"咋个要闭嘴呢？小姐能说话的人，只有少爷了。还不说，怕是要憋死。我倒也忠心耿耿的，可小姐不把我当人。"

元菁气得扑哧一笑。

春红就把小关庙里和负箭少年相遇一事，原原本本，也颇为添油加醋，细述了一遍。说到少年抱起小姐的一段，她突然脸蛋大红，两眼冒火，切齿道，"我恨不得宰了他……可惜技不如人。"

"元菁，你也想宰他么？"元雨问。

元菁不说话，抬起头。元雨吓了一跳，妹妹眼里酿着两汪泪。

元雨说，"想不想看那两根箭呢？我让春红去周总管家屋里取。"

元菁勉强笑了笑。"哥哥糊涂，箭和箭是不一样的。那两根箭杀过人，我嫌脏。"说罢，她把手里的箭放近鼻子，吸了一口气。

屋里静下来。春红急得眼珠子两边转，但也没吭声。

午炮忽然响了。

今天格外动静大，似乎见山楼也晃了晃。元雨就说，"你好久没出过府门了，我带你去吃锅盔吧。"

"想吃锅盔，叫她去买回来。"元菁指了下春红。

"吃锅盔在其次，我是想让你见个人。"

"我不想见人，也不想吃锅盔。"

"这个人不一般，你见了会一惊一喜的。"

"啥子事，都不会让我吃惊了。喜又从何来？"

"你见了就晓得。"

"我也不想晓得。"

"还是去见见,就当我求你。"

春红也急了,扯了一下元菁的袖子。"去嘛,就当给少爷一个面子。大老爷百年后,他是要当家的,还是不要得罪他的好。"

元菁气笑了,撇嘴道,"去就去。"

十三

今天逢场,街上人多。虽已经入了冬,太阳晒下来,却也热烘烘的。正午过了,沿街还坐满了赶场的人,靠着墙根啃冷馍,喝凉水,打个巴适的小瞌睡。饭馆、面馆也正清静了下来。

只有一家门前还热闹,挤着一堆客,这就是何锅盔。

元雨走在前边,手里拿了一个布包,是给小一买的两套书,林译的《巴黎茶花女遗事》《吟边燕语》。

元菁、春红穿了男装,还戴了瓜皮帽,紧随而行。

元菁先看见了那棵古槐,惊诧于它的蹒跚老迈,又巍然自大,心中已有两分的不喜。她忽然问元雨,"要是春红咬牙不说小关庙的事,你咋办?"

元雨随口就答,"把她赏给刘九做小妾。"

春红插话,"刘九哪看得上我,他眼高得很。"

元雨说,"那就改赏周总管家吧。"

春红不以为意,咯咯一笑。

元菁却顿住了脚,正色道,"哥哥说的是真话?"

元雨有点心不在焉,随口又说,"是真话,咋个了嘛?"

"我想吐。"元菁盯着他,一字一顿说。

但元雨没听见,他在挥手打招呼。他们已走到何锅盔门外,相距不过半丈,人群中有认得元雨的,不觉就向后退了退。

元菁看到灶台后有两人在大忙,一个胖头圆脸的残废老头,单手拿铁棒在面团上恶狠狠地抽,嘴里还叼着叶子烟,烟灰颤颤的,不时飘。

另一个年轻,是黑熊般壮汉,穿马褂背心,塌鼻子、兔唇,左上臂刺了毒蝎,右上臂箍了一圈铜,手背还长了黑卷毛,正拍打着锅盔,收钱、递锅盔,忙得一脸的蠢汗。猛一抬头,他看见了元雨,乐呵呵大叫,"刘少!"一滴口水穿过兔唇的豁口,正滴在锅盔上。

元菁再也忍不住,蹲下来就干呕。春红赶紧把她搀扶到一边。"作孽啊,"她指着春红,手指头发抖,"这种锅盔,我居然还吃过一口……"

春红小声道，"锅盔就是锅盔，小姐以为是王母娘娘八月十五的月饼？"

"呸！"元菁朝她脸上啐了一口。

好多人围了过来，指点着，叽叽喳喳。

"扶我走。"元菁厉声说。春红有点吓着了，赶紧把她连扶带搂弄了起来，又瞪圆眼珠子骂，"看啥子！看热闹回你爹妈屋里看！"

元菁听不下去，狠狠拧了她胳膊。她痛得龇牙咧嘴，不敢叫。

元雨一转身，望见元菁、春红搀扶而去的背影，想追上把她们拉回来。大逵叫了起来，"刘少，还不来帮忙啊！老伯和我三只手，不够用。"他只好跨进锅盔铺。

先跟何道根拱了手。"老伯。小一跑哪儿去了呢？"

"一早跟牛姑娘打鱼去了，说是晚上做鱼馅锅盔，煮酸辣醒酒汤，还要喊你来一起吃。"

元雨心口一酸。他把装书的布包放上隔板，夹在盐罐子和油罐子中间。大逵说，"你来收钱、发锅盔。"他说，"不。"捡起一根擀面棒，揪了一团湿面，就猛地打起来。

打得面团冒出一汪水，他脸上也是一汪汗。

过了小半个时辰，客人散光了，元雨这才长舒了一口气。他拍拍手,又在衣服上揩了揩。"老伯,大逵,我先回去了。"

"记得来吃夜饭哦,少爷。"何道根喊了一声。

"带一坛好酒来。"大逵叮嘱。

他没答话,也没回头,大步就走了。

翻 船

十四

老娘滩的水面,随天寒而逐日收缩,岸边留下一道三尺宽的、蜿蜒的退水线。

不过,芦苇却更见茂密了,花穗被北风吹走后,芦苇秆沉淀出金黄和透亮的红,高挺挺的,十分有气力。

从北地飞来越冬的雁、鸥、鹤、鸭、鸹、鹞……栖在芦苇中,啄小鱼、嫩虾、螺蛳、贝壳、红线虫,吃饱了就晒太阳,睡懒觉。偶尔,轰隆隆腾起来,一片炸响!上千只翅膀在晴空中铺展,天、地、湖之间,陡然刮起大风。

小一和五只渔老鸹站在船尖上。他望着群鸟飞到水和陆地的尽头,几乎看不见了,又漂亮地一转,飞了回来,从自己的头顶一划而过,丢下娇叱、响亮的鸣叫声。

他似乎总也望不够。

黑姐一桨片打在他腿上。"我要有你的本事,就射一只下来烤了吃。看还能看饱了?"

"看自然看不饱。不过,好看的东西,就是拿来看的啊。"

"那,我好看不好看?"

"当然好看。"

"那你只看就够了哇?"

"……"不讲理,小一心头说。

黑姐倒也不逼他,但又在他屁股上打了一桨。"坐过来,省得落了水还要我捞。"

黑姐对老娘滩之熟,甚于自己的十个脚趾头。

小一说,天冷了,怕是见不到大鱼了。

"大鱼多的是。"

他放眼一望,很是茫然。大鱼在哪儿呢?

"去冷水里抓啊。"

他还是没有回过神。

她就把船划进一大片芦苇丛,干脆的叶子被船头撞得刷啦啦。半晌,穿了出去,眼前是一片平静的水。团转十分鸦静。

"看,冷水潭,老娘滩数这儿最深了。大旱三个月,水不减一寸，拿十根竹篙子接起来，也戳不到水底底。牛祖祖说，潭底还有个海眼，连通洞庭湖。你信不？"

"我不信。不过，胡思乱想，也当做了个好梦。"

"牛祖祖说，有一天他潜到了海眼口，朝里望了望，嚯，水是蓝的，鱼是红的、黄的、绿的，还有龙宫的影子。"

"那他咋不钻过去呢？"

"舍不得老娘滩嘛！他又游了回来了。"

"那你舍得老娘滩不？"

"我舍得。"她盯着小一，黑眼睛闪着两苗火。

小一不敢看她。一阵北风从水面上刮来，船头、船尾的渔老鸹缩起了脖子。

小一摇头笑道，"这个鱼，怕是吃不成了哦。"

黑姐不吭声，脱了外衣，手按船舷，轻轻滑进了水里。小一叫了声"喂！"，她人已经不见了。

他愣愣的，看着水。渔老鸹也垂下头，陪他看。看了很久，还是没动静，连一个气泡、一个水圈圈也没冒上来。

他有点傻了，感觉等了一百年。

群鸟飞过他的头顶，又飞了回来。八方苍莽，小船如芥豆，好像已渡入地老天荒了。

突然，一个东西飞出水面，落进船舱，啪地惊心一响！

是条鲤鱼，灰黑的，额头还有白斑点，很不甘心地蹦跳着,啪啪响。

一条一条的鱼飞出水面,啪、啪、啪,船舱都快挤满了。

黑姐终于冒了出来。她抓住船舷,望着小一,水从乌黑的头发、黑亮的脸蛋上,不停淌下来。张开的大嘴里,两排牙齿白得惊心,活像要一口吞了他。

小一把她拉上船,又脱了自己的衣服把她裹起来。

她大嚷,"你干啥子,我的衣服还是湿的啊。"

小一愣住了。

"先把湿的脱了嘛。还看啥子呢?除了渔老鸹,只有青天大老爷。"

她在船上躺下来,湿内衣贴紧她的肉,凹凸起伏。小一笨手笨脚,把她的湿衣服剥开了,他听到自己出气,呼呼地响。

"你也睡下来。"

"……"

"你脑壳头在想啥子?"

"我想,这么冷,咋会有这么多的鱼?"

"怕冷的鱼,自然不会来。不怕冷的鱼,就都游来了。鱼要抗冷,就要多长膘。冷水潭的鱼,条条都肥得很。"

"你怕冷不怕冷?"

"当然怕冷啊。还不快把我弄暖和。"

"咋……个弄？"

"这个还要人教啊！"

小船剧烈地摇晃了一下，差点翻。

渔老鸹吓得腾起八丈高，纷纷滚落到水中。

十五

黑姐的两个哥哥，一早就被牛伯赶到水上去捕鱼。

船在老娘滩游荡了两个时辰，甩了几十网，手都甩酸了，只捞上些指头大小的鱼虾。两人相对苦笑，琢磨一阵，就把船向斜江上划去。想顺水而漂，省些气力，到了下游小乡场，上岸赌一把。

船刚到湖口，顺风吹来一股烤鱼的香味。两兄弟的嘴里，马上含满了清口水，这才想起，肚子早就饿瘪了。循着香味把船划到岸边，看见一条小渔船系在柳树根，树边燃了堆篝火，两个烤鱼的，一个正是自家妹妹黑女子，另一个是刘安打锅盔的小伙子。火边还架了一只马叉，挂着打湿的衣服。

小伙子光着上身，肩、背、胳臂鼓着肌肉，一副不怕冷的样子。

黑女子已经看见了两个哥哥,但自顾自啃鱼肉,不理睬。倒是小伙子伸手打招呼,"上来嘛,一起吃。"

　　两兄弟相互看了一眼,连琢磨都省了,彼此心头雪亮。牛老二提着一张空渔网上岸,在火上抽了条烤鲫鱼,叭叭几口。"还可以。可惜没嚼头。船上有刚打的石斑、岩鲤,你上去拿几条。"他指了下小伙子。

　　黑女子气哼哼,脱口就说,"吹牛。你两个有这本事?"

　　小伙子爽快地站起来,还对黑女子安抚地笑了笑。他上了船,正埋头找鱼,牛老大用竹篙顶住岸,狠劲一撑,船一下子射出了几丈远。

　　"做啥子?!"黑女子大叫。人还没起身,牛老二张开渔网,兜头就把她网住了,且飞快地拉紧。

　　小伙子马上回过神,出手就抓牛老大。牛老大一蹬舢板,跳进了水里,小伙子手上只抓到一块撕烂的布。他又抓了竹篙,在船的四周猛戳了一圈。

　　牛老大潜在船底,双手向上抵住,用足了牛劲,猛地把船顶翻了。

　　小伙子滚到了水中。但他奋力抱住船身,想爬上倒扣的船底。牛老大踩水过去,揪住他的辫子,把他扯过来,死命按到了水中。

　　小伙子扑腾着,打起一片片水花。随后,终于消停了。

黑女子大骂大哭，撕渔网。牛老二捡起一大坨干泥巴，喝了声"妈卖×！"，砸在她头顶。她闭了口，睁着眼睛晕死了。

牛老大嘴里念着一、二、三……念到一百，把小伙子提起来，踩水拖回到岸上。

小伙子的脸、身子，都泡成了死灰色，肚子鼓得像青蛙。

"就在柳树下挖个坑埋了，我去借两把锄头。"牛老二说着，四处望了望。

"埋个×。他死了，他伯伯不把牛家人杀个精光啊？"

"除了青天大老爷，他咋个会晓得！"

"黑女子就晓得。"

"那把她做一对埋了，成全他们了。"

"放屁。伯伯早就说过，牛家的指望，就在黑女子一个人身上。埋了她，指望你婆娘啊！"

牛老二大怒，气得拳头拧出了两把汗。他俯下去，对着小伙子的脸、身子，挥拳一阵乱打。没过气，又拿脚狠狠地踢。踢累了，再抓起桨片砸。

牛老大扯了他一把。"够了……有人骑马过来了。"

牛老二又吐了小伙子一泡痰。"狗日的，你长了记性，这顿黑打就算没白挨。"

十六

骑马而来的,是元雨。

他出锅盔铺回家后,对仆人谎称已经吃过,就和衣躺在了床上。自然是磨皮擦痒,睡不着。一合眼,就看见阔大的水面上,漂着小渔船。眼睁开,耳朵边就响起打锅盔的乒乓声。总之咋也不对,心焦婆烦。后来还是翻身起来了,踌躇一会,就去寻刘九,想跟他对练一番,出身大汗。

但刘九不在。有个年轻家丁说,"过会儿有磨刀匠要来府里,九爷去了斜江茶铺取他的柳叶刀。我陪少爷比划下行不?"

元雨点头,"好。"

他们各拿了一根棍子,退后半丈。元雨说,"使劲打,手软我罚你。"

家丁双手握棍,冲上来,吼了一声,当头劈下。

元雨身子一斜,棍子横扫过去,正中他的肋骨。他叫着"妈呀",向后扑倒了下去,骨头断了不止三根。元雨跟个年长的家丁说,"请了大夫好生调养,我会贴补他些银子的。"

他转而去了马厩。马划分了三种,一是拉车的,一是坐骑，还有一匹单独圈养的，叫作栗毛大将军。

栗毛大将军是英国纯血马，四肢颀长，鬃毛浓密，眼睛黑油油的，是二大老爷做两广总督时，英国的七家商行联名送的礼。据说身价之名贵，不亚于买一座城堡。但，唯因其贵，二大老爷不便于骑。就交给镖局，辗转千里送回了老家。大老爷不良于行，也不方便骑。而元雨尚小，就闲置起来。

谈江山先生还在时，也给它测量过身高，是163公分，比大老爷、二大老爷的个子还要高。

元雨吩咐马夫给大将军配上鞍具，又检查了辔头、缰绳，牵到上马石前，他侧身一张腿，跨了上去。马夫说，"少爷小心，这马躁得很哦。"

大将军对刘安镇并不陌生。每天傍晚，马夫都会牵了它出来溜达。若是天热，还会去大安沟边的桥下洗刷，提一桶桶水，泼上马的身子！水又像雨珠一样滑下来。还拿把刷子梳它长长的鬃毛。这时候，总有不少人围观，大人还抓住小娃的手，去大将军的栗毛上摸一摸，真是跟绸缎一样光滑啊。板栗色的皮毛下，还透出一股股黑和红，活像是捂住的火。它的脾气也是火性子，曾有个胆大的光棍偷偷爬上了马背，马长声嘶鸣，一扬前肢，他就骨碌碌滚下来，栽在了地上，像一坨屎。

元雨骑在马上，徐徐而行。跨过吊桥，穿过空坝，进了镇子的街巷。大将军温驯听话，元雨也很安心，行了几箭地，他忽然想到，这马分明是烈马，何以听话呢？它通人性，知天命，晓得我才是它的主人。

赶场的农民，多数已走，没走的也在收摊了。馆子门口，有闲人双手抄在袖子里，看人来人往。元雨看着这些，心头舒展了一点。继而又发现，略微头晕，他晓得，是头一回骑高头大马的缘故。俯看下去，农人、闲人，似乎比往日小了许多，地上的蝼蚁，就更不见影子了。他的心情，又多了些松松之感。不觉回味起刚才跟家丁的交手，自己横扫的那一棍，实在是因为挨了好多棍。打人的人，就是何小一。

元雨请小一陪他对练过好多次。承他下手不狠，肋骨只断过两回，一回一根，都暗暗地养好了。挨的打，没有白挨，都化成本事，留在了自己的身上。不过，元雨头一回这么想，打人的终归还是他，挨打的一直还是我，他总在我上头。就没个翻盘的时候？

他骑马进了银草巷，望见何锅盔门外的古槐，拴了一匹黄骠马。门前已没顾客，树下坐着何老头子和一了法师，正在喝茶说话。他没下马，招呼声"老伯"，跟法师拱拱手，探头朝店铺里望了望。老头子说，"小一还没落屋。"

"还不回家啊？"

"只要是跟牛姑娘出去，天不黑是想不起家的。"

元雨觉得心头一黑，鼻子里吹出两孔冷气。也不再说啥，在马屁股上重重一拍，嘚儿、嘚儿就跑走了。

跑完镇子，过了大安沟，经过武威马打铁也没停一下。他径直冲到了杏花烧，再逆斜江，向老娘滩而去。

江上吹着冷风，一江也都是冷水。元雨驱马走着，渐渐也心灰意冷。

他自觉好笑，去寻牛姑娘、何小一，寻到了又咋样呢？看她打的鱼，吃她打的鱼，若这鱼不是为我而打，吃在嘴里，也不过味同嚼泥。小一呢？我的银子，买得尽这江里的鱼了，可就没一条，比得上小一填进锅盔的鱼肉馅。

这么想着，他垂头，松了缰，任了大将军随性地溜达。

沿岸的草，湿漉漉的，青一半、黄一半，还有些枯死了，不好看。把头再抬起时，已到湖口了。水天寥廓，眼为之一亮，群鸟悬在空中，飘过来、荡过去，十分的闲意。他望了好久，眼角噙了泪花，继而傻乎乎的，破涕一声，笑了起来。

这时候，他听到有人在叫骂。隔得远，听不清，但顺风吹来，他不会听错，是牛姑娘在骂人。她是在骂小一么？亲热得不行了，女人都会嗔怒、娇叱的吧？被骂的男人也会觉得很惬意？他酸酸地想着，那就且让她再骂一会儿。

但始终听不到小一的声音。后来，有了男人的骂声，却不是小一。他觉得一阵心怯，喝了声"驾"，催马快奔。

两条小渔船刚驶离岸边。小一光身子、鼓着大肚皮，躺在柳树下。

元雨把指头伸到他的鼻孔，似乎还有气出。又埋头在他胸口听听，也还有跳动。就把他翻过来，用肚皮顶着地，拿手在他背上一张一弛地给压。

江水从小一嘴里淌出来，流成了一片小水滩，灰色、乌的，最后是几口血。

"你死不了的嘛，兄弟？"

"我属猫，九条命⋯⋯"

"哪个打的你？"

"舅子打的。"

元雨嘿嘿笑。"都要打断气了，还留了一口气骂人。"

小一苦笑。"不算骂人啊⋯⋯"

小一的身上，满是伤痕，元雨不敢细看。"不算啥子。小时候练武，我爸打我，比这个还要凶。"小一喘出一口气，"我吃的亏，在水。"

"你伯伯把你害惨了。"

"我爸是个糊涂虫。"

两人一起笑起来。元雨脱下外衣,给小一穿好。再把大将军唤过来,折腾了好一阵,把他抱上了马背,又让他抱着马脖子,躺得牢靠些。

"你也上来吧,"小一说。

元雨摇摇头。他提着缰绳,牵着大将军在前边走。

两人沉默着,不再说话。

走回刘安镇,夜色已把街巷、门窗,染得漆黑了。只有何锅盔还亮着一盏灯。

十七

何道根不忍看小一身上的伤,别过头。

小一平躺床上,光着身子,睁眼望着顶棚,像在想什么,脸上若有笑意。

一了法师亲手掌灯,把他的伤都细细查验了一遍,又捏了他的骨头、关节、螺丝拐,拍拍手。"没大碍,皮肉伤而已。睡一觉,明天起来,好一条男子汉。"

"师叔,我今天,已经做了男子汉。"小一眨巴眨巴眼。

一了法师哦了一声,也不很惊讶。"说说,感觉有没有异样呢?"

"天下第一。"

一了法师看了眼何道根。"你儿子出息了，比他师叔还厉害。"

何道根苦笑一声。"吹！一身的烂肉……牛家人也下得了手哦。"

大逵气得跺脚。"奶奶的，我喊几个兄弟，去锤平牛头庄了事。"

"你敢！"何道根喝了一声，又缓了口气。"大逵，这是命。小一喜欢牛姑娘，牛家就是何家的亲家。这门亲，咋个也改不了。"

"阿弥陀佛。"一了法师说，"何施主虽不烧香拜佛，倒也懂得些因果。世上事，莫非因果缘由，没有打是白挨的，没有打是白打的……吃饭吧。"

小桌子搬到小一的床头边。一了法师吃了三张牛肉锅盔，何道根吃了一张白面锅盔，大逵给小一喂了一碗菜稀饭，这才吃了五张混糖锅盔。

饭毕，大逵回铁匠铺歇息。一了法师说，"你家的床也太硬了，俺睡不惯。镇上的客栈，虱子咬人比狗还凶。俺还是骑马走夜路回寺里。"

"要睡得安生，也不难。"何道根向门外指了一下。"斜江茶铺，就是个好榻榻。不过……"

"不过什么?"

"也没得啥子。你明天早些过来,吃头一炉锅盔。"

"好,头一炉锅盔。"

十八

小一睡醒,天还没有亮。先听到鸟叫,没听清,以为是喜鹊,"黑姐来了!"他翻身一跃,下楼跑到门边,拉开一条缝。

门外空荡荡。他摇摇头,又笑了笑,挨的打还在痛,身子居然已很灵便了。

就穿了短打,在槐树下练拳。起初有些滞涩,渐尔舒展、流畅,打完一趟长拳,他右脚突然向上踢出,但只做了个虚动作,左脚已经腾了起来,唰地一飞!倘若跟前站了个对手,这一脚正踢在他的后脑勺。

这个功夫,叫作一脚半,是听师叔讲他大师伯的三脚半之后悟出的。

今天冷场,父子俩都闲。打完一炉锅盔,何道根卷叶子烟,小一抱着书看。磨到离放午炮只半个时辰了,一了法师才从茶铺踱过来。

他新修了脸、刮了头，眼睛光闪闪的，一看就是睡得很舒坦。小一说，"我给师叔热稀饭，锅盔是现成的。"

何道根说，"我看不必了。"

一了法师也笑着摆手。"不必了，昨晚的宵夜，俺吃了好几趟。"

小一点点头。"我懂了。"

"你懂个啥？俺看这一阵你是昏了头。"一了法师突然来了气。他喝干一碗老鹰茶，指了下何道根。"你爹都给俺说了，他要你去成都念武备学堂。俺觉得，是一条好路。"

小一吃了一惊。"换成当年的师叔，你会去么？"

"不会去。不过，人各有命。"

"啥子是命？"

"成都人说，命是人的后脑勺，摸得到，看不到。"

"不。"小一摇头。"命是眼前的锅盔，看得到，由我打，只要舍得用气力，它就合胃口。"

一了法师也吃了一惊。"嚯，敢跟师叔抬杠了！这命，俺且不管看得到、看不到，你先去成都走一趟。"

何道根吧了一口叶子烟。"后天就有一趟镖要走，正合适。"

小一沉着脸不说话。

一了法师拿指头蘸了茶水，在桌上画了一个圆，再打了一个×。"梁园虽好，不是久恋之地，亏你也是熟读《水浒传》。"

"当初接我父子来刘安，还不是师叔尽的力？"

"此一时，彼一时。谁晓得你会迷上百里最标致的黑姑娘？天晓得她还会迷上你这个糊涂虫！牛家的父子，恨不得扒你的皮、吃你的肉，盼你早点死。刘府的少爷，也迷上了黑姑娘。一个个都吃错了药。昨晚他把你放在这儿，连进门喝口水都不肯。为啥？你就是糊涂虫也该看得出。刘安有多大？两条街、七条巷，容你两口子在眼皮下扮司马相如、卓文君……"说到这儿，他忽然眼睑抽搐了下，顿住，吐了句，"让你爹多活几年吧。"

何道根脸惨白，嘴唇哆嗦了好一阵，但没说话。

"……"小一欲言又止。

"你放心，黑姑娘若是铁了心跟你，过几天就会来探望。你不在，你爹好歹也考过两回武秀才，会跟她讲清一番道理的。"

何道根煮了壶新茶，倒满三碗，腾着热热的茶香。

小一把茶碗在手里转着，迟疑着不喝。

"好茶啊，冷天喝热茶，心肺肝脾都舒服了。"一了法师说，"过两天俺也要回一趟老家。给俺爹祝八十八岁的米寿，也看看俺两岁的幼弟。俺爹的命，比这棵树还硬啊。"

说罢,一了法师拍拍古槐,又拍了拍小一。"一辈子长得很,不要啥没学会,就学会了执着。"

小一嗯了声,点点头。

喜相逢

十九

元雨这次从成都回来,除了带元菁去了趟锅盔店,还给她讲了大姐家的事:绸缎庄逐日冷清,再冷下去,就只好关门了。

元菁吃了一惊。"为啥子呢?"

"花色品种老旧,土得很。东大街新开的几家铺子,都从苏州进货,丝好、绣工细,花样也新鲜抓眼睛,生意不是一般热闹。好多人买了做褂子、做头巾,叫作苏苏气气。"

元菁冷笑。"苏苏气气?我看嘛,俗里俗气。我今夜就给大姐画花样,画十八种,喊刘九快马送过去。"

"不得行。"元雨摇头苦笑。"妹妹画的,是不俗气,但也太素了些,喜欢的人不会多。"

"……"

"缓缓再说罢。大姐夫倒不急,成天画青绿山水,临米芾的字,跟苏州掌柜清谈,摆玄龙门阵。两个侄儿照赌照嫖,还没误了去四圣祠唱诗、做礼拜。急的只有大姐,干着急。她的一堆孙娃子也急,吃奶吃糖晚了半步都要乱闹……你急啥子呢?"

"我本来不急的,你一说,我偏急了。明天我就带春红去成都,看我能不能帮一把手。"

"只怕你越帮越忙。"元雨笑笑,还是点了头。"也好。你能出一趟门,晒几天太阳,我总归还是高兴的。"

"你说得!"元菁并不领情。"这府里,啥时缺过太阳、月亮?站在见山楼上,星星也是摘得下来的。除了缺、缺……我也说不清,哦,啥都不缺吧。"

春红没忍住,叽咕了一句。

"舌头伸不直啊,你说清楚。"元菁盯了她一眼。

"我是说……啥子都不缺,缺娃娃闹。"

次晨吃过早饭,元菁就带春红上了路。一顶轿子,四个轿夫,四个佩刀的家丁,出北门向成都而去。

前十几里有太阳照着,暖得让人打瞌睡。后来云团聚拢,渐而变暗,日光不见了,起了风,雨也下来了。好在冬雨不大,落在泥巴路的尘土上,砸出一个个小坑,噗噗响。

春红说,"该晓得带个烘篮子出来,放到脚跟前,免得生冻疮。"

元菁不理她,一直拉开轿帘在张望。冬野苍苍,沟渠在平原上纵横。散落的竹林盘,像一个个孤岛,林中隐蔽着村舍。她喃喃问,"农民该都窝在屋了里,热腾腾抽烟、打牌吧?"春红说,"没那么好的命。缩着脖子打抖还差不多。"元菁也不恼,春红的话,听惯了,听一半、丢一半。

随后就听到了澎湃的水声。眼前横着一条江水,金马河。这可比斜江阔多了,是岷江的正流,从灌县冲出都江堰,一路水沫飘飞,峻急有力。河上是建过桥的,建一回,被洪水毁一回,后来索性不建了,改桥为渡,叫作三渡水。

轿窗外,冷雨飕飕,码头空无一人。裸露的河滩上,是大片的鹅卵石。对岸灰蒙蒙的,渡船驶过去了,还没有返回来。

靠码头,两棵高巍巍的黄葛树下,有一排草棚子,卖馒头、包子、稀饭,还可以喝老鹰茶。

轿子抬上码头,春红说,"我要下去撒泡尿。"年长的家丁说,"慢,忍一忍。"春红看看元菁。元菁依然在朝外望。

有人赶着一架骡车过来了。车上的货物裹了席子,塞了谷草,再用绳子扎紧,相当牢靠。一个壮年车夫坐在前边,车后走着一个少年，左手握着弓，右手拈着一根箭，很是警觉。

元菁的心跳都要停止了，很像是两年前小关庙相遇的那个人。

她屏住呼吸，胸脯却不住地起伏。

但，骡车距轿子尚有半箭之地时，少年叫了一声，"停。"

这时候，有五个汉子从草棚走了出来，头缠黑帕子、白帕子，脚穿粗草鞋，握着棍和刀。

元菁的家丁也都把刀拔了出来。但那伙人径直只朝着骡车走。

沙土被踩得卷起灰尘，继而是石滩，鹅卵石嘎吱响。

车夫爬到车下，用两手蒙住了头。少年把箭搭上了弓，喊道，"离我五十步。"

领头的大汉哈哈大笑。"凭啥子！老子就想跟你亲热。"

元菁小声说，"帮帮他。"

年长的家丁说，"莫管闲事，大老爷吩咐的。"

春红翘了下嘴巴，嘀咕道，"可惜我只会左一拳、右一拳。"

另一个家丁说，"是棒老三，抢钱不抢人，小姐宽心。"

元菁莫名烧了一下脸。

棒老大是匪首,棒老二是悍匪,棒老三在悍匪和毛贼之间,属流窜之徒,咬一口就走。元菁这还是头一回遇到。春红骂,"他妈的棒老三,五打一,不地道。"元菁不应她,盯着窗外的少年,鼻子尖冰凉。

五个汉子还在向前走。少年跪下一条腿,把弓拉到了满弦。"不要碰那棵狗地芽!"

狗地芽是长在河滩上的小枸杞树。

领头的大汉说,"老子偏要碰。"一脚就踢飞了狗地芽。

少年的箭飞出去,嗖——!正中他的膝盖。响声干脆,有力,甚于一颗鹅卵石击碎一颗鹅卵石。

大汉身子硬了硬,嘭地倒下去,哇哇大叫。另一个大汉挥刀扑过来。

少年已飞快再搭了一箭,右手一放,嗖——!还是大腿,倒了。

少年又搭了一箭。剩下的三个人踌躇着,相互看看,回头就跑。

"站住!当心后背心!"

他们猛地站住,转过身子。

少年站起来,仍用箭指着。"把挨箭的两个大哥抬起走。"

他们慢慢靠过来,其中一个问,"你不得再射了嘛?"

少年不说话,把弦略松了一松。

春红也挤在轿窗口,看得双眼圆睁,满脸红通通的。元菁松松地喘了口气,想说一句话,轿子晃了起来,随即就被抬到了渡船上。

"他咋个办呢?"元菁问。

"管他呢,等下一趟。"家丁说。

少年和骡车越来越小,灰蒙蒙中不见了。

元菁已看清楚,这个不知其名的少年,就是曾把自己横身抱起的故人。他长高了些,他的箭,也比她料想的更准确、更有力。

她问春红,"你也是见过他的对不对?"

"对啊,见过的,见过的。"

"那,在哪儿见过的呢?"

"这个,咋有点想不起来了呢……反正是在刘安嘛,逢场天好像撞见过几回,嘿嘿嘿。"

元菁很是扫兴。"刘安,咋个出得了这样的人。"

春红不服。"他总是有个出处嘛。小姐说他从哪儿来呢?"

"书里头。"元菁毫不迟疑。

春红看了她一眼,想顶她,又把话吞回了肚子。

二十

小一在温江宿了一夜，天亮启程，晌午前押镖进了成都西城门。

在王家塘的商行交了货，跟车夫分手，径直就去了骡马市。

皇城北边是后子门，再往北，行约一里，即为骡马市。小一头一回来成都，听说了骡马市，就兴冲冲赶来，以为会遇上哝哝马鸣、骏骥扬蹄呢。啥都没有了，从前的骡马市场早已移出了城外。向西一拐，是羊市街、羊市巷，也听不到羊叫了。不过，东拐就对了，是西玉龙街，一条街都是卖旧书、字画、字帖、古玩、古董的，很对他的胃口。他办完正事，习惯地在骡马市写了客栈，寄了弓箭、佩刀，就上西玉龙街闲逛。一家一家的旧书铺，很够他流连。多数伙计、掌柜都跟他熟了，晓得他钱不多，任他翻，也任他抄。

有一回，他翻到一部弘仁的册页，爱不释手。老掌柜胡子一大把，拍着怀里的小孙女，跟他说，"弘仁太冷了，你年纪轻轻的，换一个吧。"就递给他髡残的画，也是册页。他展开细细看了，大为惊讶。"髡残"二字，虽有枯淡、高峻之意，而观其画，即便是写秋冬之景，也点缀着红色，暖到人心口。掌柜又说，"你喜欢，就拿回客栈看嘛，明天还回来。"

这家铺子叫作七草庵。何以有此名，小一好奇，却也不便多问。

自此之后，小一上西玉龙街，必进七草庵。买与不买，老掌柜都和颜悦色。今天却关着门，问隔壁伙计，两天都没有卸过铺板了，老掌柜的小孙女病了，百日咳。

就随便逛了别的几家。因惦记着要去武备学堂看看，匆匆走了。他已问清地址，折回骡马市，再向北，过西府街、铁箍井街，老远望见一座巍巍孤丘，晓得是武担山，乃成都城内的最高点。

山下有一大片坝子，即为北较场，跟东较场相仿佛，均是练兵之地，也用于武举考试、斩死囚。后来武举废了，兵丁、官长喜欢睡懒觉，这坝子也就荒芜了。只有秋后处决死囚时，才万人空巷看热闹，两个时辰后，复归于冷寂。跟个荒凉的江滩差不多。

而今，建起一座武备学堂，气象颇为之一新。

小一绕学堂转了一圈。院墙还是旧院墙，墙根却刷了半截石灰水，白得干净、光生。门口站着两个军士，制服严整，戴大盖帽，拖大辫子，一个肩负大刀，一个腿边支了根五尺长的洋枪。他试着想问一问，老远就被军士指着，示意休得靠近。罢了。

天擦黑，他肚子饿，就到对面的馆子找吃的。小馆子连成一排，不时有学堂学生在进出。选了家最小的，招牌上写着：庚子号白家肥肠粉。

笔墨之遒劲、酣畅、愤然有力，让小一有点惊讶。卖个肥肠粉，跟卖锅盔差不多，何至于如此呢。

还有个落款：辛丑秋立人书。

一个白胖无须的老板，一个小伙计，估计是两爷孙。

小一点了两大碗粉，又加了四个冒节子。冒节子是用肥肠拴的大疙瘩，煮㞎了，凉在筲箕里，客人要添另外加钱，放到滚水里烫热，和粉一起端上来。小一先不吃粉，埋在碗边喝了口汤汁，泡老萝卜、泡酸菜、泡姜、泡红海椒，还有醋、酱油、熟油辣子味，一起涌进嘴，不住地嘶嘶叫。岂止五味，千奇百味都有了，吞下肚子，打了个空饱嗝，好舒泰。又想起黑姐煮的鱼，也是泡菜为王，压倒山珍海味啊。他眼里湿了湿，眨巴几下，又夹了个冒节子送进嘴，一嚼，㞎和得油脂四溢，不觉长呼一口气。

老板问，小兄弟，不合你胃口哇？

小一又嚼了一个冒节子，吧嗒着嘴巴说，"太合胃口了。大爷姓白？"

老板说，我老家在双流县白家场，倒是恰好不姓白，姓何。

小一赶紧起身拱手。"我也姓何，本家啊。"两人大笑，连小伙计也揩了把清鼻涕，嘿嘿乐。

"常听我爸说，有个顺口溜，叫作：金温江，银郫县，叫花子出在双流县。没想到，一碗粉也做得这么巴适呢。"

老板笑道，这话也不假。富贵人爱金银，叫花子爱吃。肥肠是贱物，叫花子才肯下笨功夫。

小一连连点头，又指了门外。"招牌上的字，写得很不一般。立人先生，就是周立人先生吧？"

就是、就是。老板说，我的铺子当初开在昭忠祠街，就在周立人先生住家的对面，他是浙江会稽人，却很喜欢吃，常来吃。这招牌是他取的，也是他写的，他说，一餐一饭，也不忘圣恩，更不忘国耻。自学堂迁到这儿，我也就跟来了。

"我咋个才见得到周先生？"

老板说，我也有一阵子没有见到了。这个是他最得意的学生，姓尹，问他肯定就晓得了。说着，朝门外指了一下。

尹学生已到了门口。他身子十分高大，门框都被他塞满了，弯腰一低头，才钻了进来。

小一向他拱手，叫了声，"尹大哥。"小一也算是高个子，比元雨高了大半个脑袋。但尹学生之高，才让他晓得啥子叫：魁伟、轩昂、高人一头。

尹学生拱手回了一礼。老板喊，尹少爷老规矩，两大碗粉，十个冒节子，再烫半笞箕豌豆苗。

小一恳挚道，"听说尹大哥是周立人先生的高足，我好羡慕。我爸跟周先生有过一顿饭的交情，他很敬佩周先生，让我上成都向周先生请教。"

尹学生淡淡问，"令尊是？"

"在刘安开锅盔铺子的。"

"哦……听你口音，倒像是地道成都人。"

"从前是，混不下去了，只好去了小旮旯。"

尹学生神色凝重起来，眉头锁成个疙瘩。"刘安不是小旮旯。刘府，不像个土皇宫么？立人先生常说，朝廷孱弱、三军无力，就是土皇帝、土皇宫太多了。只有把它们铲平了，才有一点振兴之望啊。"

小一默然，自忖没听懂。

尹学生也不再多话，埋头刨着肥肠粉，大嚼冒节子，嘴角溢出两条油汁来。

这时候，又进来了六七个学生，铺子突然被挤得有点转不过身了。生意这么好，小一看了眼老板，老板却大声哀叫：算了嘛、算了嘛，一个锅头舀饭吃，和为贵嘛。

那帮学生充耳不闻。尹学生把碗一丢，想站起来，但已被他们一拥而上，牢牢按住了。

为头一个脸上有条伤疤，伸手把尹学生的大盖帽扔了，再把大辫子绕在手腕上，提起来，朝桌上不要命地撞！

嘭！嘭！嘭！碗里的汤汁跳出来，和鼻血沆瀣一气，在桌面上乱流。

尹学生大口喘气，但不说一句话。

老板又哀求：算了嘛、算了嘛，桌子都要撞烂了。

小一起身，指着伤疤学生。"也太不讲理了。"

"讲理！格老子，他啥时候讲过理了？仗着周立人护着他，从不正眼看人，还骂我们是混进学堂的街娃、青皮、流氓、败家子。昨天姓周的被撵了，卷起铺盖滚了蛋，今天我们要出这口气。"

说罢，一群人乱拳齐下，打在尹学生的头上、肩上、背上。即便是头牛，也快被打成了一滩肉。

"够了。"小一伸手拦了拦。"你们十口气、百口气也出够了。"

"少管闲事多发财。再多话，老子连你一起打。"

"你来试一下。"

伤疤学生一耳光扇过去。

小一抓住他的手，拧了一转。只听"咔嚓"响，是骨头折断了。伤疤学生"哇哇"惨叫！铺子里突然就静了。

小一两步抢到门外，朝里喊，"是英雄，一个个出来。"

一个学生提着凳子朝外冲,小一一脚踢在他脸上,侧身就倒了。又冲出来一个,小一再一脚,仰身就倒回了店里。

没人敢再动。

小一又喊,"把尹大爷打整干净了扶出来。还要抬把椅子伺候好。"

椅子放在门外街沿上,尹学生的眼睛肿得睁不开了,脸上的血污、油污被擦得更花了,像一张花猫脸,手上仍紧攥着大盖帽。

小一指着那帮学生,喝声,"爬。"一窝蜂全跑了。伤疤学生却丢了句话,"你等到。"

小一回店里端了自己那碗肥肠粉,站到门外一口口吃。吃完把汤汁也喝干了。

这时候,那帮学生又转了回来,领头的却是个黑鬃胡子的大汉,像个杀猪的,手里提一把铁铲。

"就是他!"

大汉说,"好。"一铲子就朝小一劈过来。小一让了让,闪上去,一把就把铲子给夺了,顺手再一肘,杵在他胸口。他晃了晃,到底站稳了,但有点喘不过气,呼呼地响了好久。

"好还是不好?"小一问。

"不好。打不过你,我走了。"

一帮学生又跑了个精光。小一说,"慢。"大汉慢慢转回身,眼珠子眨了眨。

"还你的铁铲。"

那把椅子已空了,尹学生不晓得啥时走掉了。

二十一

次晨小一从客栈醒来,就坐在床边,边回想尹学生挨打的惨状,边比划起拳脚。一旦被众人按住,何以脱身?拳头难以展开,得用肘反击。肘不成,即用指。指头之力有所不及,则用脚踩脚:这一踩必如重锤打铁,把它踩成一张肉锅盔。

他把脚提起来,但没有踩下去:这时候,全身之力都积聚于此,一脚下去,地板必是一个洞。

随后,他去羊市巷口喝了碗豆浆,吃了三根油条,到西玉龙街逛了旧书铺。

七草庵已开张,老掌柜坐在一把藤椅上,教小孙女认字。小女娃刚病愈,穿了红棉袄,蔫沓沓的。小一顺手捡张纸,折了只小船送给她。她翻过来翻过去地看,笑出两个小酒窝。

"大哥哥会划船吗?""不会。是一个大姐姐的船。""那,大哥哥会不会骑马？""只会一点点。""那，最会啥子呢？""会走路。""哈哈哈……"小女娃笑得清鼻涕流，拍着双手说，"我也会，我最会走路了！"

老掌柜笑得喷了一口茶。小一心口跳了跳，亦酸亦甜，似乎看见一个埋头写字的小娃，就坐在他和黑姐的跟前。

他在铺子里盘桓了好一阵，但没有买东西。他问老掌柜，在哪儿可买到上好的女鞋？

这让老掌柜为难了一阵，才答说，我也不晓得。老伴是早死了，没女儿，只有个独子，儿媳妇跟盐贩子跑了，丢下这个小孙女，还没到买鞋穿的年龄呢。

小一愣住，不晓得该说啥。

老掌柜又说，去暑袜街看看吧，有袜子卖，也该有鞋卖。

暑袜街，小一是初来。走过几家卖袜子的，看见一块招牌很惹眼，用红铜条子圈了块木板，木板黑、朽、潮乎乎的，估计有百年老龄了，上边刻了七个字，颇像漫漶的碑文。小一把头偏来偏去地看，只有一字还勉强可辨识：刀。

他跨进铺子，里边光线也暗暗的，像个黑窝子。有个人趴在柜台上打算盘。

"老板，你们这是啥子招牌啊？"

"烂招牌。"

"啥子呢？！"

"大惊小怪。听你口音，也是个地道成都人，咋个连烂招牌也不晓得？专卖刀刀、剪刀的，乾隆爷时候就从杭州迁来了。招牌烂了，烂了才是真资格。除了张小泉，就数烂招牌。要买啥子，你自己看。"

小一环顾一圈，阴黢黢中果然闪闪有光。柜台上，排着菜刀、切肉刀、剔骨刀、杀猪刀，墙上挂着各式大小的剪刀，摸一摸，手感光滑、细腻。他就选了一把锋利的剪刀，刀柄还缠了圈圈铜丝，精致得像一件礼物。这自然是送给黑姐的。除了剪布、剪窗花，她独自出门，还可以防身。

烂招牌的隔壁，就是鞋庄，且又大、又讲究。门口站着伙计，墙上嵌着漆过的隔板，鞋子一排排立在上边，像军士出操，听候检阅。两面墙是男鞋，一面墙是女鞋。还有凳子、椅子，供客人坐下来试鞋。

小一看中了两双鞋，一是黑缎面起红牡丹，一是红缎面绣金鸳鸯。可惜，都小了。他把鞋捧在手里，摩挲再三，很是不舍。

"大哥。"背后有人轻声叫。

小一转过身去，是少年公子和一个仆人。公子的脸上，红扑扑的，像赶了远路。鼻子两侧，有好多汗豆豆和小雀斑。

"小关庙一别，以为再也见不到大哥了……"公子拱手，略低了低头。

小一想起来了，赶紧拱手还礼。

"大哥的弓箭呢？还说要射一箭让我们长个见识。"

"寄在客栈了。走远路，箭不离身。去祭关公、关平，也带着。平日嘛，就算了，看起斯文些，免得把人吓着了。"

"我倒是喜欢看大哥射箭的。"

"公子看过我射箭？"

"差不多看过吧，"公子咬了下嘴唇，轻声、清晰地问，"大哥还记得，上次分别时，你说过的话么？"

"……"轮到小一脸红了，他想不起说了啥。

"忘了就忘了。不兴打诳语。"仆人哈哈一笑，打了一个岔。

小一赶紧点头。"这位兄弟说得对。"

幸好公子也换了个话题，指了指小一手里的绣鞋，正色问，"大哥给谁买鞋呢？是嫂子？"

小一爽快就答了，"给我姐。"

公子抿嘴一笑。原本矮小、瘦弱，这一笑，文秀、俊气都有了。笑过了，剑眉一展，现出两只大眼，是灼有英气。"大哥眼光很不俗，好好看。买了吧，算我送给姐姐的。"

"多谢公子了。可惜，我姐是大脚，穿不了。"

仆人拍掌大笑。"大脚好！我家公子也是大脚呢。"

小一笑道，"公子的脚，还能是小脚？"他瞟了眼公子。

公子的脸烧到了发根。

仆人赶紧扇了自己一耳光。"我这个人就是爱接话，闲不住……公子说要拿针线缝我的嘴。"说罢，又是一串哈哈哈。

公子又抱了一拳。"我无缘送鞋，就请大哥去枕江楼喝一杯，好不好？"

小一抱拳回礼，正要说"要得嘛"，门口的伙计急步进来，冲他说，武备学堂的学生在找你。

还想打架？

小一把绣鞋顺手递给了公子，手背到身后，稍稍活动着十指，静候着。

门口光线一暗，一个大个子埋头走进来，向小一抱拳、弯腰，深致一个礼。

小一无须细看，是尹学生。

"为了找兄弟，我走遍半个成都的客栈，好歹是见到了。

昨天不辞而别，实在有愧……不是兄弟出手，我没脸在学堂里混了。"

尹学生的脸上还有淤青，眼睛也还肿着，有劫后的狰狞和狼狈，但已无大碍了。

小一跟他拉了拉手。"大哥不要客气，我不过举手之劳。"

仆人又来打岔了，实在没忍住。"是打架哇？说得好轻巧。这么一条大汉被打得鼻青脸肿，对手不是一般的厉害吧。"

尹学生怪脸通红，凶相毕露，但也是忍了。"不是对方厉害，是我狗熊。够了嘛？"

小一听了，尴尬苦笑，看了眼公子。

公子一耳光扇过去，仆人赶紧双手挡住，求饶道，"好了好了，再多嘴多舌我咬舌头。"

"大家一起去喝酒吧，我请客。萍水相逢，难得一场因缘。"小一拍拍手，又问尹学生，"大哥怎么称呼呢？"

"尹昌衡。"

"好，尹大哥。这位公子也是好兄弟，大名叫……"

公子不答，双手抱拳，恳切道，"大哥，今天你们先聊，我们来日方长。萍水相逢，天下虽大，令尊说得好，要遇上总是会遇上的。"

二十二

尹昌衡老家在北边的彭县九尺镇，距成都百余里。

他自小饭量过人，性情刚猛，且又长得高大，不足十三岁时，进门出门都要低头。稍不留神，脑袋就撞得门上横木咚咚响！

他父亲训他，想造反啊？你就是低头的命。

隔壁的算命瞎子摸着他的骨骼说，异人异相，造化第一，造反其次。造了反才有官当，有造化才能有富贵……你的命，我算不准啊。

尹父是个塾师，老好人，与世无争，却偏偏吃了一回冤狱。告他的人，是远房的一个堂伯，说他来借了一支长白山老参，为他病母续命，还来的却是一根干萝卜。他百口莫辩，只好赔了三亩菜地，好歹逃过一劫。从此担惊受怕，终于携全家逃离九尺镇，迁到了成都，开一爿酱园铺过日子。

这是尹昌衡十四岁时发生的事。

这一事，让他痛彻于心。慨叹男儿立世，须得文武双全。就写了六个字贴在床头，作为起居铭：既学书，亦学剑。

武备学堂在昭忠祠街开办时，他当即就报考了，以成绩第一名录取。

主考官正是周立人先生。周先生当场口赠了他八个字：带笔从戎，江山万里。

尹昌衡把大盖帽揭下来，把里子拿给小一看。周先生的八个字，就抄写在上边。还有一小块红记。

他说，"字是我写的，血印也是我咬破手指头盖的。路，我才走了第一步。"

小一说，"尹大哥的血性，我见到了。"

两人的酒碗碰了碰，各喝了一半。

尹昌衡请小一喝酒的馆了，是周立人先生和他常吃的芙蓉上。三天前，他也是在芙蓉上给周先生践行的。

芙蓉上开在鼓楼北街和天灯巷的拐角处，一幢小楼的上边。下面是很大的茶铺，叫作芙蓉皇，俗称下芙蓉。除了喝茶、吹壳子、打瞌睡、打纸牌、搓麻将，还可以听扬琴。成都最有名的扬琴师傅李三江隔天就要来坐唱，今天唱的是《花魁》。声音传到楼上，尹昌衡问小一，"自古而今，啥子花最是开了败，败了又开，生生不绝的？"

"……"小一说不上来。

"是后庭花。"尹昌衡愤然道。"周先生说过，亡国之音最有人爱听,因为柔靡无力。后庭花最有人爱看,因为淫艳妖冶。"

"周先生为啥要走呢?听我爸说,他还到四处的乡镇上求贤呢。"

"他是被逼走的。教职员中,很有些人嫉妒他,也有些人跟他不同道。有个谈江山先生,也是留日的,连一篇日文都念不通顺,居然发起联署,要周先生辞职。理由呢,据说他指使学生,就是那个脸上有伤疤的,窜入周先生书房,看到了康有为跟他的书信。康是大逆,通书信,岂不等于通逆嘛。学堂总理明知书信并无大碍,写的无关国政,都是谈论秦篆、汉隶、书法上的事情。但也不想替周先生挡雨,还婉劝他另谋高就。"

"周先生一气之下,就走了?"

"周先生恃才傲物,却还是舍不得走。他想等一等,看师生中有没有人帮他说句公道话。"

"有人吗?"

"除了我,个个都哑巴了。"

小一摇头,笑了笑。"我晓得这个谈江山,他就是开了败、败了又开的一朵红苕花。"

尹昌衡笑得拍桌子。

他们的饭桌，摆在二楼挑出去的廊檐上，紧靠窗户。

窗口大开，有北风吹来，尹昌衡不怕冷，小一也不怕。桌上一盘油酥花生米、一盘炸鲫鱼、一盘卤猪头，也都是凉菜。唯有冷酒下肚，涌起一股热辣辣。伸头出去，下望是灰扑扑的行人。南望，即是钟鼓楼，楼下有巨大的门洞，洞上拱了一座巍巍高楼，一端搁了鼓，一端吊着钟，颇有仰之弥高的古意。

尹昌衡说，"钟鼓楼的鼓，已烂过了十几二十回。钟呢，虽是盛唐铸造的，上了千年，也早就黯哑了。这活着的人，也成天在昏睡。要把人惊醒，就得换一口新钟。陈天华写过一本书，就叫《警世钟》，里边有几句诗，我是读一回、流一回泪：'长梦千年何日醒，睡乡谁遣警钟鸣？腥风血雨难为我，好个江山忍送人！'"

小一黯然无语。

"兄弟，你杀过人没有？"尹昌衡逼视着小一。

"我，"小一犹豫了一下，"杀过毛贼。"

"好。"尹昌衡在桌上擂了一拳头。"有一天我也会杀贼的。不是毛贼，是国贼。"

"谁？"

"我还不晓得。总之，他要让我遇上了，我不会让他跑。你信，还是不信？"

"我信。"小一敬了他一碗酒。

"兄弟也是文武双全,可有喜欢的诗人?"尹昌衡缓了一口气。

"半个王维。"

"还有一半呢?"

"还有一半是很多的诗人,乱七八糟的,我也说不清。"

"王维我读得少。兄弟最喜欢王维哪首诗?"

"相逢意气为君饮,系马高楼垂柳边。"

"下边呢?"

"下边?没有了。"

尹昌衡似有些失望。"我喜欢陆放翁。他有几句诗跟王维差不多,不过,境界又大为不同了:'京华结交尽奇士,意气相期共生死。千年史册耻无名,一片丹心报天子。'"

小一不说话。

"兄弟以为如何?"

"报天子?"小一反问了一句。

"是啊,报天子。阮小七说过,这一脖子热血只要卖与识货的!天下的识货者,莫过于天子。"

小一摇摇头。"实在是,天子不知我,我不知天子。"

"天下一家,天子就是君父。咋个叫不知呢?"

"我家哪有那么大?有一个家父就够了。"

尹昌衡把眉头深深锁起来。"兄弟，你我相交虽浅，但我敬你是个楚楚英才。咋个就没点大志呢？"

"我从没想过要留名。十里之内，何锅盔有名就够了。志，还是有的，娶得中意的老婆，每天多卖一百个锅盔，一年再走几趟镖，家父长寿，儿女勤快，还肯念书……哈哈，这要做起来，也很费心费力啊。"

尹昌衡沉默了半晌。"兄弟，你得不得后悔？"

小一想了想，很实诚地摇摇头。"不晓得嘛。"

"周先生又去了日本。他要我毕业后去找他，念士官学校。昨天挨了打，我晓得我是学剑也不行，命中是该学万人敌。"

小一点了点头。

"我们是要干一番大业的。"

小一又点了点头。

"干大业是提着脑壳耍。哪一天我若是被关了大狱，兄弟会不会来看我？"

"我不来看你，我来救你。信还是不信？"

尹昌衡瞪着小一，还没消肿的眼里滚着泪蛋儿。他说，"我信。"

第六卷

断金亭

雁翎刀

一

元菁回到大姐家，让春红把买的绸缎拿出来，铺在地上细细看。它们都采自东大街十几家生意好的绸缎庄，每样买了一条，仅丝巾大小，拼起来却像一张绚丽的地毯。元菁关门看了两天，头都晕了，却还没个头绪。

大姐看不过去，就说她，"小妹放下罢。你图样画得再好，未必有人肯绣。你绣得再好，未必有人肯剪裁。你大姐夫这个家，旺了不止三代。三代而衰，也差不多了。我跟你大姐夫活一天是一天，你两个侄儿也还能坐吃山空，就算是你的侄孙子侄孙女，日后败了家，还有元雨和你可以指望，喂得饱这几张嘴。是不是嘛？少操心，多吃饭，过好自家的日子。命，我早就想通了。"说着，眼圈红了，又拿手帕来揞元菁的眼睛。

元菁的眼睛干干的。她推开大姐的手，淡淡说，"我晓得是命。我帮大姐，是想我还能做一个活人。"

几个侄孙、侄孙女在院子里打闹，鸡、鸽子被撵得乱飞。狗被逗笑了，汪汪不停。春红看得心痒、手痒，冲出去一起发疯，还教他们左一拳、右一拳。

元菁却定定地静下来。她走到大姐夫的书房，在画案上找到颜料，铺了两张生宣，一张刷得漆黑，一张刷得火红。等略微干了，还稍有润泽，就在上边画水仙：黑底的，画金色水仙；红底的，画黑色水仙。画了很多，画满了，又在空隙里画，拥挤着，在蓬勃、呼喊。她手软了，发根、发梢都是汗。

春红回屋看了，眼珠子瞪成了牛眼睛。"小姐，你画了这么多箭啊！"

"箭？"元菁厉色瞪着她。

"是啊，万箭齐发。"

"不是乱箭？"

"乱，倒是不乱，都朝一个方向射。"

"好看不？"

"好看是好看，不过……"

"不过啥子？"

"没几个人看得懂。"

"看不懂我自己看。"元菁双手叉在腰上，头偏来偏去又看。"我要做成围巾、衣服、鞋子，穿起来。也给你做一套。"

"穿给哪个看呢？小姐又不出门。"

"哪个说我不出门？！"

"好好好，天天出门。"

元菁画了水仙，忽然很想念刘安。自己在这儿其实多余，茶饭无味，也睡不安生。自己的小院多好，二叔的西院，也该拿锄头进去松土了。去年冬天，板栗树上飞来几只小鸟，叫声清脆，让人心悦。周总管家说，是老北边的白眉鸫。这些天，该又飞回来了罢。

她跟大姐说好了，就让春红把行李收拾齐备，家丁、轿夫头天也安排妥当，明晨吃了早饭即上路。

然而，半夜有人打门，先是敲，后是拍，急促得不得了。

春红还当是两个侄子又喝醉了，正说要去打两拳，人已经进来了。却是刘府里通风报信的家丁，骑马赶来的。

传来大老爷的话，让三小姐暂不要回去。几个家丁也留下来守护，以防有不利之事会发生。温江的二小姐那边，也派精壮家丁过去了。

元菁问，出了啥子事？

"大老爷不让说。只吩咐三小姐安心留在成都，多享几天清福。"

元菁大怒，差点扇他一耳光。骂道，府里出了大事，我还有心享清福？好没有心肝。

大姐也急了，喝问家丁到底出了啥子事，是不是大老爷病倒了？或是二大老爷罢了官？

家丁赌咒发誓，"不是大老爷，不是二大老爷。"

那是哪个嘛！两姐妹都要急死了。

"是少爷。"

二

元雨骑了栗毛大将军才几天，已早晚离不开它了。

每天上午遛马，从镇子里穿出去，一路小跑，逆斜江而上。到了湖口调转马头，松一松缰，信步而回。有时也会猛一收缰，大将军昂起前蹄，咴咴嘶鸣，他身子侧转，向后望去，老娘滩一片白茫茫。

望一阵，再望一阵，也不叹气，又拍马走了。

若是镇上逢场，他就出刘府北门，在官道、田埂上纵马疾驰。马大汗淋漓，他心里也淋漓了，说不出的轻快。

午后的清静则是冗长的。元菁、春红已去了成都。他也决意不再去找小一和大遂。而在这长时间的清静中,他正好回想起,从前的下午是和谁在一起度过的。书读厌了,可以放入抽屉。拳术、刀法,也可以歇一歇。不说话,也听不到人说话,却是难熬的。

但,他好歹还是熬了过去。

吃过晚饭,他亲手牵马去大安沟桥下,饮水、洗刷,让大伙儿看热闹。有一回遇见了大遂,隔着几丈远,大遂挥手招呼他,他也挥了挥手。第二天他就顺着沟堤,把马骑到了杏花烧楼下,在码头上洗马。

这夜的月亮好极了,落在江中,比挂在夜空还大、还澄碧。马把脖子伸进水,月亮就碎了,银屑万千,闪闪发光。元雨看得有点发愣,想起一首好诗,却一字也记不得了。

刘大麻子喝了酒,一身热烘烘的,也在码头上溜达。他跟元雨说,"黑娃儿刚送来一筐杂拌鱼,人还在,正在厨房煮醒酒汤,说还是少爷教她的手艺……少爷上楼吃顿宵夜吧?"

元雨心头一痛,要说话,却有点发哽,只摆了摆手。

"我想吃宵夜。"黑夜里有人插了一句话,带了轻快和笑意。

元雨吃了一惊。刘大麻子厉声问,"你是哪个?"

"少爷家的穷亲戚。"

那人的个子、打头,在月光里渐渐清晰了,瘦削、结实,挎了刀。

"穷亲戚?黑灯瞎火,还跑出来穷逛。"

"也不算穷逛。我也想洗马。"

"你的马在哪儿?"

"这儿啊。"他指了下栗毛大将军。

刘大麻子哈哈大笑。"你疯了?少爷的爱马,我都不敢碰。"

"少爷人称小善人,他会分一半富贵给我的。"

刘大麻子愣了愣,一摸身子,却没带家伙。"来人啊!抓棒老二!"

那人把刀拔出来,是一把雁翎刀。

刘大麻子和元雨后退了一步。但他把刀一转,将刀柄递了过去。

刘大麻子抓起刀就砍。

那人丝毫不避,闪身上去,举起左掌一戳!正中刘大麻子的颈部,吐出一个"呃",直挺挺就断了气。

"少爷。"那人两手一摊,做了个迎客的动作。

元雨跃起身子,连飞两脚,一脚踢他的脸,一脚踢他的后脑勺。

那人站着不动，也出了两拳，一拳对一脚！拳比脚有力，啪、啪两声后，元雨栽在刘大麻子的身边。

十几个家丁从杏花烧跑出来，拿着刀、棍、灯笼，还有锣，一片乱叫。

那人把元雨提起来，刀架到他肩膀上。

"我这把雁翎刀，还没有吃过血。马打铁出的硬货，马老头、马大逵用足了蛮力，钢火不是一般好。不想少爷活了，就过来试刀嘛。"

家丁们僵住了，一个为头的就喊，"放过少爷，有话好说。"

"我只有两句话，有本事把少爷夺回去，没本事把金子送上来。"

"大哥留个姓名，金子该往哪儿送？"

"断金亭，张山。"

"那要好多金子呢？"

张山不回应，刀柄一举，将元雨敲昏了，横扔到栗毛大将军的鞍子上。再牵了缰绳，嘚儿、嘚儿上了渡船。

老船夫打着哆嗦，颤声说，"不要杀我……"

张山笑道，"我就是杀腻了，也还轮不到你啊。"

渡船穿过月下的斜江。

良久，飘来几声马的嘶鸣，已在对岸几里之外了。

三

大老爷被气得晕死了。

妻妾围在床边,替他掐这儿、掐那儿,终于又苏醒了过来。他举起一根指头,从女人们的缝隙中穿过去,对着周总管家周槐寿。

"我只要雨儿能活着回家……随你咋个弄。"

这是四更天的事。

周总管家把府里的家丁、仆人都叫到大厅里,问谁熟悉断金亭?

众人一片摇头。只有一个年轻洗衣妇说,她伯伯是采药的,三年前她陪伯伯去过断金亭。过了斜江,朝西岭雪山走三十里,向东拐入一条峡谷,再走十八里,就到了小青山。

断金亭在小青山上,离山顶还有半里路。

"既叫小青山,山不算很高吧?"周总管家问。

洗衣妇摇头道,小是小,陡得没法说。四周团转是莲花十三峰,小青山就耸在莲花窝中间,直得像是一杆笔,山顶就叫笔尖峰。上山、下山只有一条小路。她听伯伯说,岳钟琪做四川提督时,小青山聚了一股匪,搭棚子、修亭子,下山抢的女人和银子都藏在山顶洞子里。官军攻了几次，死了百八十人，也没有攻下来。岳钟琪就下令在山脚起了营帐，扎紧下山的口子，也不攻，只是围。围了四个月，土匪没吃了，要下山投降，都被乱箭射了回去。饿得没奈何，他们就在山顶人杀人、人吃人，胆小的都跳了崖。过了冬，开了春，官军登顶时，只见到一地白骨头，吓死人。至今啊，打猎的都不敢摸上去。

"你伯伯不就上去采了药？"

洗衣妇哈哈笑，"那是他贪财、命大，村里人都叫他王大福。"

周总管家也笑了。"四川人爱说命大、福大，可见是不假。我给他五两银子，随我们去救少爷，他情愿不？"

洗衣妇吃了一惊。"妈耶，有啥子不情愿，五两啊！我伯伯最爱钱，给一两银子，摸老虎屁股也是愿意的。"

她伯伯就住在五里外的小王滩。周总管家吩咐了有请王大福，即刻分兵布阵，要刘九选十个精壮家丁，携弓箭、洋枪、火铳、快刀，天一亮就和王大福骑马到小青山下扎口子。再选家丁三十个，带足兵器、粮米、锅铲、帐篷等等，赶五驾马车前去做后援。他说，"小青山固然难攻，却也难逃。张山要么放了少爷，要么就困死在这座山上了。"

刘九说，"困兽最可怕。他要被逼急了，必加害于少爷。"

"你说得有理，然而不然。张山如此爱财，自然格外惜命。若是加害少爷，他还能活着出去么？万两黄金也只是春梦了。可惜——"他拈着小胡子，要说不说。

大厅静得只有呼吸声。

"可惜张山知我，我不知张山。刘府家丁多、马匹壮，却找不出一个人能跟张山会一会。"

刘九说，"这个张山，必就是和叶家兄弟攻打刘府的张山。他杀麻叔，用指头在喉咙戳出三个血洞。可见人狠、手段高。我就算技不如他，也甘愿上断金亭跟他周旋。"

周总管家不置可否，拿眼睛扫了一遍。"谁去，赏银五十两。杀得了张山，再加五百两。"

马上有个很敦实的家丁站出来。"我去吧。九哥是领头的，不可冒险深入。我愿替九哥去。论刀法、拳脚，我还可以，跟麻叔、九哥交过几回手，承他们相让，赢多输少。"

"你叫什么？"

"刘国勇，人称刘十一。"

周总管家点了头，又嘱了一句，"赶紧去睡一觉。"

四

天亮吃了早饭,周总管家送走两拨家丁,又带了几个亲随,骑马去了县衙门拜访祝县令。

多年前,他在二大老爷军中效力,虽一介文人,也颇适应鞍马生涯。如今老了,身子不如从前,但上马、下马、驰骋百八十里,还很是利索。

祝县令刚起床,尚在喝早茶、念《心经》,其后才是洗漱、喝红糖醪糟,吃生煎包子、茶叶蛋。周总管家突然造访,让他不免手脚忙乱。好在两人年龄大致相当,又多有往来,有点自己人的意思,也就没啥尴尬的。

听说少爷被绑票,祝县令又惊又怒。草草用了早饭,给成都府、总督府写了报告,令快马送达。又点了二十个马弓手、二十个步弓手,和周总管家一起进山剿匪。

他不会骑马,依旧坐轿。

周总管家很是不解。祝县令就说,"家母教诲,人善被人欺,马善被人骑,我儿要志在行善,此生不欺马。"

周总管家呵呵一笑,但告诫,"山道险峻,轿子难行。"于是改了滑竿。

行到谷口,乡民搭有草棚卖茶和热食。

多半的兵丁烟瘾发了，下马、卸刀，进棚子里吃烟。不吃烟的，就吃茶，喝一碗醪糟粉子。祝县令说，"我一向爱兵如子，就留下来同甘苦。请周大人先走两步。"

周总管家苦笑，也只好依他。

到了小青山脚，身边只剩了一个年轻马弓手。问他咋不吃烟呢？他说，穷，吃不起，也赌不起。只想一刀一枪，干出个名堂，给父母买两亩水田。

"那你的刀枪很在行吧？"

他说，衙门里第一。

正说着，刘九过来迎接。三座营帐呈半月形搭好，弓箭、洋枪、火铳封死了下山的路口。

路口一棵落光枯叶的槭子树上，吊着一只血淋淋马头，是从栗毛大将军颈子上砍下的。马尸就扔在树根前，像一具无头鬼。

周总管家惨然道，赶紧挖个深坑埋了吧。

营帐后燃起几堆火，在埋锅造饭，飘出萝卜炖肉的香味。

周总管家问，"刘十一上山了没有？"

刘九指了下营帐外。"已经下来了。"枯草上铺了块粗麻布，刘十一躺在麻布上。

周总管家查看伤口,喉部中刀,约有一寸深,是刀尖划过的。

王大福陪刘十一上的山。刘九叮咛,"别动刀,听张山说。"不到一个时辰,王大福就把他背了下来。

在断金亭,刘十一见到张山,拔刀就砍。张山回了一刀,掉头就走了。

周总管家摇摇头。"五百两银子害了他。"

王大福瞪圆了小眼睛。"五百两啊……天。"

"见到少爷没有呢?"

"见到了。少爷就坐在亭子里,身后站了个蒙面的大汉,把刀架在他肩膀上。"

"少爷看起怎么样?"

"我看嘛,睡是没睡好,吃得还可以。"

周总管家有点想笑,忍住了。又问他,"那你看张山呢?"

"不像人。"

"怎么讲?"

"鬼影子。"

周总管家默然不语。

王大福瘦得像山猴,下巴一撮白胡子,头上缠了黑布帕,腿上扎了长绑腿,手拿一根斑竹竿,上边插了月牙形镰刀。

开锅吃饭时，祝县令的人马还没到。

唯一跟上的马弓手请求周总管家，让他上山试一试。

"你是在衙门当差的，等县令来了，他点了头才好。"

"周大人放心。这班弟兄我晓得，吃一顿烟要两顿饭工夫。我快去快回，等我下山了他们还在路上呢。"

周总管家就准了，还亲手夹了一大块炖肘子在他碗里。又嘱他不可鲁莽，"五百两银子比不上一条命。张山说了啥，你记住就行了。"

吃过饭，马弓手又喝了一碗浓汤。歇了歇，背了弓箭，怀里藏了把解腕尖刀，手里挂了一把带鞘的单刀，上山而去。周总管家说，"务必全身而回，等你喝酒。"

依旧是王大福提了斑竹竿在前边带路。

山路弯弯拐拐，两个人的身影时现、时隐，再过一会儿，完全消失了。

半山上，一群越冬的斑鸠受了惊，扑噜噜在空中乱飞。突然，有一只颈子中了箭，东摇西歪，落下来，跌在营帐的顶子上，砰地一响！

众家丁喝彩不已。周总管家晓得，这是马弓手在炫他的手段，也意在要他放宽心。

随后,山谷里静极了。除了轮值的两个洋枪手、五个火铳手、五个弓箭手,其他人都裹了被子,在帐篷内外横七竖八地睡瞌睡。

周总管家心神不宁,背手走来走去,不时看一眼山脚的路口。

半个多时辰后,王大福下来了,背上背着马弓手。喉部的刀口,跟刘十一一模一样。

王大福说,张山让带话,要周大人再找个不动刀、不爱赏银的人上去,免得白丢命。

周总管家沉吟着。

王大福又说,张山的意思,周大人就最合适,但念及年高体弱,就算了。刘九也还可以,有忠有勇,有武功,也有自知,晓得自己几斤几两,懂分寸。不过,人心难测,说不定上了断金亭,心思一活,也要为银子拼命,那他就惨了。除此之外,就是祝县令了。他虽是外人,但父母官管百姓家务事,也正合适。只好劳烦他爬一趟山,保证他下山时颈子完好,毫发不损。

祝县令立刻嚷道,"我怎么行。别说登山,上酒楼都要人搀呢。"

王大福说,可以用滑竿抬。

"开玩笑。山路那么陡，滑竿一翘，我岂不是要滑下来？"

王大福又说，也可以寻两个壮汉，轮着背上去。

祝县令大怒。"大胆老儿！硬逼我上山去送死，一条老命这么不值钱？"

王大福笑道，是张山点名要的你，可见就父母官值钱啊。

周总管家拍拍手。"不要再斗嘴皮子，我上去。不要滑竿，不要人背，老王走前边，我抓着你的竹竿就行了。"

周、王上山，杳无音信。刘九按刀在营帐外徘徊，眼睛都急红了。祝县令的兵丁又吃了一顿烟。

天黑透，又过了好久，才见王大福和周总管家手牵手下来了。

众人都松了一口气。但周总管家阴沉了半晌没说话。

他骑马连夜赶回了刘安，给大老爷禀报和张山面谈的详情。

千两黄金、一千金

五

元雨出事的当夜,大老爷没睡好,受了风寒,一直咳。

痰在喉咙口打转,咳得一阵破响,就是咳不出来。他说,"槐寿啊,我要是死了,就是被这一口痰憋死的。"

周总管家说,"这口痰就是张山……槐寿拼死也要把他清扫了。大老爷请宽心。"

"见到元雨了吗?张山长得啥样子?"

"没见到少爷,也没见到张山。一直是那个蒙面男子在跟我谈。"

"哦……他们能去哪儿了呢?"

"王大福说,笔尖峰背面有个洞子,洞口有块突出的天台,从前有两个老道在里边修炼……"

"成仙了吗?"

"我也问过王大福,他说在深山采药四十年,连神仙的脚板印也没见到过。"

"他鬼扯。人家成了神仙,还会在地上走?"

周总管家笑道,"还是大老爷想得透。"

大老爷张嘴要说,却喀、喀、喀,又咳了好一阵。

周总管家等大老爷咳得消停了,把话引入了正题。这时候,天刚破晓,刘府里的鸟和公鸡都叫了,鸟叫得嗲声嗲气,公鸡叫得比号角还嘹亮,在北风飕飕中,震得人心尖子颤。

"蒙面人传张山的话,要两斗白米、两斗面粉、半片猪、十只鸡,还有几箩筐打过霜的萝卜,几十棵莲花白。锅、锅铲、柴火、油盐酱醋,也要一应俱全。"

"他们想在山顶过冬啊?"

"蒙面人说,他们开的条件,怕大老爷难以决断,所以要备足不怕拖延的粮草。还说了,要新棉的厚实棉被和棉袍。今后缺了哪样,要随传随送。"

大老爷盯着周总管家,示意他继续说。

"他们要一千两黄金。"

大老爷长喘了一口气。"这些不知人伦天理的棒老二!元雨是刘家的命根,独苗,为了他,我岂惜黄金千两?"

"然而,"周总管家清了下喉咙,斟酌着字句,仿佛喀痰的人是他,"他们提的条件,不只是这些。一千两黄金和一千金。"

大老爷没有听明白。

"张山要三小姐上山服侍他。"

"啥子呢？给他做女人？"

"给他做侍婢。"

"可恨，可笑！我的女儿，掌上明珠，给他做丫鬟！我情愿给他两千两金子。"

"张山说了，他一两金子也不多要，只要三小姐。"

"畜生……"大老爷剧烈地咳起来，喉管、胸口都要咳破了。"我情愿死，我也不会……"

周总管家等大老爷略为平静了，又说，"张山不怕大老爷死，他手里攥着少爷，他敢让少爷死。"

"除非他不想活了……"

"他说，给大老爷半个月备货。到了腊月十五，金子和三小姐没上山，就隔两天宰少爷一根脚趾。脚趾宰完了，宰手指。脚趾、手指宰完了，大家就都不要活了。"

"他吓唬人。"

"我觉得，他敢来真的。"

大老爷默然了好久，脸苍白，泪水从眼窝淌出来。"我咋个会遇上这个疯子啊。"他又咳了起来。

咳嗽声也变得悲哀和虚弱了。

但倏尔间,他的眼里射出精光,一字一顿道,"我出黄金一千两,买张山的人头。"

"……"周总管家想说啥。

大老爷摆摆手,让他退出去。

周槐寿,周总管家,自忖一生只遇到了两道坎。

一个坎,是退出二大老爷的营帐,辞别戎马书生的日子,来到了刘安。原以为这辈子就算到头了,不承想,大老爷委以重托,近于刘府之相爷,杀伐决断出于他一人之手,料理得府内外大事小事,百事顺遂。这个坎,就是一个坡,登上去,又是一番天地了。

一个坎,即是目下的少爷被绑票。他百计无出,感觉像一条麻绳,拴满了疙瘩,每个疙瘩都被拴死了。

他出了南门,在吊桥上盘桓了一会。壕沟里漾着冷水,见山楼的飞檐上,吊铃在风中晃。他琢磨着张山。在张山开出的条件中,除了千两黄金,他还嗅到了甚于黄金的味道,更刻骨,也更刻毒。何以会如此?还说不清。

这是腊月初二上午的事情。

距放午炮还有一个半时辰,刘府大老爷的赏金帖子,已贴满了刘安镇和县城,并快马送往成都,张贴在四个城门洞子,十八处闹市,无数的十字口、丁字口。

三崎安次郎

六

周总管家返回小青山脚的营帐,又坐镇了三天三夜。

祝县令头一晚就没熬得住,丢下他的兵丁,跑回家搂着小乔睡觉了。

周总管家吩咐,凡是张山索要的,只要不是人脑袋,统统给他送上山。就连没列在清单上的刘府私酿老酒,也送了几坛子。

每趟仍是王大福走前头,遇到陡峭处,他就把斑竹竿伸下来,让挑夫抓住借一把力。货物不是送到断金亭,是再向上,还要登半里险路,直至笔尖峰。

蒙面人验了货,由一个大胡子莽汉搬到峰北的山洞去。

王大福一下山,周总管家就问他,见到少爷了吗?

他护货上山三回,跟少爷在峰顶见到了一面,还说了几句话。蒙面人就站在少爷的身边，把刀架在他肩膀上。风大，吹得人睁不开眼睛。

"少爷看起还胖了些，白了些，不像是挨过打，也没受啥子苦。他说，要大老爷、周大人宽心，他过些天就会安生回家的。"

"就说了这些话？你没问他需要些什么？"

"我问了的，他说每天在读书。从前读过的书都还记得的，就一字一句重温，很是有心得，比抱着书读更见有意思。"

"没说别的话？"

"他还说，上次去成都，给朋友带了两本书。不晓得他收到了没有呢，读了没有呢，是不是喜欢呢？"

"两本什么书？"

"名字拗口，不好记，我本想多问下，蒙面人把少爷推走了。"

周总管家沉吟了好一阵。"少爷的意思，是要你去问这个朋友吗？"

王大福摇摇头。"不晓得嘛。少爷的心思，我咋个弄得醒豁哦。"

少爷提到朋友、书，是随口一问，还是有心？周总管家也琢磨不出来。还有,是少爷带书去成都送朋友,还是在成都买了书回来送朋友?王大福说得不清不楚,实在可杀。

周总管家又问刘九,少爷的这个朋友可能是谁呢?

刘九把头摇了几摇。"少爷交的朋友,下力气、做笨活路的居多,哪里读得懂书。镇上很有几个家底厚的子弟,是读过书的,他倒也都认识。"

"那,就把这几个子弟都访一遍?"

"这些子弟,少爷偏偏瞧不起,还给他送书!被绑了票,临到生死,还惦记送的书读了没读、喜不喜欢,可见这朋友很是不一般。我在刘安二十几年了,刘府门外,很不一般的人,就从来没见过。"

说得似乎是有理,周总管家以为然,但也不尽然。他就唔唔两声,不多说了。

三天之后,周总管家在营帐吃过早饭,骑马回了刘府。如他所料,前厅里已坐满了陌生客,全是揭了赏金帖子要去砍张山人头的。

千两黄金,够一个家族富贵两代了。

揭帖的,有开武馆的,做镖师的,走四方耍枪弄棒、卖打药的,猎户、刀客、杀猪匠、和尚、道士,会暗器的瞎子,会轻功的货郎,会放蛊的苗妇,能念咒语取人性命的仙姑，还有拄着打狗棒的叫花子……五色杂驳，济济一堂。

周总管家吩咐给客人上了茶，还各送包在桑皮纸里的一两白银。

他说，谢谢客人们的厚谊，刘府有难，慷慨援手。但，这个张山，不是寻常绑匪，死在他刀尖下的，已有三个武功高强的人。千金易得，一命难求，我看大家还是散了吧。拿了这一两银子回家，给妻儿添几件新衣，割十斤好肉，以备腊月三十吃顿团年饭。

客人们一片闹嚷，纷纷不依。瞎子起身说，"刘大老爷一生行善，少爷也是小善人，恩德如雨，泽被乡民，我们知恩必报。且惩恶扬善，正是习武者应尽的本分，又咋能贪生怕死，畏缩不前？千金事小，节气事大，即便赏金只是一碗水，我们喝了也要上山去砍张山、救少爷。"

周总管家拱手致谢，继而正色告之，张山的刀法，实在罕见，江边杀刘大麻子，断金亭杀家丁、马弓手，都在眨眼之间。请诸位再三揣度，自己的本领，可否挡得住张山的一刀？

客人们笑起来，说，既然敢揭帖子，当然有本事制张山。张山再精，终究是邪道，邪不压正嘛。他尸首分家，就在这两天了。

周总管家就扬了扬拳头，以壮众人之志。他说，好！但山道狭窄，容不下这么多英雄。可否推举一个高手，做一道门槛，跨得过他的，就上山，跨不过的就回家。

客人们说这法子很好。又说，我就做得了这门槛，不服来打。

周总管家就指了指猎户，说，请这位壮士先来。

猎户四十出头，不算魁梧，但很强壮，上月才空手打死了一头饿熊。熊皮做了件背心，此刻正穿在他身上。

大家就移到前院，围成一圈。猎户手握钢叉，稳站在中央。先后有五六人跳上去挑战，都被他两叉子干翻了。

周总管家盯了眼佩剑的道士，道士把头避开了。又盯了眼和尚，和尚脸红了下，提着禅杖走到猎户的跟前。和尚叫红叶法师，是从遂宁广德寺游方过来的，访鸡脚寺的一了法师不遇，就进刘安去寻肥肠锅盔。刚巧，在锅盔铺门外的槐树上，见到了赏金帖。他素来怀菩萨心肠，行霹雳手段，就不听锅盔铺何老板的劝告，径直来到了刘府。

何老板劝了法师什么呢？周总管家很好奇。

"劝我回庙子念经。"

哈哈哈，周总管家大笑。

红叶法师更来了气。他禅杖一举，说了声"当心"，当头劈下！猎户也不避让，钢叉一架，正插进禅杖的铜环里：两件兵器架成了拱形，两人僵在那儿，憋足了劲，却没法子进退一小步。

众人看得乏味，就嚷，算了嘛，打啥子打，打婆娘架啊。

但两人都不肯先松手。

这时候，一个人上前，左手抓禅杖、右手抓钢叉，一扯！杖叉分离，和尚、猎户晃了晃，差点没栽倒，但两手都已空空了。

周总管家吃了一惊。

这个人秃头，戴了副圆眼镜，上唇一块圆胡子，脚上蹬了双木头拖板鞋，谈江山也穿过，叫木屐。

他还没有回过神，这人已丢了禅杖、钢叉，向他深鞠一躬，叽里呱啦了一阵。身边还有个随从，长袍、长辫子，很斯文，姓钱。

钱翻译说，"周大人，这位是武备学堂的武术总教官，三崎安次郎。他是慕名前来拜访的。"

千两黄金的毒性，也是太大了，周总管家暗忖，不觉笑了笑。

"但；三崎先生不是为赏金而来的。"钱翻译看出了周总管家的心思。"我们在刘府门口看到帖子，才晓得少爷被绑票了。"

七

三崎安次郎向周总管家请求,可否让我来做这一道门槛?

照理说,他赢了猎户,自然是该他取而代之了。周总管家就点了头,又环视了一圈:众人都后退一步,且把头低了低。

反倒是刚才有点躲闪的道士,把剑拔出来,踏上两步。他说,"贫道就来做个翻槛的人。"

他还年轻,长相也清俊,道号清泉子,是从武当山一路云游过来的,意欲上鹤鸣山拜谒张道陵的升仙处。刘安是他歇脚之地,已在客栈写好房间,今晚即啸聚良朋,有得一醉。刚巧,路遇揭了赏金帖子的红叶法师,一僧一道就来到了刘府。

三崎安次郎叽里呱啦了一通,钱翻译说,"三崎先生怜你太嫩了,不忍打,请你下去吧。"

清泉子涨红了脸,喝了句,"人嫩剑不嫩!"剑身发出哨音,向三崎安次郎削了过去。

三崎安次郎的上身朝前微躬,双臂垂下。剑刺过来时,他偏了下头,一脚踢在清泉子手腕上。剑飞上天去,又直直落了下来。

大家发声喊，纷纷闪避。

三崎安次郎手一伸，把剑接住了。再一转，剑柄对着清泉子。钱翻译说，"得罪了，道长。"

清泉子两眼发灰。其他人摇头，继而叹息一番，揣着一两银子，各各散去。鞋底子拖拖拉拉响了好一阵。

这时候，恰好见山楼上放午炮。周总管家就吩咐上茶、摆饭，招待三崎安次郎先生。

但三崎安次郎谢绝了。他说，吃了茶，我们一起去吃锅盔吧。

周总管家很奇怪，又让钱翻译重复了一次。吃什么锅盔呢？

"何锅盔。"钱翻译清晰地答道。

八

吃茶时，三崎安次郎自叙，他祖上是萨摩藩的武士世家。明治天皇颁废刀令之后，就移居关西，先后在和歌山、奈良、大阪安家。他是幼子，父亲和三个兄长经商，只有他活得像个武家的男儿。六岁起，就在剑道馆、柔术馆、书道馆习艺，还兼学空手道和相扑，寒暑不辍，直到十九岁去往东京。在浅草寺的剑道赛中，他连续三年拔得头筹，自此开馆授徒，长达二十一年。

这二十一年，馆里馆外，很是有生气。除了拜师的，还有踢馆的。他总会赢七八场，输两三场。赢家有武师、浪人、刺客、军士，以及美国军舰上的水兵。他想方设法找到赢家，设宴讨教，即便对方支吾其词，彼此也能结交。不算至交，也算交了个酒友。他在剑技和拳脚上的境界，由此逐日精进。门徒也被人青眼相加，还有两个高徒被选为天皇的侍卫。这也更为师门添了一段殊荣。

这时候，三崎安次郎却感到了落寞。四十多岁，心智正趋圆熟、通透，体能却已逼近强弩之末。之后的余生，该又如何呢？

有一天，来了位中国留学生拜师，名叫周立人。

周立人习武，资质不高，对练时，常被打得鼻青脸肿。但，从不服输，也不叫屈，总能顽抗到最后爬不起来。学武之余，他还跟师父、师兄弟纵论古今，尤感兴趣的是：武士制度衰亡后，武士精神何以能重生？三崎安次郎和他深谈过几次，心生好感，觉得他虽不是学武的料，却看得远，也说得透。两人名为师徒，也成了朋友。

周立人回中国后，给三崎安次郎时有书信。有一封信说到，他正在四川创办武备学堂，诚邀先生出任武术总教官。

三崎安次郎爱俳句，也写汉诗，很喜欢李白。四川是李白的故乡，他愿意来看看。也想在中国授徒，找到几个天资卓异的少年，把自己的本事全传了出去。

他很赞同孟子的话，得天下英才而教育之，是人生三乐之一。

"三崎先生，找到这样的英才了吗？"周总管家问。

三崎安次郎微笑着，看了一眼钱翻译。钱翻译说，"快了，总算就要找到了。"

"在哪儿呢？"周总管家十分好奇，似乎已忘了少爷还绑在小青山。

"不急……周大人会见到的。"

周总管家更急了，却也只能忍一忍。

三崎安次郎反问了一句，"周大人可听说过灯下黑？"

周总管家心跳快了一下。"这个……在座的都该听说过。"

三崎安次郎就笑道，"听说过，却没见过，这就是眼前黑了。"

武备学堂把周立人排斥出门后，三崎安次郎也想辞职回日本，却又有点舍不得。一是舍不得学生，教了几年，总还想看到一个结果吧。

一是舍不得成都，回锅肉、茉莉花茶，已成积习。且成都过日子容易，近于白居：只花了点碎银，就请到一个健妇替他采买、洗衣、打理房屋和园子。还有个做中人的王婆，找了个小寡妇伺候他吃饭、睡觉，温存之极。

直到前几天，三崎安次郎看见尹昌衡，脸被人打得变了形，吓一跳，方知成都也有恶人。尹昌衡是一期学生，周立人的高足，身高186公分，算彪形大汉了，武术课拿过全班第二，可见力量、敏捷也堪称翘楚。竟被打得这么惨。

问尹昌衡何以至此？他如实说了，被六七个流氓报复，按住猛揍，差点打死。幸亏有一个少年相助，以一敌众，三拳两脚就翻了盘。且，这少年知书识礼、好学深思，待他年岁长了，不是等闲之人。

三崎安次郎又惊又喜，追问这少年姓甚名谁、家住何处？他说姓何，在刘安镇上打锅盔。

周总管家"啊"了一声，看了眼二管家。二管家说，"恐怕就是何锅盔嘛。"

"你跟他熟？"

"算熟人，也不是很熟。"

周总管家深嘘了一口气。

九

今天冷场，且又天冷，何锅盔门口已没了客人。

何道根在擦灶台，瞥见刘府的总管家、二管家带了一大帮人走来，有点吃惊，但也还镇定。

总管家很客气地笑笑。二管家径直说，"何老板的锅盔香，都飘到东洋了。这位日本教官是慕名来吃锅盔的，也很想见见你儿子，他听说小一是个俊杰。"

何道根举起左手，单拳致谢，呵呵笑。"大人们一定是搞错了，小一咋担得起俊杰两个字。他是个娃儿，没长醒豁。倘有做得不周到处，请多包涵。"

"应该不会错，"钱翻译插话说，"三崎先生是武备学堂的武术总教官。他听学生说，前几天被一群流氓围攻，令郎路见不平，眨眼间把流氓都打垮了。"

顿了下，钱翻译又说，"三崎先生专程来刘安，就是想收令郎为徒，授以平生的武学。"

何道根脸色变得铁青，恨恨道，"毛头小子！我骂过他好多回了，看我不打断他的腿。"

三崎安次郎叽里呱啦一通，钱翻译说，"习武者以侠义为本，为什么要打断他的腿？"

何道根又笑了，他指了指自己的空袖管。"想打断他的腿,我也是有心无力了。侥幸这回他遇上的是脓包,倘若碰到厉害的,莫说腿,连胳臂都要搭进去。"

周总管家说,"可否请令郎出来跟这位先生见个面?今天,我们也正想尝尝何锅盔。"

何道根摇摇头。"他去成都走镖,还有十天半月的耽搁。今天的锅盔卖完了,麻烦再等半个时辰吧,我只剩了一只手。"

"走趟镖,要那么长时间啊?"

"我分派他在成都做些家务事。"

"刘家少爷被绑票,你听说了吧?"

"刘安人人都晓得。我也见过些绑匪,像张山这么狠绝的,实在是从没听说过。"

众人相互看了看。周总管家跨进店铺,把挂在墙上的一排擀面棒细看一番,取下末尾的铁棒掂了掂,又放回去。

隔板上,罐子中间,插了一个小布包。他迟疑片刻,抽出来摸了摸,一打开,里边两本新崭崭的书,《巴黎茶花女遗事》《吟边燕语》。

他心头一响,豁然雪亮了。

"何老板,这是少爷送给令郎的书,专门从成都买回的。"

这个包,何家父子见到了,但没见是谁放的。也不当一回事，还没闲工夫打开。

"哦、哦……少爷有心，谢谢少爷了。"

"令郎倘能亲口跟少爷说声谢，该有多好啊。"

"……"

何小一不在，三崎安次郎无心于锅盔。一众人返回刘府吃晌午饭。

阴沉的天，忽然刮起了大风，冷冽、有力，树上的枯枝、街上的落叶，被吹得八丈高，在屋顶上乱飞。

饭后，天空被吹出了一派荡荡的蓝，阳光出来了，满地金黄。

三崎安次郎说，"今晚的月亮一定很好啊。我要踩着月色上山接少爷。"

十

周总管家禀给了大老爷。

"东洋人……他有洋枪嘛？"大老爷只问了一句。

"这个，自然是有的。"其实他没想到要问。

骑马去往小青山的路上，周总管家向三崎安次郎提到了洋枪。

三崎安次郎看了眼钱翻译。钱翻译说,"三崎先生有枪,但轻易不会用。倘若张山用枪,他就用枪,张山用刀,他就用刀。"

二管家插话说,"一枪毙命最省事,免得啰哩吧嗦,少爷也少受罪。"

钱翻译就笑了。"这一点,诸位先生就有所不知了:武士沦落了,武士道的精髓,三崎先生还一直恪守着。"

"武士道的精髓,是啥子呢?"

钱翻译和三崎安次郎叽里呱啦了一大通。钱翻译说,"写下来千言万语,说出来,也可以是几句话。"

"请说来听听嘛。"

"三崎先生说,等今晚下了山,把酒细说吧。"

钱翻译说罢,打开鞍边的匣子,取出一个绸缎包,解开包,里边是一把亮闪闪的左轮手枪。他把枪握在手里,枪管很长,枪把镀了金,看得出手感很沉,也很舒适。他说,"柯尔特公司的,资格货,西部的大盗、警长、赏金杀手最爱的家伙。"

路边水塘里,正好有两只灰鹭在啄鱼虾。他甩手一枪!

一只鹭头被打爆,另一只仓皇飞走了。

三崎安次郎上山时，天已黑尽。小风吹在脸上，凉意可人。

皓月升到当空，把小青山、莲花十三峰映得蓝盈盈的。

三个人果然是踏月而行，王大福握着斑竹竿前边带路，三崎安次郎怀插双刀居中，钱翻译带枪殿后。

他们没有吃饭，空腹喝了一瓢酒。三崎安次郎说，吃饭犯困，忍一忍，更见有精神。

营帐外边，两口大锅里，煮了两头肥羊，还加了从老娘滩弄来的杂拌鱼。周总管家说，"鱼羊俱全，不是一般的鲜美，好酒应景，也开了十二坛。青山不老，莲花有情……"说到这儿，他戛然而止，只抱拳深致一礼。

三崎安次郎也微微鞠了一躬。他换上了武士临阵的和服，用细带扎好了宽大的袖子。钱翻译也检查了手枪，五颗子弹，四颗在弹仓，一颗已经上膛。

王大福说了声，"大人们随我来。"

三个身影在月色中起伏，随后就不见了。只听到木屐的跺跺声，很快也就没有了。

十一

山顶传来一声枪响。

枪声非常之猛烈，山林悚然一惊，树枝哗、哗、哗摇晃起来。鸟群乱飞，还依稀听到狼嚎。就连月亮也晃了晃，差点没有掉下来。

好久，终于安静了。似乎山林也松了一口气，一切结束了。

二管家、刘九看着周总管家。

周总管家心头揪了一下，嘴里喃喃着，听不清说了什么话。

十几个家丁点燃松枝火把，站到下山的路口。

又过了半个时辰，或许比半个时辰更久一些，王大福下来了。

他走得颇有点吃力，手里拎着一个包，背上背着三崎安次郎。

周总管家疾步过去，扳起三崎安次郎的下巴，查看脖子。日本教官仰头怒喝了一声！双目闪闪发亮。还好，活着的。

王大福说，张山用刀背敲断了三崎先生的磕膝头。

"什么？！"周总管家没有听明白。

王大福赶紧补充，磕膝头就是膝盖，两个膝盖都断了。张山说，"远来是客，我留你一条命。"

三崎安次郎的左脚上，还挂着只木屐，另一只脚是空的。

"翻译官呢?"

王大福扬了扬手里的包。一打开,滚出一颗人头,正是钱翻译。

三崎安次郎坐在地上,叽里呱啦了很久,但没一个人能听懂他的话。大量的泪水涌上眼窝子,他终于什么也不再说了。

别了

十二

这一夜,何道根没睡稳。他没听到小青山上的枪响,也没留意到街上杂沓的马蹄声。

他睡得浅,睡一会,醒一会,在心事里挣扎,悚然一抖,脖子出一层冷汗。爬起身,推开窗户,月光比太阳更见亮,刺得人眼睛痛。

月光投在小一母亲的遗像上,她看着他,蹙眉、忧伤的眼睛,像是在祈告和恳求。他单手拿打火镰点燃了三支细香,插在遗像前的沙碗中。

这时候,有人在拍门。

他定了一下神,踮起脚尖下了楼,在灶台边摸到切面团的刀。"哪个?"

"爸,是我。"

小一周身都被月光染蓝了，扑面一股夜行者的气，冷冽得呛鼻子。

何道根厉声问，"哪个喊你回来的！"

小一惊讶地反问，"元雨被绑票，我还不该回来啊？"

"你救得了他哇，你以为？"

"……"

小一早晨出了客栈，去羊市巷口吃稀饭、包子。在卸下的铺板上，瞥见刘府印发的赏金帖。起初觉得是恶作剧，回客栈跟老板说了，老板指着自家的门板说，"你才看到嗦？衙门的差人来贴的，半个城都闹喳麻了，咋个会假呢。"小一不再多话，结了账，回屋收拾好包袱，带了刀箭，就启程回刘安。

他在青羊宫雇了马和马夫，骑到三渡水，马崴了脚，就弃马上了渡船，甩开两腿疾步而行。走到天黑，又在月下走到天色麻麻亮，就进了银草巷，见到何锅盔的幌子了。

何道根让小一先喝碗水，上床歇一会儿，他去弄吃的。

等稀饭、锅盔端上桌，小一已经睡死了。醒来时，屋子里充满了人影子和声音，黑姐、大逯，还有刘府的二管家，带了个老成的随从。时间已近晌午，阳光直落在门外空地上，腾起一股熟悉的热辣味。

古槐已枯了，不时有细叶子飘飞。

二管家代大老爷送来一只还没腌熟的肥猪头，二十个菜扁子馍馍，还有一小筐柚子。

"都是家常礼数，请何老板笑纳。总管家说，小一是少年英才，要是肯赏光，请下午去府里喝茶，向他讨教救少爷的法子。"

小一正要开口，何道根抢先道，"多谢大老爷，礼物我们领受了。小一赶回刘安的路上，把脚崴了。救少爷的事，恐怕他帮不上啥子忙。"

二管家看了眼何道根，盯着小一说，"少爷被囚在山顶，还问采药的王老头，他送你的书，是不是读了，喜欢不喜欢？"

小一发憷，说不出话。

二管家走后，他问书呢？何道根把《巴黎茶花女遗事》《吟边燕语》拿给他。

他把书摩挲好久，又翻开来，看一看，闻一闻，吸了口气，把书合上，一颗大泪吧嗒滴在封面上。

"爸，我今晚就上山救元雨。"

何道根一掌拍在桌子上。"你敢！"

"我的脚没崴。"

"你骑马,马崴了,你能独善其身啊?"

"爸不讲理。"

"老子就是在给你讲道理。"

黑姐赶紧把叶子烟杆递给他,大逯拿打火镰替他把叶子烟点燃。他狠抽了一口,紧闭了一下眼,这才缓过了气。

"那个张山,他杀的人、杀人的刀法,我都把把细细问过了,说实话,不比你师叔年轻的时候差。设若是今天,你师叔亲手去拿他,是该有六成的把握,但也很难说……你师叔也是一把年纪了。你!"何道根指着小一的脸。"你的胜算有几成?"

"……"小一动了下嘴唇,没说话。

"日本教官还说要收你为徒呢!张山两下就把他磕膝头敲断了。翻译官还开了枪……你不晓得他的结局哇?"

"我晓得……"

"我不能让你拿了命去赌,就算有赏金一千两。"

"赏金?我分文不要,只想把元雨接回家。"

何道根两眼冒火,喝了声,"疯了啊!"跨出门,愤愤坐到了槐树下。大逯赶紧跟出去,倒了两碗老鹰茶,你一口、我一口,喝个没完。

黑姐拿烂招牌的剪刀剪一块红布。

剪出两根长条，一条搓成了红头绳，一条叠成了红蝴蝶，叫小一替她系在了头发上。

"我手巧不巧？"黑姐问小一。

"巧。"

"是你送我的剪刀巧。"黑姐吟吟一笑。"好看不？"

"好看。"

"我好看还是红蝴蝶好看？"

"你好看。"

"我金贵不金贵？"

"金贵。"

"我们二天生了娃娃，岂不比少爷、公主更金贵？"

小一嘿嘿笑。

"你真想去救刘少爷？"

"是。"

"只是为救他，千两黄金也不要？"

"是。"

"你有七八成胜算吗？"

"没有。"

"五六成呢？"

"五成是有的，六成就难说了。"

"六成，就是有指望砍了张山的脑壳？"

"有指望，指望也不大。"

"五成，是平手，至少能活着回来嘛？"

"能。"小一瞟了眼门外。"我爸偏不信。"

"我信。"黑姐把剪刀往桌上一拍。"你去嘛，我送你到山脚。"缓了缓，又说，"不等到你下山，我就一直等到死。"

小一伸手过去，把她的手和剪刀一齐握住了，紧捏一下，轻轻抚摸着。

"不过，你听我说，"黑姐笑了下，一字一顿道，"千两黄金，一两也不能少。"

小一一脸的惊讶。"我不是为了赏金……"

"小锅盔！"她厉声喝道。

"……"小一有点害怕地看着她。

"你拿命换的，凭啥子不要？！有黄金一千两，我伯伯、妈妈、哥哥、嫂嫂、侄儿、侄女，他们给你磕十个响头也情愿。给他们买田、买房子，再也不要来缠我们。我们去成都买院子、起楼房，把你伯伯供起来享清福，给他生一大堆小孙孙。还有，也给你师叔修个院子做尼姑庵，反正他就喜欢女人嘛。"

小一没忍住，傻笑了两声。"要是我没杀得了张山呢？"

"就当我做了一场梦。"黑姐说。

"要是我救了刘少，一两赏金不取呢？"

"你敢!"

"你就那么喜欢金子啊?"

"是的。"

小一深吸了一口。"那你嫁给刘少嘛,岂止黄金一千两。"

黑姐咬了咬下嘴唇。"我说过,宁死不给刘元雨做妾。"

"比我有家底的男人也不少,你可以选一个,嫁过去就做大、当家。"

"我不信还有人比得过你的。"顿了下,她又说,"也比不过刘少爷。"

"那,设若刘少是娶你做太太呢?"

"要听真话么?"

"听真话。"

"我就嫁给他。生气不?"

小一愣愣看着她。她也看着他,双眼水汪汪的,大胸脯起伏着,右上唇的美人痣在颤抖。他笑了笑,轻声说,"不生气,生气的该是他。你想我去救他不?"

"想啊,可不能搭上你的命。金子也一两不能少。"

"我下午就去找周总管家,商议上山的事。"

但,何道根守在门口,不准小一去刘府。"你要敢出这个家,就不要再回来。回来我也不在了。"

"不在了?"

"我还不得死。我带上你妈的画像,找个地方当孤人。"

"哪个地方?"

"去鸡脚寺出家,当厨子。"

小一又好气又好笑。"当厨子?你除了打锅盔还会做啥子!"

却也没奈何,只好困在屋子里。

十三

自三崎安次郎伤腿、钱翻译丧命,刘府清静了很多,再没人揭赏金帖子上门了。

门口不止清静,冷得像打了一地的霜。

小一没有进刘府喝茶。

为了赏金挎刀而来的人们,一进镇子问明详情,有的就撤了。好事且有闲钱的,则在客栈住下,早晚消磨于茶铺、酒馆、烟馆,等着看一个了局。

小青山脚的口子,扎得更紧了。刘府又建了两个营帐,安置从成都府赶来的董捕头、薛捕头和十八个军汉。两个捕头很不耐烦,几次酒后提了刀要上山剿贼,好歹都被刘九苦苦劝住了。

腊月十四，元菁在晌午饭前回到了刘安。

她早嚷着要回来，还摔过碗、砸过花瓶，说，哥哥受难，我正该为伯伯分忧，却在百里外逍遥，于心何忍？有何心肝！

大姐再三打听到刘府并未受扰，上下安宁，这才准了妹妹返家。

元菁掀开轿帘，望见家里的院墙、雉堞，就觉有一派寒气卷袭而来，不由打了个寒战。

春红说，"小姐莫怕。刘府兵多粮广，周总管家赛过孔明，刘九又力能拔山……绑匪绑票，不就为了银子嘛？大老爷是在赌气。哪天想通了，如数把银子抬上山，少爷也就回来了……说不定，已经在家了。"

元菁烦她张口乱说，又似乎有一番道理。口里不应，心下松了口气，但愿就是这样吧。

过了吊桥，进了府门，见做主子的、做仆人的，个个都挂了一张苦脸，始信这一劫，实在是很难逃过去。

周总管家跟她说，"这么大的劫难，刘府四十年从没遇到过。大老爷日夜不眠，天天在印堂里烧香。"

元菁急着要见伯伯，但周总管家拦住了。"大老爷闭关祈愿，谁都不见。小姐好生安歇吧，也给少爷多烧几炷香。"

午炮放响时，周总管家已在驰往小青山的路上了。

腊月十五这天，刘府气氛阴沉。大老爷依旧隐在印堂里。几个太太霉着脸，像从头到脚拧得出冷水。

元菁一早就去西院溜达。除了二大老爷书房背后的巨柏，草木都黄了。荷塘里的干莲蓬垂着头，麻雀结队飞过，不叫一声。树下的落叶湿渍渍的，踩上去发出叽叽声，很是不好听。她想拿竹耙子把落叶薅成一堆，点把火烧了。

却也只是想一想，没心肠去做。

她对绑匪张山开出的价，还不甚清楚。周总管家下了严令，任何人不得跟小姐提这件事。

周总管家在营帐里一夜没睡熟。后半夜他起来了几次，给篝火添松柏枝丫。火星子乱溅一阵，噼啪响，夜色中飘着压抑的树脂香。

到了天亮。吃过晌午饭。下午磨蹭过去了。天又在麻麻黑了。似乎也寻常无事。刘九督着家丁，不敢懈怠。两个捕头照例喝了几碗酒，闹哄哄之后，也逐渐平息了。

正存侥幸，一个东西"嘭"地落在营帐的顶子上！

是一个拿旧衣服裹成的圆球。解开来，有一块石头和一个更小的白布囊。

囊中放了只血肉模糊的脚趾。且是大拇趾，一寸多长，肉质肥实，趾甲完好，还有几根弯曲的脚毛。斩断时，刀子一定很快，切面平整，但白骨突出，森然骇人。

周总管家抽了口冷气。

刘九红了眼睛，他说，"我带人上去吧，拼个人多势众，不怕救不了少爷。"

"刀架在少爷脖子上，你怎么去拼呢？"

大拇趾连夜送回了刘府，装入一只红檀木匣子。周总管家端着，进印堂呈给了大老爷。

"张山，为啥就对我儿子这么歹毒呢？"

"他不是对少爷，他生来就是个歹人。"

"他会一个趾头一个趾头接着宰？"

"他会的。"

"就拿他没有法子了？"

"有法子，还在找。"

"千两黄金，居然买不到一个杀张山的人……"

"爱黄金者，必然爱命。日本教官成了残废，耍洋枪的翻译丢了脑袋……谁都忌惮啊。"

"不是说元雨交了个朋友，拳脚刀箭都好，能与张山一拼嘛？"

"是个卖锅盔的少年，他父亲把他拦下了。他从小死了母亲，父亲一手把他养大，纯孝之子啊……"周总管家叹了一口气。

大老爷也叹了一口气。他眼窝红红的，继而涌上两窝泪。

"能救我儿元雨下山者，我除了赠黄金一千两，还把女儿元菁嫁给他，分文彩礼不收，倒送铺满十一条大街的嫁妆。"

"大老爷！"

"不要写在帖子上，就这么传出去，要传得快、传得远。"

"大老爷……"

"快去嘛。"

十四

小一在梦里痛得大叫一声，醒过来。

何道根正在灶台边点炉子，吓得手一抖。赶紧跑上楼，直喊："咋个了？咋个了？"

"脚抽筋……"

何道根坐在床边,把小一的脚扯出被窝,揉了小腿,又揉脚趾。

"这么大的人了,抽个筋还惊叫唤。"

"我梦到元雨的脚趾被砍了。"

"张山不敢。"

"你咋个晓得的?"

"我也不晓得,我只是觉得。"

"他要是砍了呢?"

"……"

腊月十六,第一炉锅盔出炉时,斜江茶铺的曹老板提了个篮子踱过来。茶铺里住了几个揭了赏金帖子的带刀人,都喜欢睡懒觉、喝早茶、吃锅盔。

曹老板带来个消息,少爷左脚的大拇趾被砍了。

何家父子吃了一惊,相互看看,说不出话。

曹老板描述着宰下的大拇趾,"好像一条虫,送回刘府,还能动……"

小一大怒,拍桌骂道,"好没心肝!有啥子好笑的?"

曹老板红了脸,手足无措。

何道根火了,指着儿子,"咋个说话的?没老没小了啊？"

曹老板说，"误会误会，我没笑啊，我咋敢笑？就天生一张笑脸罢了。"

小一缓口气，勉强抱拳致了个歉。

何道根说，"曹老板，依你看，这事咋个才是了局呢？"

曹老板摇摇头，坐下来。何道根使个脸色，小一提过茶壶，给他倒了一碗老鹰茶。

门口的槐树巅，飞来几只黑老鸹，叫个不停。何道根说了声，"晦气。"

小一摘了弓箭，跨出去，站在街沿边，一箭射上去。

顿时就清静了。良久，一团黑影落在对面屋顶上，砰地一响。

曹老板嘿嘿笑。"小一好箭法。可惜……洋枪都没奈何张山，何况是箭啊。"

"这个局，就没法了了吗？"

"了是能了，不过，难了，难了。我这辈子，绑票的见多了，从没见过张山这种人。绑票无非为金银、为女人，货到手，两清，各走各的路。他不是。说他歹毒，不如说他怪哉，非要把大老爷往死里逼。一千两金子，还必得搭上三小姐当奴婢。他就是要一万两金子，大老爷也跟他好商量。一千两金子，买几个美人都够了。他是何苦呢？"

"我乱说一句哈。少爷是刘府的独苗，为了少爷，大老爷会不会忍痛把三小姐送上山？"

"万万不可能。少爷是独苗，续香火的当家人。没了他，大老爷百年后，二大老爷那些不成材的儿孙都回来，把刘府瓜分个精光。百年基业，一阵风吹过。三小姐金枝玉叶，就算大老爷能忍痛送人，也不得行。为啥呢？人活脸、树活皮，没了脸面，大老爷咋还能活在乡里，二大老爷咋还能活在官场？就连叫花子也敢吐他口水，骂一声没廉耻！"

曹老板说完，抒了一口胸中之气，脸上颇有得色。继而喝了一口茶，见何家父子哑然无语，他又似觉不妥，赶紧补了句，"我也是乱说哈，哪儿说哪儿丢，就当我没说过。"

何道根笑道，"曹老板宽心，就当我们没听过。"

小一不吭声。

曹老板走后，他说，"爸，元雨太惨了。"

何道根阴着脸。"他惨。你去救他，要是回不来，我惨不惨？你妈地下有知，她惨不惨？"

"我不是拿一条命救他，是拿一把刀。"

"张山的刀不是吃素的。过两年你说不定可以，而今还嫩了。"

"口说无凭，爸，你来试一下。"

黑姐正好提着一扁筐鲜鱼来了。

她说,"试一下嘛。小一输了,趁早死了这个心。没奈何,这也是刘少爷的命。"

何道根就去墙上摘了一根擀面棒。小一迟疑一下,也摘了一根。

父子俩走到槐树下。

"爸,来狠的。"

何道根一棒子当头劈下。小一却不抵挡,也不闪避,扬起一脚踢在棒上。何道根趔趄了一下,好在棒子没有脱手。但小一身子飞快一转,第二脚已经踢出,仍击在棒上。何道根晃了晃,身子靠着槐树,棒子仍在手上。

小一第三脚已提起,但没有踢出。"爸,我要是踢你手腕,棒子早就飞了是不是?"

何道根不说话。黑姐上前把他的棒子收了,端上一碗茶。他这才咕哝一声,"要没这棵树,我早就栽了。"

"爸,我还可以嘛?"

"生死相搏,不比父子比武。"

"设若山上绑的是你,师叔会不会去救你?设若绑的是他,你会不会救他?"

"我跟你师叔,是同门师兄弟,磕过头、换过生死帖。他一半的武功,也是我教的。他跟我,跟你子云师叔,是托得性命的。你跟刘少比得啊?相交一场,不结拜、不对天地起誓，不过是酒友玩友，少爷依还是少爷，打锅盔依还打锅盔……这也没啥子不好。说到要拿命去救他，行不通。"

"他救过我。"

"那也叫救啊？他不损一根毫毛。再说，你挨了打，要爬也是爬得回家的。"

"一碗饭的恩，古人也是要报答的。我要不救他，这辈子活不安心。"

"你要是丢了命，还有啥子活不安心呢？"

"不丢命，活得羞愧，比死了还不如。"

"……"

"师叔要在就好了，他肯定陪我上山拿张山。"

何道根狠狠瞪了他一眼。

黑姐给小一使了个眼色。

他走回里屋，上楼坐了半晌，开始换衣服、换鞋子。又从床下抽出藤箱，取出六环厚背宽刀，拿一件旧衣服裹了又裹，抱在怀里。

黑姐进来了，靠着门框，像一条修长、弯曲的黑影。

"你爸想通了。他还说，他陪你去。"

"他想通了？"

"想通了。"

"他是咋个想通的?"

"我咋晓得呢。"

"肯定是你给他讲了一番道理吧。"

"我大字不识,能讲啥道理?不过……"

"不过啥子?"

"他想通了,我倒是想不通了。你不能去。"

"你开玩笑?"

"我不开玩笑。笑面曹刚刚又来了,说大老爷开的赏金又提高了。"

"哈哈,不正合你心意嘛。"

"呸!正合你的心意!"

小一吃了一惊。"啥子意思?"

黑姐走过来,把小一推到床沿边坐下。"大老爷说了,谁救得少爷,他就把三小姐嫁给谁,彩礼分文不收,倒送铺满十一条大街的嫁妆。"

"这个大老爷!他不把女儿当人啊?"

"他被张山逼疯了。"

"唉……"小一叹了口气。

"你装给我看啊?杀了张山,你就是刘家的女婿了。"

"开啥子玩笑呢。"小一站起来。"我马上就去趟刘府,天黑前赶到小青山。"

"就这么急？听春红说，三小姐养在闺中多年了，要出嫁，也不急这几天。"

"三小姐跟我啥子关系！我耽搁一天，元雨的脚趾又要断一根。"

"你不想当刘家的女婿么？"黑姐的眼珠，冷得像两颗水里的黑石子。

"我有了你，为啥要去当别人的女婿呢？"小一握住她的手，轻轻捏。

"你可以不要我。"

"我不是傻子。"

"你就是傻子。你一千两黄金都不要。"

"我是一两赏金都不要。你说要，我就给你捧回来。你不要我做刘府的女婿，我连三小姐正眼也不看一眼。好了嘛？"

"笑话。是我不让你做刘府的女婿？可见你自己是想的。"黑姐把小一的手推开。

"不讲理。"

"我自己就想当刘府的少奶奶，我是当不了。你就不想做刘府的女婿？"

"我不想。"

"撒谎。"

"太不讲理了。"

"好嘛,我讲理。你要敢去救刘元雨,我就敢嫁进刘府做小妾。"

"你起过誓,宁死不做妾。"

"我折的是筷子,折箭为誓才是真正的。"

"……"

"三小姐和我,你选一个。"

"混账话。我只晓得,今晚非进山不可。"

"好嘛,混账……我的话,句句是真的。"黑姐捋了一下头发,又捋了一下衣领和袖子。"我走了。"

黑姐走了,黑色的影子好像还留在屋子里。小一坐回床沿,怔怔发呆。直到大逵进了屋,跟他说,"我陪你上山吧。"

进印堂

十五

小一走到见山楼下，二管家已从门洞迎了出来。

"大老爷已三夜没有合眼了。今早听到麻雀叫，他说，不晓得雨儿还能听到几天呢？"

"带我去见大老爷吧。我想跟他说几句话。"

"大老爷一直在等你。"

这还是小一头一回进刘府。从前元雨邀请过他和大逵来做客，他说府里规矩多，酒不好乱喝、话不好乱讲，大不自在，算了。元雨也没有坚请。小一倒也不以为元雨是虚情，是觉得来日方长。谁晓得，时间就像一根箭，眨眼就逼到尽头了。

这是一个尽头么？他把怀里的宽刀紧了紧。

府里静得像一座空城。弯来绕去的小道，分割出很多的院落、走廊、池塘、小树林。树叶枯了，树木大多秃了，只有西边冒出屋檐的古柏还挺拔苍翠，让人精神一振。两只黑老鸹哇哇地飞来，停在树顶，瞪着冷眼，俯瞰着小道上的两个行走者。小一微微惊讶，觉得这情景似曾是见过的。

二管家走前半步，微侧身子，很谦恭地领路。小一徐步而行。

经过一道侧门，小一别头瞟了一眼，正好看见个小姐拄着花锄在擦汗。他觉得这小姐也似乎是见过的，但念头一闪，两步就走了过去。

宽大的廊檐遮下来，光线一暗，进了小天井。青苔满地，嶙峋的太湖石，一棵病梅，也都爬满了苔痕。

"小一兄，印堂到了。"

元菁招呼春红到她身边来。

春红在拿小斧头对付一棵枯死的樱桃树。树枝乱颤，树干屹立不动。

"你看，我是不是眼花了？"元菁说。

春红不解，盯着元菁的红眼睛看了看。

"刚刚，那个射箭的少年从门口走过去……"

春红摇头。"小姐是眼花了。咋个可能嘛？你也不是眼花了，是哭多了。多吃些鱼眼睛就好了，鱼眼好，睡觉都是睁眼的。"

元菁却扑哧笑了，骂道，"哪听来这么多稀奇古怪的名堂。"

今晨元菁还在喝稀饭，春红出去溜一圈，跑回来汪汪干嚎。"大老爷要把小姐赏给人家了！"

元菁呵斥她大清早说疯话。她就边嚎边骂，把张山如何开价，到今天大老爷怎样提高了悬赏，从头到尾叙了一遍。元菁听得一身冰凉，但不敢相信是真的。

她去问母亲，母亲正蜷在屋里哭。转身就要去闯印堂，母亲一把抱住她。"你伯伯没几口气的了……让他多活两天嘛。"

只好去找周总管家。可他一早跟大老爷商议完，就赶回了小青山。

那就二管家。找遍了府里的旮旮旯旯，才在南门口看见他：背着双手，望着吊桥，又焦躁又忍耐的样子。

"该把春红按在长凳上，狠抽二十鞭。大老爷说了不让说！"二管家对元菁微一低头，冲着春红怒吼吼地说。

春红凛然不惧。

"那就是真的了？"元菁盯着二管家的眼睛。

二管家点点头。

"人看大老爷，是一手遮天的。谁晓得他心头之苦呢？为人之父，爱子落入虎口，断趾流血，却不能救他回家……三小姐你说，大老爷还有啥子办法呢？"

"办法只有这一个，救儿子，搭上女儿，对不对？"

"三小姐是金枝玉叶，大老爷的小幺幺、掌上明珠，嫁一个救得了少爷的壮士，总比舍身饲虎好。这也是大老爷的一番苦心啊。"

"要是我不肯呢？"

二管家苦笑了一下。"这比不得缠脚，怕是由不得小姐了。"

"我情愿去出家。"

"出家？小姐走得出这方圆三百里？何况，"二管家压低了声音，"要出府门也是不得行的了。"

元菁咬着嘴唇，定了定神。"救人的壮士，找到了么？"

"我正在等他。"

"谁？"

"银草巷何锅盔的小伙子。周总管家说，古时的高人，就隐在杀猪屠狗者中间。这小伙子我打听了，祖上不是杀猪的，是成都府东较场砍人头的刽子手。"

元菁脑子轰然一响，血腥气扑进鼻孔，脑袋一晕，就软软倒了下去。

幸好春红手快，赶紧把她抱住了。

"小姐，我带了你逃吧。"

"你没听二管家说，我插翅难飞了。"

主仆二人在西院的荷塘边歇下来。枯荷垂头，一池冷水，倒映着古柏的树冠。春红说，"小东门的钥匙，挂在刘半斗的裤腰上。他嘛，我还喊得动。"

元菁见过刘半斗，一个半大家丁，白净小脸，眼珠子滴溜溜，钻空子就要跟春红调笑几句。

"你跟他好了？"

"他倒是巴不得，我没理睬他。不过，他是伶俐、忠心的，我本想陪小姐嫁人时，把他也带上，给姑爷做个小跟班，多合适的。"

"今天说这些，还有啥子意思呢？"

"我们三个一起逃了吧。"

元菁摇头。"还能逃出方圆三百里？伯伯要抓我们回来，还不是轻而易举的。"

春红笑起来。"除了杀不了张山，大老爷啥子都得行。"

元菁狠狠瞪了她一眼。"再说，我逃了，哥哥还能活？"

春红气得站起身。"凭啥子少爷是一条命，小姐就不是一条命？"

"还有伯伯,我逃了,他也就差不多了……"

"差不多就可以了,大老爷也活得够长了。"

元菁站起来,甩手给了她一耳光。"跪下!"

春红捂住脸,退了两步,嘴角漾起奇怪的笑,瞪着三小姐。"跪下还不容易啊?小姐发怒除了喊跪下,就不能喊点别的啥?我偏不跪。"说罢,气冲冲走了。

十六

印堂的门推开了,二管家留在门口,小一跨了进去。

他押镖几年,成都的主顾,颇有些很殷实、有书香气的人家。承主人之邀,他曾在书房流连过。书房的摆设、品味,他有个大致仿佛的印象。

听元雨说,印堂是他伯伯的书房。却全然不像是书房。很大,很是空旷,墙面凹凸,是大块石头垒砌的,缝子用白灰勾勒过,宛如巨兽身上暴绽的筋骨。没有窗户;只有一扇小窗,也是紧闭的。光源来自枝形灯架,几十根蜡烛在安静地燃烧。他小心平移,感觉却是向下而行,正步入一座地堡。厚实的矮柜、低矮的博古架、长条书案,均靠墙而立。上边挂着画风疏淡的山水、花鸟画,多为名家手笔,有些他见过,有些没有,署名有弘仁、石涛、八大、髡残……一瞬间他有点走神，暗忖它们是真迹还是仿作呢？

墙上还挂了一口名贵的剑，剑柄、剑鞘都镶有繁琐、考究的纹饰。

他目光停在一尊玉佛前，随即就投向了印堂的中央。

一把蒙了虎皮的躺椅，睡了个银狐毯子拉到下巴的老人。

老人的额头突出、宽广，头发已然落光，白眉却又浓又长，比泥塑的寿星眉毛还要长一寸。眉脚耷下去，几乎遮住了双眼。他没有胡子，也没有皱纹，皮肤莹莹发亮。和元雨有相似的尖下巴，但更为锐利些。

身子则是短小的，比小一预想的更短小，这使他看起来颇像一个虚弱的婴儿。

躺椅的脚跟前，还坐了个中年妇人，穿着红绸缎的小棉袄，低眉就着一盆火。小一进来，她也没抬头。

小一走到躺椅边上。

老人嘘口气，哑声说，"娃娃，你救了雨儿，你们就是兄弟，我们就是一家人。你懂嘛？"

"……"

"你还想要啥子，你跟我说。"

小一摇摇头。

"你啥子都不想？"

"我只想元雨能下山。"

"你拿啥子去救他？"

"这把刀。"小一拍了拍旧衣服裹住的宽刀。

"不。"老人的声音突然尖厉了起来，就像他的尖下巴，让小一一惊。"你要拿你的命！"

小一不说话。他看见在长长的白眉下，老人锥子一般的目光。

但老人随即就缓了一口气，继而哑声道，"雨儿的命，不是他一个人的命啊……"

"我会尽力的，大老爷。"说着，小一就往后退。

老人从狐皮毯子下伸出一只手。他的手小小的，白皙、透明，能看到细小的血管。手上握了一尊小小的玉佛。

"娃娃，你拿去，佛会加持你。"

玉佛滑腻腻的，且是热烫的，带着老人的体温。小一拿在手上，很有点不舒服。

在骑马驰往小青山的路上，他把玉佛抛在了一户农家的屋顶。屋顶铺了厚实的谷草，玉佛落上去，一点声音也没有。

雪

十七

二管家领着何家父子、大逵,还有一个亲随,傍晚赶到了小青山脚下。

马咴咴叫了几声,通身跑出一层汗。马汗的味道,是小一喜欢的。他也喜欢马的嘶鸣,尤其在夜色中押镖独行时,让他心头一振,四肢有力。

周总管家亲自安排了饭菜,嘱何家父子吃好、睡足,明天择时上山。何道根说,"饭不忙吃,我有话想问问王大福。"

小一削尖一根小棍,让王大福在地上画出断金亭、笔尖峰、山洞的位置。

一众人蹲了下来。王大福说,小路和亭子都在山的阳面,亭子距山顶有半里。翻过去是山阴,顺吊绳溜下去三四丈，就是山洞口。洞子又深又广，比得财主的几个大粮仓。山阳是陡坡，山阴纯是峭壁，峭壁底下，是乱石岗、松树林，还有一口青龙潭。扔块石头下去，半顿饭才听得到回声。人是爬不上去的，蛇都不得行。要救少爷，还是只有从正面攻。

何道根问，"张山平时都在断金亭候着吗？"

王大福说，也不一定。他也常缩在洞子里歇息，有吃有喝的。少爷攥在他手里，他啥子都不愁，啥子都不怕。也算活成个神仙了，啧啧。

周总管家干咳两声，瞪了他一眼。"王大福，你也想当神仙了？"

王大福嘻嘻笑道，神仙人人想当，可惜我枉称大福，哪有这个福！就算有张山的本领，世上也没几条少爷这样的肥猪。我去绑谁啊？

"看来，当绑匪，你是有心也有胆？"

王大福并不摇头，依旧笑道，周大人要是砍不了张山的脑壳，世上想当绑匪的人更多，何止我一个。

刘九早听得鬼冒火，喝了声，"老子先绑你。"拔出刀来，砍向王大福的肩。

王大福就地一滚，猴子般滚了八丈远，跳起来掸了掸衣服上的泥，又笑道，九爷逗起我耍啊？砍我的头都难，莫说是张山了。

刘九气得脸青，冲上去又要补刀。何道根一把把他扯了回来。"王大福是老来疯，九爷不跟他见识，救少爷是正事。"

周总管家招手让王大福回来。

何道根又问他，"蒙面人的刀法咋样呢？"

王大福说，不及张山，比刘府的好汉们还是要好些。

"何以见得呢？"

王大福瞟了眼刘九，笑道，杀钱翻译的就是他。还可以嘛？

"钱翻译不是有洋枪嘛，他的刀比子弹还厉害？"

王大福捂住嘴笑，活像只老猴精。他说，蒙面人躲在柱子后，冷一刀捅进了翻译官的后背心。

"太不地道了……"

尿！王大福说，他开枪算不算地道？你死我活才是霸道。

何道根默然不语。周总管家问，"王大福，你这句话是听谁说的？"

王大福两眼疑惑，迟疑道，周大人，我乱七八糟说了一大堆，你问的是哪句话？

周总管家一愣，哈哈大笑。小一等他笑完了，问道，

"王老伯，依你说，刀并没有时时架在少爷肩膀上？"

王大福点点头。多数时候，他们把少爷绑起来，扔在山洞里。只要断金亭守住了，救兵就上不去。就算放少爷逃，他也只有跳崖一条路。

"那，煮饭的莽汉武功好不好？"

王大福摇摇头。莽汉叫王五，从前在村里给地主当长工，有名的饭煮得好、猪喂得好，武功从没听说过。

"多谢王老伯。"小一向他拱拱手，转向周总管家道，"周大人，明天五更起来，天亮动身，好不好？"

周总管家正要回话，董捕头、薛捕头走了过来，双手抱拳，大声说，"我们是食君之禄，奉命剿贼。来了之后，却凉在了一边。周大人固然出自爱护，但我们实在是抱愧，没脸回成都再见上官了。"

"两位的意思？"

"照理说，明天该我们先上山。要是死在张山刀尖下，再劳烦这两位壮士吧。"

"二位是捕贼的名手，可张山不是一般的贼……"

"我们这一行，干的就是刀上见血的事。生死由天，请周大人宽心。"

周总管家紧闭了下眼睛。"要是我不点头呢？"

两捕头把刀拔了出来。"那也由不得周大人了。"

五口大锅的饭已煮好，牛肉炖萝卜的味道香得冲鼻子。天也黑了，篝火、火把燃了起来，家丁、兵丁却都围了过来，要看这场戏是咋个收场。

风吹得火焰呼呼响，王大福拍了下脑门，叫了声，"妈呀，飘雪了。"

没有人理他。

两个捕头说，"周大人，我们两弟兄是现在就上山，还是等天亮？"

黑暗中有个人在问，"金子和小姐，你们两弟兄咋个分？"

没有人应和。也没有人打哈哈。那声音就像孤单的冷蛇，哧溜一下在黑暗中消失了。

小一站到周总管家的跟前，双手举着裹了旧衣服的宽刀。"两位捕头爷，一齐来。先试试我这把刀，赢了它，砍张山、青山都是容易事。"

两捕头相互看了看，很是生气。"青屁股娃儿，连刀都不亮出来啊？气死先人了！"上去一步，双刀劈下。

小一也不躲让，一刀斜斩，再一刀回砍。董捕头的左肩、薛捕头的右肋，各挨一刀背，翻身倒了，滚了一转，眨巴着眼睛喘粗气。

众人看呆了。二管家拍手喊，"吃饭吃饭，敞开肚皮吃。

好戏还在明天呢。"

十八

天麻麻亮，厨子几个钻出营帐煮早饭，方看见昨晚落了好大一场雪，群山都白了。

雪厚厚实实，铺上了帐顶、树叶，雪地上还留了两串脚印。不远处，有两个人在比划着刀法。这是何家的父子。

大雪下到早晨，渐渐飘成了雪花。雪花细碎，却又密密麻麻。

这父子俩在雪花中，一砍、一削，都慢而顿挫有力。父亲说，"准，比快要紧。眼睛要尖，后脑勺也要长眼睛。"儿子说，"是的嘛。步子还要轻，有轻才有快。"

周总管家、二管家、刘九也都出来了，细看父子俩过招，看了半晌，没看出啥子名堂。人人眉头都锁成个疙瘩。

早饭何道根喝了一碗稀饭，吃了五个菜扁子馍馍。马大逵喝了三碗稀饭，吃了八个菜扁子馍馍，又揣了三个馍馍，说给少爷吃。小一只喝了一碗稀饭，嚼了一根泡萝卜。

周总管家问，各位还要点什么？

小一说，"一碗老鹰茶。"

二管家提来一壶茶,斟了三杯,是二大老爷寄回的黄山毛峰,眼下已入腊月,依然清香扑鼻。

王大福讨了碗老鹰茶喝了,嘴里叭叭着,眼里有一抹笑。

雪还在下,还吹着小北风,纷纷扬扬。四个人各戴了斗笠,分两队上山。王大福和小一走前边,大逯和何道根随后,彼此相距约半里。

何道根已把单刀拔出了鞘,提在左手上。马大逯握了根大棒。

王大福加了件狗皮背心,竹竿上还系了一根红绸带,这在雪花中十分夺目。

小一依旧单衣,但脖子上围了一条棉布小围巾,是何道根给他系上的。

宽刀还是抱在怀里,上边搭了褐色的汗衫。

山道陡极了,脚下是雪、石梯、泥坎、枯草,划着向上的之字形。行了一顿饭工夫,愈走愈狭窄,一边峭壁,一边悬空,稍一打趔趄,人就要跌下去。下边雪雾茫茫,已然深不见底了。

又走了两顿饭工夫,或者还要更久些,山涧上有了小木桥。王大福拿竹竿敲了敲。"踩不得!"他纵身一跳。

小一跳过去，转身用刀背砍断了桥。"不要让我爸踩上了。"两段朽木滚下山，挟着一路雪崩，回声轰轰响。

"你这把刀啊，我看过，"王大福说，"怕是不得行哦。"

"啥子说法？"

"短了。张山的雁翎刀比你长一尺。一寸长，一寸强，何况是一尺。"

"内行话。"

"那还不赶紧换把刀？"

"哈哈哈……你又外行了。"

王大福忽然缩了下脖子，拿食指向上指了指，又在嘴巴上一竖，轻声道，"上边就是断金亭。"

一股寒意蓦然袭来，有一种彻骨的锥子痛。小一扶着石壁，稳住脚步，呼了一口气。

山势依然陡峻，但略微缓了缓，石缝中有黑松长出来，树身笔直，水桶粗，成了一片苍苍林子。透过林间空隙，小一望到了亭子的飞檐。

一只雪地红狐突然射出来，追逐着松鼠一闪而过。兽足溅起的雪花在冷风中飘浮。小一叫了声，"好快！"

"嘘……"王大福带点责备地提醒道。

"哈、哈、哈、哈。"小一索性大笑了起来。

亭子的草顶，已然垮塌了大半边。不过，七根黑松柱还在，直挺挺，托着七角飞檐。檐上有积雪；檐下挂着风铃，也积了雪，风吹来，却没有风铃声。

亭上没挂匾牌，但柱上用刀刻了三个字：

断金亭

刻得很深，很有力，还用墨汁填涂过。墨迹已减了，刻槽里灌了些雪花。小一粗粗一看，不觉就想到了暑袜街的烂招牌，虽然是烂了，力道还是遒劲的。

张山就坐在亭外积雪的石梯上。

他膝盖上横着没出鞘的雁翎刀，头上裹着白帕，双眸油黑、铮亮，严肃地望着小一。

断金亭

十九

小一望着张山，觉得和秋天傍晚来找过自己的人，一点没有两样。

但，又像是变化了好多。

张山站起身子，两人相互抱拳拱了拱手。

王大福落在后边几丈远，很骇怕地瞄着上边的动静。

张山说，"小兄弟，久违了。我就晓得，你终归是要上山会我的。"顿了顿，又说，"你不是为了一千两黄金嘛？是，也没啥。拿命换的，算不得不义之财。对不对？"

小一不回答。"我们进亭子说话吧，张山兄。"

张山用刀鞘指了一下。"小兄弟先请。"

张山站在亭口，手按着刀把。背后是纯白的山色，他看起就像一个黑影。

"我是来接刘元雨下山的,"小一说,"你和我最好不动刀。你拿两千两黄金去逍遥快活,刘元雨回家做他的少爷。这多好。"

亭子的一边紧贴石壁,围了一圈久没人坐的美人靠。只剩一个口子通向山道。

小一抱着刀走到亭子尽头。望出去,白濛濛的,莲花十三峰都不见了。他把斗笠摘下来,拍落上边的雪,立在美人靠上。

"不好。我说过,只要一千两黄金、一个刘府的千金。"

"这个我就不能答应了。"

"你有这个本事么?"

"我尽力。"

"你跟我比,还不够快,也不够狠。缺一样都不行,何况是两样。"

"做人,何苦要那么狠?"小一笑了笑。

"呸!"张山恨恨道,"我狠,是有狠人欺负我……家破人亡。"

"谁?"

"刘元雨的伯伯,刘安的大老爷。"

"咋个可能呢,张山兄?"

"不要叫我张山。我姓刘，刘元魁，是我妈取的名。我伯伯胆小，说名字大了不好养，我妈说，偏不。苦了几代了，总该有个出头的日子了。"

"元雨说，他起初也叫刘元魁。你们是有缘的。"

"我也听说过。不过，不是有缘，是有冤。他伯伯，就是我这一辈子的冤家。"张山说着，气得跺脚。群山空谷回应着跺脚声，嘭、嘭、嘭。

"方圆三百里，大老爷是有名的大善人。"小一又笑了笑。"他就算要害人，也害不到你家头上吧？"

张山也嘿嘿笑了。是冷笑。"小兄弟，你虽是个打锅盔的，但上有伯伯撑天，身边还有师叔撑腰，活得也很滋润。晓得世道的凶险么？"

小一吸了口冷冽、干净的雪风。"我也觉得很滋润，有我爸、有师叔、有朋友。"他眼前浮出黑姐的黑澄澄、俏丽的脸。"夫复何求！凶险，跟我有啥子相干？"

张山听了，默然片刻，哑声说，"好吧。我先说说我遇到的凶险，你来断公道。我家住在距刘安二十八里的中元坝，也姓刘，八代之上，也跟大老爷的祖宗在一个锅里舀饭吃。不过，世事无常，穷的穷了，富的富了，各守本分，各不相干。我家有祖传的稻田九亩，伯伯老实，妈妈漂亮，就我一个独子，半耕半读，日子也算过得起走。我九岁，腊月间，也像今天这么冷，飘了雨夹雪，伯伯、妈妈带了我去刘安买年货。香肠、腊肉、腊猪头，买了一大堆。去小饭馆吃了晌午饭，又到茶铺喝茶。刚巧有个相士在看相，他小眼睛，两撇鼠须，姓金，听说看得准，连大老爷也很信他的话。我伯伯就请他给我们全家看。他看了我伯伯面相，说是个好相，克勤克俭，妻贤子孝。伯伯乐得又抠头发又抓腮。又看我的骨相，说大吉，今后必交好运，有千金之福。哈哈，觉得准不准？小兄弟。"

小一迟疑了一下。"算命的、看相的，我爸信，我是不大信。"

张山大为不满。"又是你爸！你有没有自己的脑壳？"

小一嘿嘿笑了两声。

张山接着说，"金相士又给我妈妈看手相。哪是看手相，他闭了眼，把我妈妈的手又是摸又是捏，清口水都快流下来。妈妈是火暴脾气，跳起来，提起腊猪头猛砸金相士的脸！满铺子的茶客都看笑了，还有人拍掌、叫骂，把茶水泼到金相士脑壳上。我伯伯吓得嘴唇打哆嗦，不住说，惹祸了惹祸了。我妈妈说，惹了就惹了，你眼睁睁看他占你老婆的便宜！"

"该死的金相士。这跟刘大老爷有啥关系呢？"

"金相士经这一遭丑事，萎了几个月，在刘安待不住，跑到成都九眼桥租了间小屋，看相混日子。又过了几年，丑事被人淡忘了，大老爷却又念起了他，遣刘九在成都四处打探，好歹把他找了回来。啥子事情呢？大老爷金玉满堂，万事俱全，就欠儿子。娶了几房，都不得行。又请金相士看风水，有没有可救之法？金相士自然是说，有。他装模作样，带了人坐了滑竿，在周围团转勘察了七八天，禀告大老爷，找到良策了：少爷不出，乃是江水斜了、地轴歪了。要破斜江之斜、地轴之不正，就要把刘府的中轴线和正门，改来正对西岭雪山的主峰。且，正门和雪山主峰的这一条线上，所有田亩、农舍，必得尽归大老爷一个人所有。"

"真他妈的说屁话。"

"屁话偏有人信。大老爷说，这个不难。去看看，哪几家挡了风水，出重金买了就是。"

"呵呵，能拿银子摆平的事，对大老爷来说，的确小意思。"

"是啊，重金一摆上桌子，多数人都依了。却也有几家是硬骨头，不干。三家是升斗小户，被刘九亲手点火烧了房子。一家就是我家。我妈妈说，命在田在，死也不卖。她买了两条凶狗，督着雇工，昼夜屋前屋后转，刘九不敢造次。他就叫家丁把通我家稻田的水沟，筑堤堵死了。我妈妈骂了一天一夜，刘九充耳不闻。我妈妈就扛了锄头去挖堤，我伯伯心痛她,就夺了锄头自己挖。才挖了几锄,刘九一脚踢在他胸口上,当场就踢翻了。我性子像伯伯,胆小,只晓得大哭。孟姜女哭垮了长城,我哭了一天一夜,可沟头的泥堤,还好好的,堵在那儿的。"

"那就去告他啊……"

"我妈妈带我去县衙门告了。县令说,和为贵嘛,可商量解决。何况两家姓刘,是血亲,好说好商量。又去找大老爷,大老爷不见,只让管家说,买田的银子已加了倍,很是仁义了,不必再商量。我妈妈说,卖不卖,我自己说了算,加十倍也不卖。管家说,你这就不讲道理了嘛,啥子事都是你说了算,还要大老爷做啥子呢?天算、地算,大老爷说了算。"

"我,有点不相信……"

"信不信由你。我伯伯挨了窝心脚,痛得缩成一坨,成天叫唤。不停请大夫,看病、买药,钱花光了,拿米去换钱,米也光了,就去借。刘九打了招呼,没有人敢借。伯伯已痛到叫唤不出声来了,妈妈只好把田卖了。第二天,伯伯就咽了气。"

"……"

"还了债,妈妈带我去鸡脚寺边的鸡脚场落了脚。"

"做小生意为生么?"

"不。妈妈说，儿子，你后半辈子啥子也不做，只做一件事，复仇。她带了我去庙子里烧香，拜一个年轻和尚为师，学武。"

"我有点晓得了。和尚起初不肯收徒，后来又收了，因为……"

"你晓得就好。我妈妈是大美人，比画上的美人还好看。她脾气大，凶起来很吓人，可越凶越好看。"

小一的嘴角漾起了笑意。"我认得一个女子，也是凶起来很好看。"

张山默然一刻。"女人，太凶了不好。"

小一想听张山多谈谈女人，但他把话锋转开了。

"师父教我，尽心尽力。我为了复仇，哄妈妈欢喜，也熬得十二分的苦。孤儿寡母住在乡场上，何况又穷，女人又漂亮，上门找麻烦的就没断过。我全把他们打得鼻青脸肿。师父说，少动手、少结仇，搬进来住吧。我们就住进了寺里。妈妈给师父煮饭、洗衣、收拾房子，还陪他吃饭、喝酒。说实话，那几年我妈妈过得很欢喜，从没这么漂亮过。她不是尼姑，却爱穿白袈裟。师父说，跟观世音菩萨比，她也不逊色。我呢，专心习武。佛经也念了几本，随念随忘，只记得了一句：阿弥陀佛。私下里，我总跟人约打架，一出拳脚，都往死里打，打残了两个人。"

"你师父骂你戾气太重，就把你赶走了？"

"师父骂过我，赶我走，是另外一件事。有一天，妈妈突然冲我大哭，抓乱了头发，又抓脸，说'你师父没良心，嫌我年岁大了，迷上了一个小狐狸，是一个老财主的小姨太，从此不念佛、不念情，连正眼都不看我了。这个日子我也不过了，一把火把庙子烧了大家不活了！'我气坏了，一口恶气出不来，提了刀就去了师父的房子。他边吃喝，边听小狐狸弹琴，我一刀就劈了下去。师父手快，拿筷子挡了一下，那一刀下去，只削掉了小狐狸的头皮和一只耳朵。"

"亏得你师父……她没死。"

"成了个血人。"

"这庙子，自然是容不下你母子了。"

"师父抽了我二十鞭子，把我们撵出了山门，还说了四个字：一了恩怨。妈妈自此就病倒了，请了多少大夫，吃了多少秘方、偏方，都不得行，她一天天就蔫了，缩成个痴呆呆的老太婆。她比挨了窝心脚还苦，找不着伤痕。为了给她看病，我把八代之内能找的亲戚，都借遍了……拖了好多年，她还是死了。死前说了一句话，不要记恨你师父。"

"那，你恨不恨师父呢？"

"恨。也不全是恨。"

小一摇摇头。"话虽如此，我觉得，你的恨还是太多了。"

张山的手,把刀把攥得格格响。"不是靠了恨,我也活不到今天。"

二十

雪花歇了一会,又落,愈发大朵了。北风也大了,黑松林中,雾气吹散了许多,根根树干留下峭冷的痕迹。地上的雪,越铺越厚。

断金亭的顶上,雪融化了一些,从破洞、缝隙淌下来,不时滴在张山和小一的头上、肩上,比冰碴还要寒冷。

张山跺着脚,缓缓移动步子。小一抱着刀,也随之转着脚步。

"把恨忘了吧,"小一说,"你杀了刘元雨,也消不了你的恨。"

"我宰一根刘元雨的脚趾头,我就看见大老爷在流一回泪。"

"刘元雨没有做错事,没伤过你一根毫毛啊。"小一把宽刀上的旧汗衫揭了,轻轻晃了下,六只刀环叮当响。"我祖上传下这把刀,我爷爷还传下一句话:刀下无冤魂。仗着刀快、心狠,杀无辜弱小,算哪门子男人?"

张山大笑,活像是猛禽啸叫。"少跟我说刀下无冤魂。你晓得好多事?"

"我晓得的事,不算多。不过,我晓得杀人是解不了恨的。你还有几十年,两千两金子,可以建黄金屋,可以娶个貌若天仙的美人。你何苦硬要三小姐?"

"我咋会娶她呢?同姓不婚,不妻、不妾,我恪守古已有之的礼法。我只要她做婢女。"

"张山兄要欢喜,买十个婢女也不成问题。三小姐咋做得了灶下婢?一不会洗衣,二不会煮饭,连头发也是丫鬟给她梳。听说,她还是个丑八怪,望门寡,满脸小麻子,哈哈哈。"

"够了!你还是个青屁股娃儿,你懂啥子!我要三小姐给我做婢女,就是要当着天下人,扇他刘大老爷的大耳光!朝他脸上吐一泡痰!"张山说着,声音小下去,几乎变成了喃喃自语。"一泡痰,两泡痰,又一泡痰,一泡又一泡,哈哈哈……"边说着,边贴着美人靠,拔出雁翎刀,向小一移过来。

小一双手握住宽刀,盯着张山的刀尖,小心转动着步子。

"懂了嘛?"张山又大吼了一声。

"我不懂!三小姐一个弱女子,比刘元雨还无辜,你忍心欺凌？枉自还在鸡脚寺学过武，你心里真是藏了个魔头。"

"说得对，我心里藏了个魔头，是大老爷种下的。"

"冤有头、债有主。今天，你要杀大老爷我也不拦你，但要霸占三小姐就不行。"

"行不行，你说了不算，我说了也不算，刀说了算。"

两人的位置，此刻打了个颠倒，张山站到了亭子的尽头，小一堵在了出口。

小一高声说，"刀说了也不算。天公地道，老天有眼，刀下无冤魂。"

"少跟我又来这一套。你去问你爸，他为啥要砍掉你亲爸的头？！"

小一眼前一白。

这一刻，两条人影飞奔而过，越过断金亭外，向山顶冲去。

张山怒吼："哪——里——去！"拔腿就要追出。

小一宽刀一横，拦在了亭口。

两人的刀同时挥出。张山的刀快了一分，闪电似的，刀尖划破小一的围巾，发出尖利的吱吱声，像刺中了比骨头还要坚硬的骨头。

那是向大逵借的右臂上的铜箍子。

小一的宽刀迎风而至，砍断了张山的右腕。

右腕紧握着雁翎刀，飞起来，砸向石壁。还没落下，宽刀已经反手一回，砍断了一根柱子和偷窥的蒙面人。一声惨叫，鲜血飞溅，亭子终于垮了下来，发出喀啦、喀啦，很不痛快的声音。

张山不顾断腕之痛，从美人靠上跃了出去，跑向笔尖峰。

雪地上留下一串血迹。小一把宽刀扔了，有点恍惚，也有点摇晃，他迟疑了一下，沿着血迹登了上去。

山尖上，张山垂首而立，像一只被雪水淋透的呆鸟。小一走上去，跟他站在一起。一只呆鸟，成了两只呆鸟。

下边三丈多，洞口外，一块凸出的岩石上，站着提单刀的何道根，横抱元雨的大逵，他们一齐向上看。烧饭的莽汉倒在脚跟下，流着鼻血。

风吹走了雪、雾，莲花十三峰现了出来，垂首望着笔尖峰上的几个人。

张山的断腕还在滴血。小一轻声说，"你逃了吧。"张山不应。嘴唇激动地哆嗦着，突然，双臂一张，扑了下去——

正撞在何道根的胸口上！

两个人一起坠下了山谷。

空山

二十一

午炮之后不久，一匹快马汗水淋淋，驰入刘府，送来了少爷被救的口信。

天黑前，见山楼上，十二只红灯笼已点亮。继而成串的灯笼挂上了吊桥、沿街的树干和屋檐，宛如元宵，片片火红。

今天是腊月十七，不逢场，天冷，从山里吹来的雪，在刘安上空飘成了雨夹雪。

雨夹雪过了晌午，愈飘愈密，像万千小虫子，让人睁不开眼睛。周围团转的农民，却牵线、成群走到了刘安镇，挤在街沿上，缩着脖子，等着看少爷归来。

刘府里热气喧腾，主仆乱忙，厨房那边，传来好一阵杀猪屠羊的尖叫。一坛老酒打破了，冷空气中浮动着兴奋、焦灼的酒香。有唢呐手在试音，突、突、突，苍远，又凄索。

春红裹了厚棉袄，手插在袖筒里，混在人群中东张西望，不时跑回小院，把见闻讲给元菁听。

元菁听了，起初很不平静。随后就平静了。且嘴角有了点笑意，似乎压在胸口的石头到底是搬走了。

春红说，"小姐别打我，现在逃还来得及。"

"我不逃。为啥要逃呢？我是刘府的三小姐，大老爷亲生的女儿。"

"女儿命贱。小姐咋样，公主又咋样？明天就要拿去喂猪了。"

"说得好难听……"

"做都做得出来，还有啥子说不出来的！"

"拿我的一辈子，换回来大老爷的命根子，也算个凭据吧，可见我的命，也不是很贱的。"

"这个凭据，谁稀罕看？"

"我自己。"

春红摇摇头，又跑了出去。

倏尔一刻，夜幕降了下来。元菁坐在床沿，隔着纸窗，看见雪花飘成了雪朵。她还是头一回看见这么大朵的雪。这让她想到了，从刘安至千里外，是不是都在落雪呢？一个人和另一个人，在雪中携手而行，该是一件多么好，而又永生不可能的事情啊。

府里，突然鞭炮声炸响，鼓乐大作，红光粲然，宛如百花怒放，春天早早地来了。然而，元菁充耳不闻。她对着镜子，把头发梳了又梳，乌黑油亮。

春红推门闯进来，身上带着一股风雪味，呼哧呼哧，有点喘不过气来。

"少爷回来了，坐在轿子里。那个打锅盔的也来了，坐在高头大马上，捧着一把大刀……不像打锅盔的，倒像是杀猪的。不像是杀猪的，他就像一头猪。"

"够了。"元菁轻拍了下桌子，低声喝斥，却没有发怒。

春红望着小姐，禁不住抽了口气。

屋里烛光通亮，小姐的尖下巴微微扬起，刘海梳了上去，浓发在脑后绾成了结实的髻，横插了一支金钗。这使她的脸看起十分圆满，而又白腻，小雀斑也淡得很好看。一双剑眉下，两只大眼，波光盈盈的。

"小姐……"

"你没见过我？"

小姐笑笑，指了下檀木小匣子。"替我收捡好。里边有四封信，记得送出去。"

春红挤了挤眼睛，小声道，"说给我名字和地点，明天一早我就出去送。是央人来救你吧?"

"世上就数你脑瓜转得快。再出去多看看,谁要问起我,就说我不舒服,等好点去见伯伯和哥哥。"

春红又出去转了一顿饭工夫。再回来时,叫着"小姐、小姐",却不见了人。她忽然有点急,举起蜡烛,四处照。

小姐已贴着墙的犄角,吊死在一根红绫上。

二十二

小一不见了。

何道根和张山的尸体也没找到。王大福说,就算从山顶落块鹅卵石下来,也会撞成碎颗颗,何况人。死了是一定的。尸体为啥不见了?很可能摔成了几大块,被饿狼拖走了。狼群蛰伏在附近林中,一闻到血腥味,就会狂奔而出,叼着猎物跑。

至于小一去了哪儿,更说不清楚了。

王大福带着周总管家、二管家、刘九,还有大逵,把小青山脚下,团转都细查了一遍,除了扔在断金亭的宽刀,尸没见尸,人没见人。

元雨说,"不见到小一,我不回家。"

周总管家说,"自少爷被绑票,大老爷日日煎熬,而今只剩了一口气。少爷早回去半天，他老人家可以多活一年。"

元雨这才依了。又嘱留下二管家继续找，把方圆五十里都篦一遍。找不到小一，就不必再回刘府了。

大逵也要留下，但周总管家说，小一是非常之人，行非常之事，说不定已悄然回了锅盔铺，为他父亲搭灵堂、烧香、磕头了。

大逵也依了。

二管家督率二十个家丁，在山林中转了四五天，装了三背篼人骨回刘府。他禀告少爷、总管家，是在距小青山十几里外的山谷中找到的，旁边还有杂乱的狼粪。

虽然只有短短几天，但雪后又下了雨，雨停了又落雪，雨雪交加，被狼啃过的骨头，活像是从墓中挖出的，狼藉、恶心，很不成样子。

第七卷

夹关蝉影

春雨归程

一

一了法师回到鸡脚寺，已是翌年的清明后。

他这次的归乡之行，在兖州万府，给父母磕了头，贺老父米寿八十八岁。还把两岁的幼弟良谷扛在肩上，逗笑了半天。此后，就是拜访儿时玩伴，跟从前无二，驰马、纵鹰、射兔子，把周边山水跑了个遍。

饭罢了，去城南泗水桥头喝茶时，有人叹口气，说，"良玉，看你眉毛白了两根了，不承想，你也是会老的人啊。"他听了，猝不及防，抚着秃头，溢然有了不胜今昔之感。

回了家，细看老父，眼里尚有精光，而脑后一撮白发，只勉强能梳半寸的辫子。

万二虎也发了福，头发灰白，手脚迟钝，几次上马还被摔了下来。

老母呢，脾气是好多了，可忘性大，常端着碗找碗，指着丫鬟叫不出名字。两个辞官还乡的兄长，从前也官声赫赫，如今含饴弄孙，慈祥而老态，看起比挂墙上的高祖父还老几十岁。

他自忖，俺也老了么？或已能看到，尽头一片白茫茫。

老母还跟他说，"家门口两里路，就是兴隆寺，开窗就见到兴隆塔，你就去那儿做和尚。天下的庙子，哪一座侍奉的不是佛祖呢？你晚上回家，早上出家，既对父母尽孝，又对佛祖尽心，多好。"他说，容儿想一想。

一了法师果真去兴隆寺烧了一回香。寺庙很古老，兴隆塔在隋代就有了，虽经后世几次修葺，仍颇有古貌。他幼时念李白的诗"危楼高百尺，手可摘星辰"，就觉得很可笑。高百尺算什么，兴隆塔之高，何止两百尺。他七岁就曾偷爬到塔顶，一望千里，豪气干云。

兴隆寺的老方丈也八十岁了，有一部大白胡子。他对万良玉从前的劣迹，还记忆犹新，不过，这次见到了，倒是称羡不已，夸，"好俊伟一条大和尚！"

又说，"老衲过不了两年该要往生了，想请一了法师来做主持，可要得？"

"要不得。千年名刹，俺怎么配？俺杀过人。"

"放下屠刀,立地成佛。"

"俺戒酒不戒色。"

"好色如好德。不过,倘把酒色打个颠倒,岂不更妙啊?"

两人哈哈大笑。

一了法师承诺,抄《心经》一千张,献给兴隆寺的施主,也借此为父母祈福。

此后,他就闭门谢客,天天在父亲的书房中焚香、抄经。若有一字之误,即刻焚化了重抄。万二虎替他磨墨。

"小少爷的字,还写得和从前一样好。"万二虎啧啧赞道。

"为什么不是更好?"一了法师停了笔,颇有不满。

"但凡是个事,总会到一个头。"

"……"

"小少爷回来,还没见您练过拳脚、刀棍呢。"

"到头了,再练,又有何益?"

万二虎红头涨脸,不知该说什么。一了法师哈哈大笑。

他抄经过了年三十,过了元宵,到底抄好了《心经》一千张。亲手交给兴隆寺方丈后,回家给父母磕了头,即要辞家远行。老父摆摆手,老母说,"你下次回来,俺就算还在，怕也会把你认作上门化缘的行脚僧……"幼弟良谷圈住他的脖子，嚷着，"和尚哥哥带上俺！"

一了法师忍了忍，眼睛干巴巴的，终于还是走了。

二

一了法师骑了老父挑的大青骡子，一路向南、偏东，先去了大运河边的扬州。

扬州是花花世界，值得他流连。不过，他存了心要访求的，是子芹的下落。自从传闻她被卖到扬州后，再没有过音讯。他到底不死心，想到她时，总嗅到一股袖口的栀子香。

他在扬州宿了四夜，去了二十座有名的青楼，连个影子也没找到。春月照着瘦西湖，他在水边信步，忽然敲了下脑门，自嘲地笑起来。子芹倘还活着，头发里该有了白丝吧？眼角、嘴角也有了密密的小皱纹。不止于此，他初见她时，还十二三岁，含苞之年，而今还没开过，却就已败了，萎了，一肚苦水，又是哑巴，只好熬成一把黄连渣。

这么想着，他决意明天沿城里的河沟找，子芹说不定活在一帮洗衣老妪中。

不过，即便见到了，他也认不出。即便他沿河喊，她听到了也没法应。这个念头，也无非骗自己而已。

想到这一层，翌日一了法师还是去找了。

在河边的一家小茶馆，却意外遇见了一个苏州的绸缎商。

这商人跟刘安镇刘大老爷的大女婿是生意朋友，常跑成都，也到刘府做过客，还慕名去鸡脚寺烧了香，与一了法师有一面之缘。一了法师觉得他谈吐还不俗，就留下喝茶，又送了一幅刚抄好的《心经》。

扬州重逢，两人扳手指头一算，刚好十年没见了。一番寒暄，商人说起刘府少爷绑票一案，不胜唏嘘。一了法师吃了一惊，忙问详情。

商人对一了法师的茫然，也颇惊诧。就尽自己所知，细细叙了一遍。

一了法师听到何道根坠崖、何小一失踪，五雷轰顶。当即起身告辞，要回客店收拾行囊，即刻返程。

商人说，"大师，喝了这两盏茶再走也不迟，又不是救火。火已烧过了，只有一地的灰。"

"……"

"大师赐我的《心经》，我供在墙上，天天念，信了一件事：世间的冤孽，没有冤枉的。世间法，万千条，到了头，归于一法，总归是无法。"

"……"

"说错了,大师见笑。"
"阿弥陀佛。"

一了法师卖了大青骡子,又添银两,买了一匹黑鬃马,往成都而去。

四五千里,晓行夜宿,非止一日。

从东门进了成都城,石榴已经开花。街上有小妹提了竹篮,叫卖黄桷兰。他径直又从西门穿出去,在浣花溪边的草堂寺住下来。

草堂寺是座大庙,与杜甫的工部祠堂比邻,来蜀中宦游的官员、闲游的文士,都喜欢来这儿拜谒。僧人、香客,从邛崃县、崇庆州、刘安镇、温江县去成都,也会先在草堂寺歇歇脚,喝一碗茶。

陆游做官成都时,曾在寺中种了一棵茶树。七百多年了,这树已然蹒跚古貌,但寺僧依旧打它的叶子熬茶喝,且尊之为禅茶,远近有名。

方丈也为一了法师献了一碗,说是今早才采的新芽。

一了法师喝了一口,微微蹙眉。

方丈问,"苦么?"

一了法师苦笑,"不苦,岂不是假茶。"

他跟寺里僧人都熟，问起刘安绑票案，他们都晓得，顿时七嘴八舌，说到千两赏金、鲜血狂喷、断腕抛飞，个个连比带划，脸涨红了，脖子上青筋暴绽，兴奋得很。

一了法师目瞪口呆，瞟了眼方丈。方丈低眉垂眼，愀然地摇了一摇头。

夜里落了大雨，到天亮也不见小。一了法师去马厩查看，黑鬃马的腿已有点跛了，不觉心中焦躁。吃过早饭，他决意顶雨而行。寺里养了一匹花斑小马，短腿而极结实，还是去年一个塞外喇嘛留下的，他换了匹毛驴南游去了。

一了法师加了些银子，用黑鬃马换了花斑小马，又顺便借了把称手的戒刀，披了蓑衣斗笠，回返刘安。

不意过了正午，雨水渐渐收了。只是不见阳光，一路阴沉，吹着小风，倒也不碍小马驰奔。

进刘安镇时，天还没黑。

一了法师下了马，牵缰步行。时在三月上旬，春意正浓，却觉得步步走在秋深里。

街上没几个人，风刮下树上去年的残叶，粘在地上湿答答的。见山楼的灯笼褪了色，比城墙还高的院墙，留有雨水浇淋的痕迹，活像是鞭痕。吊桥头，两个家丁缩着颈子，呆望着牵马而过的和尚。

一了法师走进银草巷。古槐发了嫩叶,何锅盔的幌子却已成了碎布条条。门上搭着铜锁,门缝里吹出一股股冷风。他敲了敲门,自然无人应。从门缝望进去,依稀见到墙上斜挂的弓箭。瓦檐口,有麻雀探下小脑袋,叽叽喳喳叫。他心口一酸,听到身后有人长叹了一口气。

"你来晚了,大法师。"

他以为是做白日梦。一回头,看见槐下站了个肥胖老者,肩膀垮了半边,满头白发,脸上有老墙般的粗皴裂痕,松松地耷下来,嘴角却翘起莫名的笑意。见法师恍惚,他又说,"我是斜江茶铺的曹老板,笑面曹啊。"

曹老板的儿子个子高了一截,茶铺的伙计却都老了一头。连吃茶的几个客人,也都七老八十,眼窝里两撮灰。

只有曹太太还是新鲜得正好,裙袍翠绿,脸有粉霜,杏眼水灵灵的,红嘴唇肉墩墩的,见了一了法师,把眼闭了好一会,扶住柜台,哑声哑气招呼,"你回来了。"

一了法师没去有烟榻的小屋。他就坐在靠门的桌前,听曹老板把绑票案又细说了一回。曹太太小声问,"明前毛尖还是雨前黄芽?都是新茶。""随便。"端上来的,却是一碗茉莉花茶。"还是这个味道厚实些。"她笑了笑。一了法师点点头,却盯着曹老板。

他问,"三背篼骨头,都埋进了一个大坟包?"

曹老板说,"是烧成了灰,盛进一口大坛子,再入的土。大老爷说,入土为安。少爷说,入土为净。"

"坟在刘家的地里?"

"不,是镇尾巴的义冢。"

"说是立了碑?"

"好大的一块碑。大老爷要周总管家拟碑文,周总管家说,还是少爷最合适。少爷说,这血海的恩仇,咋写都不合适,不写了,空着吧。大老爷就依了少爷,还夸他书没白念,明理,看得透。"

一了法师沉吟一会儿,又问,"少爷还好吧?"

曹老板眯了眼,着实点头。"少爷好,胖了许多,连尖下巴也没了。正月十五娶的妾,后来又娶了妻,要怀也都该怀上了。大老爷说,要生一大堆孙子,孙子再生孙子,越多越好。刘家吃亏,就吃在独苗上。决不准单传,又让绑匪拿在了七寸上。"

"大老爷原话?"

"不是原话,是这么个意思,嘿嘿。"

"三小姐,听说是望门寡,也没埋在刘家的墓地?"

"埋在斜江边上,刘家的杏园中。这是三小姐自己的意思。还立了一块碑,碑文也是她自拟的,只有两个字:

清冢。"

"青冢？不成王昭君了嘛。"

"是清冢，清白的清。少爷亲笔手书的，好清秀的字。"

"少爷的左脚跛不跛？吃不吃鸭蹼子？"

"大法师说笑了，嘿嘿……"曹老板笑笑，有点忸怩，看了看太太。太太正拿浇湿的热帕子擦一了法师的额头和脖子，满眼温存，生怕他又跑了。

"想起一个人，"一了法师把曹太太的手挡了下，"老娘滩的牛姑娘，怎么样了？"

曹太太一笑，沙着嗓子道，"嫁进刘府做妾了。"

一了法师愣了一刻，也哈哈笑起来。"刘元雨又娶妻、又娶妾，何愁不儿孙满堂、鸡鸭成群啊。"

"大法师错了。她嫁的不是少爷，是大老爷。"

"嫁给大老爷？！"

"做了大老爷的七姨太。"曹老板顿了下，拍拍自己的垮肩膀，乜眼笑。"肚子都鼓起来了啊，活像青蛙肚。"

一了法师的嘴唇哆嗦着，手指扣着茶桌，连茶桌也在打抖抖。

曹太太摸着他的秃头，安抚着，怕他要怒吼。

然而，他终于还是笑了笑，喃喃说，"小一啊小一，小一。"

光线一黑,门口进来一个矮壮的男人。曹太太瞟了他一眼,曹老板叫声,"九哥。"

刘九沉着脸,盯了盯一了法师,径直向里边的小屋子去了。

叫花子踢庙

三

两天后晌午,一了法师回到了鸡脚寺。

鸡脚寺,只有十几个和尚,俨然小寺耳。但红墙在鸡公山脚下盘绕,弯来拐去,顺山势而上,菩提、青杠、桢楠、榆柳内外簇拥,很有一种莫测幽深之感。

山门外,恰好就是鸡脚场的尽头。乡场虽小,茶馆、饭馆、烟馆、赌坊,以及各式杂货店、油盐店俱全,人称之为小刘安。

他拍开山门,小徒弟见了,又哭又笑。大徒弟当家,喊声"师父",说不出话。

"都傻了啊?"一了法师笑道。

正在吃斋饭的和尚都滚了出来,跪成一排,垂着光头,满脸都是委屈。

"怎么了，谁欺负你们了？"

大徒弟说，师父回乡省亲后，弟子们谨守戒律，庙务一切如常。可自从开春，就不太平了。有个乞丐隔三岔五就来要饭，蓬头垢面、又疯又癫，给他稀饭，他要干饭，给他素食，他要大肉，给他鸡鸭鱼肉，他要龙肝凤髓，一言不合，就挥起打狗棒乱打。好多师弟都被打得头破血流了。

"这么多双手，打不过一个叫花子？"一了法师很是诧异。"何况老大、老二，俺也是教过你们两三手。"

二徒弟说，不顶用啊，师父。我们拿了砖头、棍棒、凳子、椅子一齐上，根本就近不了他的身。

"这么厉害？"一了法师正想不通，和尚们一起喊：来了来了！师父，就在你身后！

果如和尚们所说，这乞丐蓬头垢面，且满嘴大胡子，把半个脸都遮住了。手中拿的，倒不是打狗棍，是一根长竹竿。

一了法师就打了个哈哈，拱手说，"施主，要拜佛，你是找对了庙门。要踢馆嘛，还有比你会踢的。"

乞丐不吭声，长竹竿连扫两下，打在两个和尚的光头上。立刻暴起两条血痕，活像是蚯蚓。一了法师大怒，拔出草堂寺的戒刀。

第三竿已朝他扫来。他也不躲，左手一拦，抓住竹梢，刀锋顺竿而下，飞快削向乞丐的手。

乞丐也不躲，丢了竹竿，闪电般踏上一步，双手合紧，抓住一了法师右腕，有力地一抖！身子呼一下，退出了一丈远。

戒刀已在乞丐的手上。

和尚们都傻了，一了法师吸了口冷气。

自从入蜀后，他的刀被人夺走，只有两回，相距二十年。

二徒弟机灵，扔了条长凳给师父。但他不接，一脚踢在长凳上。

长凳向乞丐飞过去，乞丐侧身避了避。一了法师已冲到他跟前，膝盖一顶，撞在他胸口上！一手夺回了戒刀，一手抓住他胳膊，扭到肩膀后。

乞丐痛得屈下了身子。

"腌臜泼才！你是谁？"

"……"乞丐气哼哼的，不答。

"好，你硬气。把绳子拿来，剃刀也拿来，俺这会儿就给他剃度了，绑到佛祖跟前去念经。"

小徒弟凑近看了看，嘴里哎呀了一声。"师父，这个人我认得。"

"认得？"

"刘安镇银草巷锅盔铺打锅盔的……"

一了法师把乞丐的乱发抹上去。"小一?"

何小一挣起身子,站直了,冷冷道,"我不是小一。"

泪水从一了法师的眼窝淌出来。"小一。你不是小一,你还能是谁啊?"

"我来,就是想问你,我还能是谁?"

"你还能是谁!你是何小一,何道根是你爹,俺是你师叔,鸡头庵闭关的是你师伯公。"

"不。我要问的是,我亲爸的头是谁砍的?"

"你疯了!"

"我好得很。你教了一个好徒弟,亏了他跟我说真话。"

"俺早不认这个徒弟了。他不是门徒,是歹徒。他的话,你也能信?"

"歹徒也罢,圣贤也罢,生死一线说的话,还能是假话?"

"……"

"你不说,我放把火烧了这庙子,大家干净。"

"你是不认我这个师叔了?"

"连爸都是假的,还说啥子师叔!"

一了法师一拳打在何小一脸上。他倒下地,没反抗,哼都没有哼一声。

四

何小一洗了澡,剃了胡子,刮了脸,乱发重新梳成一根粗辫子。还换了袈裟,是一了法师的,洗过好多次,干净而轻软。

他歇在后院的一间禅房里。窗外有棵黄桷兰,香味细甜,闻了让人松弛、心安。但他坐一回,躺一回,又起身踱步,很不安宁。小和尚送进来的饭菜,荤素兼备,其中一个大钵,盛着虫草炖的老母鸡。

"师父说,小一师兄吃苦了,先补身子。"

他不搭理,也不吃鸡,但把鸡汤都喝了。

小和尚又送来一壶茶。"师父说,茶就是禅,禅有三昧,请小一师兄细品。"

"我不是你师兄,你师父也不是我师叔。"

小和尚扑哧笑出了声。"师父说,小一师兄苦头吃多了,脑壳就乱了。先关个七年、八年,慢慢调养,会好的。"

何小一大怒,骂声"放屁",一耳光扇过去。

小和尚不躲,站着由他打。

何小一突然把手定住。"抱歉,小兄弟。请你师父来说话。"

掌灯时分，一了法师来了。亲手端来鸡汤、茶，还有一大盘烫手的锅盔。"小徒弟头一回烤，不及何锅盔。明天你下厨指点一二。"

何小一不置可否，捡起一块，放进嘴就啃。

"慢点，喝口汤。"

何小一喝了一大口汤。

"你夺俺刀的那一招，哪学的？"

何小一一块锅盔下了肚，缓口气。"你有兴趣？反正不是你们那一路。"

"俺有兴趣，早学了。别以为俺不知道，鬼影手，是不是？"

"……"

"邪门功夫，学了的都没个好了局。"

"……"

"你跟谁学的？"

何小一虎地站起身，愤然道，"我问你的，你一字不答，反问了我许多的废话。我亲爸被人砍了头，也是他练了邪门功夫么？"

一了法师伸出一根指头，指着何小一。"真他妈铁石心肠的东西。你爸一个人、一只手，养了你快二十年，死了，尸骨都还没闹清楚。你的姑娘，嫁给老财主做七姨太。你问过一句没有呢！"

何小一慢慢蹲下去，双手捂住脸，良久，突然放声大哭。

哭声震耳，哭了很久。

一了法师也不劝。

哭声渐渐弱了，成了长长的抽泣。

一了法师把他拉起来，坐在一块蒲团上。"哭够了，俺可以给你说说你爹的事了。"

何小一默然好久，轻声问，"我的亲爸，真的是另外一个人？"

一了法师点点头，嗯了声。

泪水再次从何小一眼里流出来，不过，没有哭出声。

"我躲在山洞里，好多天不敢走出来，就是怕明白一件事，张山，你的徒弟刘元魁，他没骗我。"

"他没骗你。"

"我亲爸的头，是被……他砍了的，这也没骗我？"

"是。"

"那，刘元魁是咋个晓得的？"

"俺出家后，只喝过一回酒，没挡住刘元魁的娘要我喝……喝醉了,说漏了几句话。这个狐狸精。"

"你的女人,哪个不是狐狸精?我倒巴不得刘元魁骗了我!"

"不过,他实在没骗你。"

"你们骗了我……"

何小一突然跪下来,举着双手,望着烛光晃动的屋顶。"我爸好惨……何道根,为啥要杀他!"

"坐回蒲团去,俺会讲给你听的。"

五

"桓侯巷的何家小院子,你没住过,也该听说过。"

"我不想听这个,我只要你讲我亲爸的事情。"

"没有何家小院子,就没有你亲娘,没有亲娘,还有你!你听还是不听?不听趁早滚。腌臜泼才,俺白心疼你快二十年,是条狼崽子也比你强。"

"……"

"俺师兄何道根,也是俺的半个师父,俺对他敬,胜过对魏子云师兄。子云师兄,是亲,胜过俺的亲兄弟。魏家,俺是常去的,哥嫂妹子说笑、吃喝,就跟回了家似的。何家,俺就去得很少了,何师兄常走镖,不在。即便在,家里也冷清。院中一棵石榴树，花开得好，果子结得大，愈发冷到骨子里。我统共没去过几次，多数时候你娘都不在……"

"她是我的亲妈？就是挂在墙上的那个？"

"没错，是她。何师兄夫妻两个，相敬如宾，日子过得河清海晏，只有一事不足，没娃。你娘身子弱，三天两头，佣人张妈陪着，进城去染房街抓药。"

"是个有名的药堂么？"

"小药堂，不算有名，叫作药王堂。"

"名字偏要取得这么大，也怪了。"

"倒也难怪。老堂主姓池，入赘孙家。孙家世代采药、卖药，据家谱上写，是药王孙思邈的苗裔。自然了，这多半是假话，且不去管它。堂主两口子年轻时，从邛崃县城迁到成都，在染房街买房，落地生了根。门前是街，屋后是金河，楼上住家，楼下坐堂、卖药，牌子就写了'药王堂'。药是孙家从邛崃山的农民手上采买的，品种多，货色也好。染房街虽窄，开铺子的、住家的，一家挤一家，倒是很热闹。出街口，上一道小坡，就是贡院大街、皇城坝。求诊的、抓药的，每天没断过。说不上富贵，倒也小康了几十年……"

"这跟我妈妈又有啥关系呢？"

"急什么！你躲了几个月不见人，怎么就不急？"

"讲吧……我在听。"

"池家有三个儿子,老大主外,常年住外公孙家,往来成都、邛崃之间,跟药贩、药农打交道。老二送到乐山五通桥,拜在一个骨科大夫的门下学医。三年学成,又被大夫收为了上门女婿。老幺则瘦小、机灵,颇得父母之宠,留在身边,应对客人,照单捡药、煎药。有空的时候,他念书、写字,还画新鲜的草药,订成了两厚册,叫作《群芳谱》《百草集》。看过的人都夸,池老幺是染房街的小才子。他家里还藏有三张孙家秘传的偏方,一张治偏头痛,一张治小儿夜哭,一张治久婚不孕。吃过偏方的人,都说有效。至少没把人吃死,几十年没苦主。从前,是老头子亲自坐堂,老幺长到十六岁,就把偏方和望闻问切一套本领,都传了给他。"

"十六岁,他也治久婚不孕,可笑。他定亲了没有?"

"但凡合该有事,又有哪一件不是可笑的。他定亲没有,俺不知道,反正,十八岁时,还没成婚。"

"十六岁坐堂,治久婚不孕,哼哼,有人找他看病吗?"

"男男女女,多得很。"

何小一在黑暗中呼出一口气。"是合该有事。"

一了法师喝口茶,咂了咂嘴巴。

"这年二月,池家老二的儿子满周岁,请他爹娘去五通桥喝生日酒,顺便多享几天清福。这一去,住到清明前,才顶了雨水回成都。药堂生意一切如常,老幺应付裕如,俨然长大了,成了少年老成的掌柜。合家都很欢喜。不意,有一天,老父翻老幺的《群芳谱》,却从中飘出一张画,落在地板上。捡起细看,画上不是药草、不是花卉,是一个年少的妇人。"

"妇人?"

"是个妇人,像是比池老幺年长几岁,但还年轻、漂亮……又很郁郁不乐。这画你是见过的,后来就挂在你家的墙上。"

"我?"

"她就是你娘。"

"我不信!我凭啥子要信你?"何小一猛一拍桌子。

"不信拉倒。"一了法师答得干干脆脆。

黑屋子里沉默了好久。

"那一年,你在做啥呢?"何小一问。

"做和尚啊。就在这儿。吃斋、念经,洗手上的血腥气。"

"那,你咋晓得这些事?"

"是俺寻访出来的。"

"寻访?你不是在做和尚嘛!不吃斋、念经了?"

"是有人求俺去寻访的。这世上,除了师父,但凡他说一个求字,俺愿为他提了头去拼命。"

"我晓得,你说的人是……"

"你自然该晓得,就是俺师兄何道根,养了你快二十年的爹。"

"他不是。"

"孽畜!"一了法师也猛拍了桌子。

黑暗中,只有两个人的呼吸声。

六

一了法师把门拉开。门外黑黢黢的,迎面扑来呛人的树叶味。这是三月的山寺,每个晚上,叶骨朵、花骨朵都在绽开。青蛙在院墙外的水塘里叫着,乡场上有狗吠。

巡夜的僧人光着脚板,提一盏小灯笼飘摇而过。

何小一随了一了法师走到藏经楼前。一阵风之后,半块月亮浮出了云层。

一了法师指着一棵罗汉松的影子。

"那天俺打了坐出来,师兄正站在树下瞪着我。俺吓了一大跳,他的样子,就像被人狠揍过,眼睛红肿,嘴唇干裂,胡子乱糟糟的,脸上青一块、灰一块,满头黑发忽然就已花白了。俺问师兄,这咋的了?他噎了一口气,哀声说:

良玉啊,你嫂子不见了。"

"是我娘不见了?"

"是。"

"那,他为啥找你,不找她?"

"他找了三个多月了,走烂了十几双鞋子,一个影子也没找到。没奈何,他才进了鸡脚寺。他走镖回家,正是四月好天气,石榴开花,满院火红,门窗却都关严实了。喊人,没人应。嫂子、张妈,都不在。屋子收拾整洁,桌上却又扑着灰。可见这家没人好久了,且不像是被绑了票。问了隔壁邻居,都摇头不知。又去问了嫂子的娘家、亲戚,张妈的夫家、娘家,都说好久没有见过她们了。这才明白,多半是跟一个男人私奔了。她平素跟张妈去得最多的地方,是到药王堂抓药。师兄跑去染房街一看,药王堂正在办丧事。掌柜的幺儿不见了,老太太茶饭不思,神思恍惚,落雨天在街沿上踩空,跌成脑震荡。秘藏的偏方不对症,请来良医,已不肯下药,拖了几天,还是呜呼哀哉地走了。师兄心头雪亮,啥也不说,去灵堂磕了一个头、上了一炷香,哑然就走了。师兄回桓侯巷闷坐了两天,想到嫂子是小脚,逃也逃不了好远,就又出门,在川西坝子上四处找。坝子方圆千里,如何找?不啻大海捞针,无非骗骗自己,求个心安。可,师兄用情太深了,这颗心终究是安不下来。俺就对师兄说,忘了她吧，腌臜妇人！师兄哇地一声大哭了起来。俺从前没见他流过半滴泪。"

"你就慨然允诺，要替他把嫂子找回来？"

"是的。"

"你也找了几个月，走烂十几双鞋子？"

"不是。俺没有师兄那么傻。"

"你说他傻？"

"对，俺这辈子，敬的就是他的傻。真汉子，大丈夫，没机心，一片傻气。"

"他砍了我亲爸的头，还算大丈夫？你是不是疯了！"

"不错，是有人疯了，可不是俺师兄。"

"谁？"

"你想不明白吗？这也难？"

"……"

一了法师朝着山门，遥指了一下。"俺带你去场上喝碗羊骨汤，好不好？"

"这啥时辰了，喝得到羊骨汤。"

"这家店二更开炖，四更开张，骨髓都化在汤里了，不是一般的味道厚。此刻去，正是好时辰。喝汤的人，是真正的馋鬼。"

"我是有点饿了。"

"那次你爹来，俺也是请他去喝的羊骨汤。"

"他不是我爹。"

"妈的×。一条狼崽，被狗养大了，它也敬狗是它爹。"一了法师火又上来了。

"我不是狼，他也不是狗。"何小一说着，走到罗汉松下，坐了下来。"我偏不去喝汤。我就在这儿听你说清楚，一五一十，来龙去脉，凭老天爷断公道。"

一了法师也坐下来，双手合十，念了一句，"阿弥陀佛。"

"俺是个出家人。按理说，师兄寻不到嫂子，俺还能上哪儿找？不过，人有人道，佛有佛法。借了佛眼，又有菩萨加持，这就不算很难。到底，让俺想着了一个法子。"

"不要啰里啰唆，说正题。"

"俺老了……莫嫌老年人说话绕。庙子虽小，万僧归一佛。俺写了好多信，捎给川西坝子各寺的僧友，请他们留心，有没有来烧香的小两口，眉清目秀，生面孔，外乡口音，保佑风调雨顺、早生贵子。"

"好厉害的角色。你不该做和尚，该去做探子。"

"少废话。俺还问了每个上鸡脚寺的香客、施主、行脚僧，但凡捕到一点蛛丝马迹，俺必亲自去跑一趟。跑了一年，回回都跑了空。"

"活该。"

"不是活该，是冤孽。"

"……"

"一年之后，六月初几，天已很热了。有个云南来鸡脚寺挂单的和尚，跟俺说起，他翻邛崃山时中了暑，偏头痛发作，在小镇上住了几天，病势不减。幸亏客店老板绍介，结识了裴剑士。裴剑士领他到一家药铺，捡了偏方，吃了两剂，睡一夜，头痛就好了。俺说，这不奇怪，偏方对症嘛。他却说，开药铺的是小两口，眉清目秀，很像你要找的人。口音我倒是听不出来，贵子吗，也是早有了，约莫周岁，白嫩可爱。俺赶紧问，药铺叫什么？他说，药王池。俺心中即刻就豁然亮堂了。"

"亮堂个屁！"

何小一虎地站起身。一了法师双手伸出，硬把他按了下去。

夹关蝉影

七

"听了云南僧人的话,俺马上动身,骑马跑了一下午、一晚上,赶到桓侯巷,天还黑漆漆的,公鸡都还在做梦呢。露水好大,俺的袈裟,还有马鬃,全湿了,像是淋了一场雨。师兄听了,眼窝红红的,放出精光来,却也不多言语。他取了宽刀,撕了半张旧床单裹住,牵马出来就要跟俺去邛崃。俺说师兄啊,俺都要累死了,能不能歇口气?他才恍然一惊,赶紧说抱歉抱歉抱歉。"

何小一哼哼冷笑。"做索命鬼也没这么急。可见得,你们比索命鬼还狠。"

一了法师不理会他,自顾自说下去。

"俺们上路时已日上三竿了。云南和尚嘴里的小镇,叫作夹关镇,距成都约有三百里,地属邛崃县管辖。古时候的官差、军士、商旅走驿路,从西蜀去滇南、安南,夹关是必经之地。后来,驿路抛荒了,师兄说,他南行押镖,常擦着夹关走,远远望见江边有一长溜吊脚楼,冒一股股炊烟。也没多想,不意一段孽缘就藏在这中间。"

何小一又冷笑。"何以叫孽缘?孽缘也罢、善缘也罢,离不开缘由。你们找人找烂了十几双鞋子,可曾找到过缘由?"

"所谓缘由,即是源头,无非色和空。找到了,勘不破,又能如何呢?这事交给菩萨吧。俺是出家人,也是人,只管得了眼前事。"

"好一个强词夺理的和尚。助纣为虐者,都一个腔调。"

一了法师倒也不恼他。

"俺师兄不是纣。纣是魔,魔由心生。俺师兄的一颗心,被泡成了苦胆。谁下的手?你说!"

"……"何小一说不出话。

"是命,是缘,谁也没法怨,谁也怨不了。"一了法师顿住,似乎哽咽了一下。"是哑巴吃黄连。"

"……"何小一呼了一口气。

"俺和师兄骑进邛崃县城,天已在黑了。寻客栈住下来,师兄不吃、不睡。老板奉上茶来,俺喝了一口,啧啧说好,真的个清香。老板就说,这叫文君茶。从前卓文君、司马相如私奔，就住在邛崃城。文君当垆、相如涤器的故址还在，屋后还有文君井，井水清幽，泡茶最为适口。师兄等老板一转身，他就把茶泼到了窗外。"

"这就像他干的事。"何小一哈哈笑道。"他也只配干这种事。"

"闭嘴。"一了法师低喝了一声，接着又道：

"俺清早醒来，师兄已换了一身齐整、干净的衣服，坐在椅子上等俺。那把宽刀用旧床单裹了，平放在小桌上。师兄说，我这样子，不会把你嫂子吓倒吧？俺说，不会不会。他又说，你嫂子要是又哭又闹，你替我劝劝她。俺说，嫂子讲理，不是哭闹的女人。师兄嗯了一声。俺又说，你对嫂子，真的不打不骂么？师兄点了点头，又说，嗯。临走了，他又借了俺的解腕尖刀，拿水浇了脸，把胡子刮干净，直刮出一脸的青光。还照了镜子，问俺，行不？俺说，行啊，抵得上个新郎官。出了城，西去四十里，近午时分，先到了一个叫平乐的小镇。俺没下马，师兄先说，歇了吧。镇街的边上，就是白沫江。挑了个临江的铺子，叫了满桌的鸡鸭鱼肉，海吃一空。但没喝酒，俺是戒了酒，师兄则说，回家喝酒，眼下喝茶。茶是粗茶，粗枝大叶熬出来，斟在土巴碗里，俺喝了一碗，苦得伤心。师兄也喝了一碗，却啧啧夸了一声，苦得好。他说，我是个粗人，爱喝苦茶，也尝得出细茶。你嫂子就是细茶，是蒙顶的甘露、黄芽，景德镇柴火烧出的细瓷。我今天把她驮回去，着实该待她再好些。俺就顺势问，那小娃呢？"

何小一屏住了呼吸。

"师兄想都不想，脱口就答：我养。"

何小一骂道，"他养？！他竟然说得出。"

"俺师兄说得出，他就做得到。可俺还想问，怎么处置池老么？师兄一字没有提过他。俺也到底没敢问出口。"

"你也有不敢的时候，好可笑。"

"吃过饭，太阳当顶，大热起来，俺两个又上马冒热而行。沿白沫江，向西、偏南走，浅丘起伏，坡地上遍植茶林，向南一直绵延到蒙顶山，几百里内，皆为茶乡。茶马互市的茶，就产自这一片。骑了二十里，对岸江边现出一条街，临水一边皆是吊脚楼。白沫江，名为江，实在要比斜江窄许多。江上有座永寿桥，约长二百丈，桥眼十三孔，石板平铺，没有桥栏，可见水不是很深。还有石梯延伸到水下，一大胖老妇正蹲在石梯上捣衣服。"

"说这么多废话做啥子？找到小两口没有呢？"何小一很不耐烦了。

"不是正找嘛……急不得。俺问老妇人，可认得裴剑士？她说，认得啊。俺又问，他剑法一定高明吧？她说，高明啊，他半辈子降妖伏魔，砍死过上百的棒老二。俺吃了一惊，说咋就没听说过他厉害呢？老妇人哈哈大笑，露出满口黄板牙。她说，我也是听说的，裴剑士早晚都这么对人说。其实呢，他是个孤老头，一辈子没出过夹关镇。俺师兄听得不耐烦，骂了句：闯到他妈的鬼了！"

"不像他骂的，他从不骂粗话，装得像个斯文人。"

"俺师兄从不装，他就是斯文人，考过武秀才。他骂粗话，是他太不耐烦了。"

"你就没教他忍着点？"

"忍人之所不能忍，那是大英雄，可俺们偏不是。"

"不忍，你们要干啥？"

"抱歉，你想听，就再忍一忍。"

八

"俺和师兄牵了马，过桥进镇。镇小，就沿江一条街，永寿桥正对街子的半腰。照老妇人指点，向左拐，走到镇尾巴，再走一里多，有片柳树林，裴剑士就在林中喝茶、钓鱼、享清福。"

"为啥不径直去找私奔的小两口？"

"免得打草惊蛇。"

"蛇？我娘是条美女蛇，哈哈哈！"

"俺师兄眼里，你娘不是美女蛇。"

"是啥？"

"是蛇仙。"

何小一呼了口气，喃喃说，"他倒是没瞎眼。"

一了法师也呼了口气，他说，"天地不仁……是老天瞎了眼。"

"接着讲。"

"柳树林很快就到了。不过，也就是十几棵老粗的柳树，还算不上林子。柳树环抱着一口荷塘，蝉声响得炸耳朵。师兄忽然站住了，左右、上下地张望，似乎一下有了些闲情。俺问他，瞅啥呢？师兄说，只听蝉子叫，不见蝉子影，躲哪儿去了呢？俺就不吭声，等他心安了再走。"

"他是心中有鬼。"何小一鄙视道。

一了法师也不驳他。

"柳树的后边，有几间黄泥巴土坯房，屋顶铺着厚实的谷草。黄土夯的砖头搭了半圈低矮的院墙，没院门，墙上也铺了谷草，草上还压了鹅卵石。"一了法师说着，顿了顿。

何小一的呼吸声在变粗。"还看到了啥？"

"荷叶婆娑，荷花开得肥实、粉嫩。裴剑士约莫有七十多岁了，怕热，光着上身，头发绾成大疙瘩，矗在头顶，是道士的打扮。他额头高、颧骨高，瘦得很有古貌。俺留心看他的剑，是单鞘双剑，挂在树上。剑柄上还有穗，两条黄带子。俺拱手请教，说突发了偏头痛，该上哪儿捡一服药？他手一指，说你问对地方了，这口池塘叫药王池，药王的小孙儿就住这儿。俺看了眼师兄，他脸铁青，嘴唇和握宽刀的手，一齐在哆嗦。裴剑士多了个心眼，问俺们是干啥的？师兄冷森森回答，专拐女人、小儿的。裴剑士哈哈大笑，说兄弟真会说笑话。快去吧，别吓哭了小娃娃。"

"多良善的老头，你们忍心耍弄他？"

"耍弄？不。俺跟他说了实话，过会儿院里倘若有大麻烦，你会不会来管？他说我为啥要管呢？俺说，你不是剑士嘛。他说，我是剑士，不是剑侠。但俺依然不放心，就摘了他的剑，说借来用一用。他瞪着眼珠子，扑过来就夺剑，动作快如一阵风。俺拿剑鞘在他小腿上一扫，他侧身摔在软泥上，喘口气，说，请不要杀我。"

"你起了杀心吗？"

"你说呢？"

"出家人不是讲逢祖杀祖、逢佛杀佛吗？"

"说得是。俺杀人有限，故而至今不能得道。"

"你把我杀了吧。"

"胡搅蛮缠。你躲过刘元魁的刀尖，靠的是什么！"

"……"

"上天有好生之德。你的天,你知道是什么?"

"我的刀。"

"跟俺讲刀,你还嫩了点。你的刀,铁而已。俺的刀,是一张纸。"

"这话咋个讲?"

"今晚俺不讲这个。"

九

乡场上的犬吠早已消停了。五更前,月亮隐入了云层。五更的漆黑,又慢慢化为了淡墨。

"我不想听了,"何小一说,"你啥都别讲了。"他站起来,向着山门走。

"那就由不得你了,"一了法师也起了身,一把抓过去,"一了万了,就在今晚。"

何小一先抓住了他的手腕。

他甩了一甩,没甩脱。

鸡脚寺的公鸡突然响亮地叫起来。一鸡叫,百鸡应,鸡鸣声此起彼伏,群山回响,让人心尖子打颤。

低垂的夜幕下,现出了一条条的青灰和鲜红。

一了法师说,"是今晨了。"

何小一松了手。"你讲吧。我不想天亮的时候,石头还压在我心头。"

两个人又盘腿坐下来。

"院子里有一棵核桃树、一棵柿子树,结满了青绿的果子。四个人都在,嫂子背对俺,池老幺面朝俺,小儿举着荷叶,摇摇摆摆,在爹娘之间学走路。张妈坐在屋檐下,收拾一簸箕草药。"

"小儿……几岁呢?"

"学走路,你说该几岁?池老幺看见俺,脸上一下荡起笑,像个久不见来客的大孩子。"

"大孩子……他长啥子样?"

"天亮了,你去照镜子,你就知道了。"

"他该二十岁了吧?"

"他看起还要年轻些,还没脱娃娃气。小儿也看见了俺,大眼滴溜溜地,有点儿迟疑。嫂子转过身,俺大吃了一惊。"

"为啥子?"

"嫂子已不像俺嫂子,脸蛋绯红、娇嫩,嘴唇厚实,两眼水汪汪的,跟画上的人也很是不同,哪有郁郁寡欢?说不出的娇媚。"

"是……我妈妈?"

"是你亲娘。不过,只一眨眼工夫,她脸色就变得灰白了。她看见了俺背后的师兄。"

"他亮出了宽刀?"

"不,宽刀上依然裹着旧床单。师兄看看嫂子,笑了笑。又看看小儿,也笑笑。随后看着池老幺,笑没有了。池老幺说,大哥你是哪一位?师兄说,她丈夫。池老幺一愣,师兄一脚踢在他膝盖上,他扑地倒下去,接着风声一紧!池老幺的脖子已被砍断了。"

何小一无声地惨叫了一声,像哑巴在号啕。

一了法师顿了顿。"这一刀太快,池老幺脖子断了,却还像完整的,人和头没分开,也没流多少血。张妈叫了一声,已是晕死了。"

"我妈妈呢?"

"你娘不哭、不闹,她对师兄说,这两年,我天天在等这一刀。只求别杀了这娃娃,你看他好乖,不哭、不闹,在看着你笑呢。"

"笑了吗?"

"看不出来笑没笑,总之,是一声不响吧。你娘又跟师兄说,我给娃娃是起了名字的,不姓池,姓何,跟你姓,叫何焗燉。你把焗燉收作你儿子吧,求求你,杀了我,别杀他。师兄笑了笑,眼窝里包着泪。师兄说,我咋个会杀你呢?你是被奸人拐走的,我是来接你回家的。我又咋会杀你儿子呢,他是从你肚子里出来的,我给他当爸爸。"

"他骗她。他骗她了吗?"

"他没有骗。你娘要是能跟他回家,他为她做牛做马也是情愿的。"

"可我娘偏不愿?"

"你娘偏不愿。她跟师兄说,你能给我儿当爸爸,我就放心了。我晓得你是有信有义的人,我不是。你把他养成一个有信有义的人吧。"

"……"

"师兄说,回了家,我们一起养,他会替你争脸的。你娘看了看地上的池老幺,她说,姓池的不是奸人,也没有拐骗我,是我拐了他。这条路,是我铁了心要走的。他死了,我也随他一起走。"

"……"

"师兄默然了好久。小娃娃蹲下去,举着荷叶替他爹遮太阳。俺说,嫂子,今天的事,师兄过了就忘了,回家吧,他会十二倍对你和孩子好。嫂子笑了笑,说,可我忘不了的啊。俺看了师兄一眼,师兄说,我要是绑你回家呢?"

说到这儿,一了法师停了停,呼吸变粗了许多。

"我妈妈咋回答?"何小一急问。

"你娘说,绑我回去,我的心也在他身上。师兄听了,眼泪流下来,流了好久。他说,娃儿我替你养大,你就安心走。说罢,一刀砍向你娘的脖子。"

何小一双手举起,一阵阵发抖。

"俺早有提防,赶紧双剑齐挡。但师兄的刀太快,又狠,劈断了剑,又劈下了你娘的头。不过,我另一剑没收住,紧追而上,把师兄握刀的右臂砍飞了。"

"别说了!"何小一吼了一声,哈哈大笑。"死得好,死得好。我看得见你了,我来接你回家嘛……"没说完,冲起身,一头撞上罗汉松。

罗汉松喀啦、喀啦地折断了。何小一倒在地上。晨光里,映着一滩血,血里还有雪白的脑浆。

一了法师扑过去,摸他的鼻息,已经气绝了。

几个徒弟围过来。

"看什么?赶紧抱了去鸡头庵找师伯公!"一了法师觉得自己也快没气了。

"师伯公一直在闭关。"

"闭关就是为了破关啊!快去!"

四封信

十

元菁入土之后,第七天后半夜,春红和刘半斗逃走了。

刘半斗偷了一匹毛驴。撞开小东门,春红骑驴,刘半斗牵绳,还搭了两包衣物,径往成都而去。

春红说,成都城大、人杂,躲起来容易。要讨个活路,肯出气力,也容易。

逃到三渡水,还没等到渡船来,刘九已快马追到了。他身后是一队拿了刀棍、火铳的家丁。

从春红身上,搜出了元菁留下的四封信。一封写给哥哥,一封写给伯伯,一封写给救了哥哥的锅盔匠,一封写给萍水相逢的少年。

刘元雨亲自审春红。"为啥要把信藏起来一起逃?是信能变出银子么？"

春红笑道，"少爷眼里只有银子。是银子、金子救了少爷么？"

刘元雨一耳光扇得她鼻血流。她还是笑，乜眼说，"三小姐钗子、珠子，有多少，她自己也不晓得，是我一个人在管。少爷去看看，可曾少了一件么？"

"那咋不早把信拿出来？"

"信是三小姐的命，谁也不配拿起走。"

"笑话。连你的命都在我手上。"

"三小姐的命，金贵。我的命，不算命，把我的命拿走，也不算本事。"

刘元雨拍了桌子，吩咐把她推到院子里。

这是腊月的下旬，抵拢年关了，天天雨夹雪。

刘安街上的叫花子已冷死了好几个，大老爷让周总管家给他们送旧棉袄、热稀饭。死了的，拿薄杉棺材盛了，埋入镇尾巴的义冢里。

春红到院中一看，刘半斗已被绑在一棵老梨树下。府里的家丁、丫鬟、仆人都被叫来围观，里三层外三层，活像看大戏。

刘九把刘半斗的衣服剥光，用浸过冷水的牛皮鞭子，狠抽了二十鞭。一鞭一血痕，刘半斗鬼哭狼嚎。

抽完了，刘九一身是汗，刘半斗已经半死了。

又拿来一根铁门栓，打折了他一条腿。随后，抬到马棚去养伤。

刘元雨说，"半斗本性良善，可惜被春红带坏了。调教了过来，还是自己人。待养好身子，还留在府里，就喂马吧，做马夫。马一辈子做事辛劳，对人忠心，但凡做人，就该有马的德性。是不是？"

众人不敢吭声。雨夹雪落在一百多张冷脸上，化为冰凉的水，簌簌地流。

轮到春红了。她仰天叫了声，"不要打我，让我死！"

刘元雨摇头，淡淡道，"你就是打少了。"

一条长凳抬了出来，两个健妇把春红按上去。刘元雨亲手拔了她的裤子，用竹篾片抽她的屁股。

春红不哭、不闹。雪白的屁股上，先是一条条血痕，后来是一片红，抽得血肉模糊了。

刘元雨咬紧牙巴，使劲地抽。泪水从他眼窝中不停地流下来。

众人都看傻了。谁也不晓得，少爷心里在想啥子。

十一

大老爷说,"雨儿到底是长大了。"

过了春节,大老爷娶了牛家的姑娘做七姨太。

三天后,刘元雨把春红收为了偏房。春红的屁股上还敷着药,不敢坐,也站不直。只能趴在床上,像块案板上的肉,凭少爷宰割。

迎娶自贡盐商的陶小姐,还要等到二月的油菜花开了。

十二

元菁的四封信,其实是四幅画,各有册页大小,仅写了寥寥数语。

写给刘元雨的,画了一群飞舞的花瓣,红的、紫的、粉的,宛如飞舞的蜂群,好似能听到风声、翅膀声,向上、向远处飞去了。元菁在画的下边,写了一行遒劲的隶书:

哥,原谅我不辞而别了。
妹

写给大老爷的,画了一棵桃树,绿叶满枝,寿桃累累,

硕大得惊人。画的右手,是工整的欧体:

小女不孝,
年年今天,
也不忘为伯伯上寿。
幺幺

写给锅盔匠的,画了一只奇大的酒壶,一只酒碗,还有一朵红艳艳的牡丹。也写了饱满的颜楷:

英雄美酒,义薄云天。
恕小女子刘元菁不能奉陪了。

写给萍水相逢的少年,是用画绣像的白描,画了一个单膝跪下的少年弓箭手。是侧面画,表情专注,而不严峻,弓已经拉满,嘴角却翘起一点笑意,似乎在跟人打招呼。

这个侧面,刘元雨熟之又熟,一闭眼就能浮现。元菁画他,可见看得之细,记得之牢,用心之切。

想到这儿,他觉得心口一酸,两滴泪没忍住,打在了纸上。

纸上有两行流丽、潇洒的行书:

兄，天下说大不大，要遇还是能遇上的。

来生再见了，少侠。

小弟

刘元雨把前边三封信都烧了。

剩下的这一封，裁掉了字，拿到上好的装裱铺，细心装裱起来，挂在了自己的新书房。

书房的名字，叫作小一堂。窗外，能望到西院古柏的树冠，树冠上的鸟。

八月

十三

再过了一年，八月，大雨滂沱。清晨时分，有人看见一了法师倒在刘安的街头。

他后背中了柳叶刀，被捅了七八下，随后是乱砍，袈裟被砍成了血红的碎布条。

脸还是完整的。挺拔的长鼻梁还很俊美，嘴唇抿着，似在微笑。但眼角的皱纹放松了，雨水顺皱纹流进眼角去，反复冲洗着眼窝。

斜江茶铺的曹太太抚尸痛哭。

她后来寻了绳子上吊，被救了下来。自此呆呆的，每日浓妆艳抹，坐在门口的椅子上，等一个人回来。

陌生人走过，吓一跳，以为撞见个半痴半疯的老太婆。

一了法师的遗体运回鸡脚寺,何小一破了关。

他从鸡头庵下来了。

十四

刘府大老爷的七姨太,抱着儿子,坐轿回了娘家。给牛伯送了人参、鹿茸,给牛婶送了一颗鸽蛋大的红宝石。

牛家的宅院盖在一块高地上。门前是大晒坝,院里有高耸的谷仓。爬上仓顶,可遥望老娘滩的湖水和芦苇荡。宅后猪圈、牛棚、竹林盘,还有牛祖祖的坟。坟前石砌了座两尺高的小楼房。七姨太说,活着是渔民,死了做地主,我也尽了心。

环绕高地的,是两百亩稻田,几口鱼塘,一片桃林。

牛伯越发健旺了,能吃、能睡、能骂人,还成天闹着要进补。牛妈害了富贵病,夜夜睡不牢实。两个牛哥依旧喜欢赌,还爱上了吃大烟。种田的事自有雇工,侄儿侄女在田埂上乱跑,嫂子只管跟雇工们算账和吵嘴。

七姨太呢,觉得诸事尚好。有银子、有田,一家上下见了她都是笑脸。她在家一日,就和气一天。太平日子,莫过于此。坐吃山空算啥子?把山吃空也得七八年、十七八年吧。且到了时候再说。但凡是远虑、远谋、上好的念想,到头都不着数,是他妈的一场梦。

八月的太阳晒了一天。地气抬起来,风中飘着庄稼成熟的味道。

晚饭前,七姨太牵着儿子的手走到晒坝上。十几张竹席,摊着新谷、剥下的玉米。夕照斜射,她看见一朵灰云朝这边飘过来。

慢慢近了,不是云,是披了灰色袈裟的和尚。

和尚还很年轻。袈裟宽大,下边露出他结实的小腿。他的头是剃光的,却又长出了小半寸的硬发。手上,握了一把带鞘的戒刀。

七姨太吃了一惊,倒不是害怕。

和尚走上晒坝,隔着一张竹席,站住了。她儿子在竹席上翻滚,嘻嘻笑。

"小锅盔,我就晓得你不会死的。"她眼角有了笑意,手里搓着两把谷子。"没死就总还能见上。"

"也算死过一回了。"

她还是那么好看,还更见好看些。苗条,又丰腴了,一身依然穿黑,是黑绸缎。黑脸颊上擦了白胭脂,黑嘴唇上抹了红胭脂,眼珠里映射着强光。

何小一把头埋了埋。

"这小娃儿好乖。人都说,不足月,是早产儿?"

"是足了月的,进刘府七个多月才生的。不然,他不会有六斤九两啊。你不抱抱他?"

"哦……"他脸上浮出了茫然,很贴切于傍晚时辰的光线。他弓下身,放了刀,把手插进小儿的腋下,呼一下!举过了头顶。

小儿看看他妈妈,他妈妈点点头。他就从嘴里发出呼呼的声音,不是哭,也不是笑,是莫名的兴奋。

"他啥名字?"

"二少爷。"

何小一长喘了一口气,把二少爷轻轻放下来。

七姨太很鄙视地哼了哼。"你拿了刀跑来,就为了问我儿子的名字?"

他把刀捡起来,在刀鞘上弹了弹。"要麻烦你给刘九带句话。"

"怪了,你还惦记着刘九?"

"你叫他今晚就逃吧,越远越好,再不要让我看到他。"

"他要是不逃呢?"

"我明晚就去砍了他,把他的脑袋挂在见山楼的飞檐上。"

七姨太抽了口冷气。"小锅盔,你变歹毒了。"

何小一笑笑。"人不毒，刀毒。"

"你自己去给刘元雨说嘛。"

"我也不想再看到他。"

"他每天都在看到你。"

"……"

天色一抖，忽然就暗了下来。四野秋蝉大作，聒噪得炸耳朵。院子里传来蒜苗、豆豉炒回锅肉的味道。牛姊在喊，"吃饭喽、吃饭喽！和尚念经也念不饱肚子嘛！"

何小一转身离去。

七姨太叫了声，"慢。"

"你喊刘九逃走。你呢？在鸡脚寺一辈子做光棍？"

"和尚是光头，不兴叫光棍。"

"那，你就铁了心做光头？"

"不。我回成都，依旧卖锅盔。"

"刘府的赏金，不要了啊？"七姨太抿嘴一笑。

"我从没放在心上过，你倒是从没有放下来。"何小一没回头，但也回了一笑。

他望向远处。她望着他的背。从他的肩上，还望见了老娘滩上空飞翔的群鸟。

天下

十五

宣统三年,岁在辛亥,合西元1911年,谈江山托人引荐,去了京师大学堂,教授禅与东洋伦理。

周立人还滞留在东京。他通过日文转译了丹麦哲学家维克托·舒恩的《论战栗》,并着手写文言小说《昔年》。

12月22日凌晨,周立人的学生、四川大汉军政府都督尹昌衡,诱捕了四川前总督赵尔丰。巳时之后,推到皇城的明远楼前示众。

成都皇城,前身为明代蜀藩王府,格局略似紫禁城,明远楼的位置,即仿佛太和殿。前边有一块很大的广场。

总督成阶下囚,乃是几百年来一件稀罕事。成都人闻风而来,九千多颗人头,水葫芦般漂来荡去。二十七岁的尹昌衡，高壮、魁梧，单手就把赵尔丰拎了起来，历数他的十大罪状。问他，"服还是不服？"

赵尔丰已过了六十六岁，双手被绑，倒也不是很惧，强笑道，"服不服，都是废话。你要杀我，或不杀我，全凭你的一念。"

尹昌衡说："大错、大错。今天抓你，不为一己之私，是为天下。杀不杀你，不在我，是在民意。大家说，该杀不该杀？"

九千人炸响，轰隆隆的，听不清在说啥。突然，一个尖嗓子叫道：

"不杀，我们来看啥子！"立刻有几个尖嗓子附和："不看砍头，看×啊！""不砍他的脑壳，就砍你的脑壳。反正砍一个脑壳！""砍脑壳！""砍啊！"

九千人一齐跺脚，喝道："砍！"灰尘腾了起来，乌云般翻卷，越过明远楼、皇城城墙，向御河、金河的对岸扬了开去。

尹昌衡说，"好。砍了！"

刽子手双手举起鬼头刀，六只铁环哗啦啦响。刀光一闪，广场上静了一静，慢慢地，九千人的呼喊，化成了叹息。自己也不晓得，是在叹啥子。

太阳当顶了，众人才感觉挤得热，腋下冒汗，头皮发了痒。于是摇着头，渐渐地散了。

穿出皇城的门洞，一些人回家了。一些人在闲步，经皇城坝、沿贡院大街向南，过了御河，又过了金河，下桥向左折进染房街，在两棵朴树下停了脚。刘安锅盔铺里，刚有二十个锅盔新出炉。

麦子和炭火的味道，让入冬的空气新鲜、暖和。何焖燉咬着一管叶子烟，双手揉面，似在微笑。他眼角已带了风霜，脸颊有褶皱，不过，还算是一个年轻的锅盔匠。

入夜打烊，合上铺板，吹了灯，他还会独自在桌边坐一坐。

手边有叶子烟杆，还有一壶老鹰茶，许多的心事。

月光好时，会从铺板缝隙钻进来，在黑屋里跳跃、折断，爬上他的膝盖、胸口、脸。

他一遍遍想起，装乞丐在鸡脚场藏身时，月夜里，麻雀叽喳，他常跟隔壁纳鞋底的哑干妈学鬼影手。鸡头庵，随师伯公闭关的一年多，最爱看月光从窗口泻到蒲团上，一只小老鼠在月光、黑影里跳来跳去，鼠眼贼亮，和他久久对视着。

2020.4.28 — 2021.11.7 成都

代跋：江浦笔记

一

小说家常被问到：你的故事是真的吗？原型是谁呢？

有人乐意回答，有人不乐意。

这样的问题，就像看到了谜面直接问谜底。也像看了演出，径直奔后台。

但我愿意把谜底藏在手掌心，或是帷幕的那一边。

二

詹姆斯·凯恩是我喜欢的作家，他的《邮差总按两遍铃》，我读过三四遍。也喜欢他就写作说的一段话：

"如果你晚上不翻来覆去惦记书里的事，那么读者也不会惦记的。一直以来我都晓得，要是我一夜安眠，隔天什么都写不成。"

我的情况有时正相反,至少,写《隐武者》是这样:高强度的写作,身心俱累,帮我戒掉了安眠药。

三

我书房的窗外,能望见一条河。河流和住所之间,是树林茂密的江浦路。

每天,我都会在江浦路上走很久。

对岸从前是农田,农民已搬迁了,田地还闲置着,又有外来户跑来了,甩锄头、流汗水,划地为界,开出了菜畦,种植了油菜、苞谷、豇豆、茄子、萝卜。隔水望过去,很有些杂芜,也很有蓬勃生气。

河上有白鹭飞,不怕冷,也不怕热。还有人钓鱼,不分寒暑,掩在绿荫中,长竿伸出去,半晌也不动一动。他们的表情,看不清楚,我猜应该是很有耐力的人。

钓鱼的人,都沉默、安静。要不然,何必钓鱼呢,买鱼、吃鱼就行了。

也并非一直是沉静。偶尔鱼竿"唰"地一扬!咬饵的鱼跃出水面,闪闪发光。

四

我与文学的关系,不始于读,是始于听。十岁以前,听院子里老太婆讲神仙鬼怪,听大哥级伙伴讲反特故事,从收音机里听评法批儒。后者让我记住了一个传奇:荆轲刺秦。

当初的叙述中,荆轲是一个小丑,企图阻挡历史的车轮。过了些年,他则被说成一个英雄,敢于独自挑战暴虐的君王。但无论小丑还是英雄,他以匕首刺向秦王的一击,都让我激动、着迷。

1994年春,我以荆轲刺秦为蓝本,写出了小说处女作《衣冠似雪》。

我没有一处写到了荆轲的武功。我赋予他的形象,是一个苍白书生、放纵酒徒。

我也把那最后的一击抹掉了,代之以:荆轲向秦王展示的,不是匕首,是秦王枕下的竹剑。他以此证明,王的力量不是无限的,我昨晚就可以杀掉你。

秦王听不懂,这是要证明什么呢?他杀掉了手无寸铁的荆轲。

五

我念小学时,读了第一本小说,《高玉宝》。之后,反复阅读近于百遍的,是《水浒》的前七十回。这个过程,从那时持续到今天。

《水浒》是男人在少年时,最应该遇到的一本书。《水浒》何以这般牵动少年心?快意恩仇。

年岁渐长,重读《水浒》,发现恩仇是足足的,但,快意否?还难说。譬如宋江,他肚子里有个黑色的小宇宙,就很难看得透。再譬如武松,他对两个嫂嫂(潘金莲、孙二娘)的爱恨,就比字面上复杂。一刀劈下,自然快意,却不是人生。人生正如人心,是有许多迂回的。

后来读了金庸,觉得《水浒》不大过瘾了。

但金庸看多了,也有点腻了,他写得太满,太透彻。再回头读《水浒》,那种不过瘾,反而就成魅力了。它在文本中留下的大量缝隙(空白、灰色),会把读者拽进去,参与叙事的再创造。人性的质疑、拷问相当的剧烈,却没有标准的答案。

金庸笔下的习武人,多数是为习武而活、而死,刀法、剑法、秘籍宝典,成为生死之第一大事。这很像萧红《呼兰河传》里的人,倘问他们人活着是为了什么呢?他们说:

"人活着是为吃饭穿衣。"本末倒置,而不自知,且显得相当有逻辑。

《水浒》英雄则不是这样的。教头如王进、林冲,押司如宋江,都头如武松,各安本分,各自活着。只是,一件突兀而至的人或事,打乱他们的人生,拐点来了,由此起承转合,直至跌入黑暗的坑。由于他们是凡人,故事就有浓厚的烟火气。由于他们是英雄,起伏反转时,就会带出凛冽残酷、刀剑无情的暴力美。

六

金庸小说的主要情节,常是争天下第一。血雨腥风,也因此而起。

《水浒》里不写这个。

倒是我从小就乐于跟朋友争论,梁山英雄,谁的武功最高?争来争去,也没得出人人信服的答案。

直到我写《隐武者》前夕,我才自以为把这个问题想通了,并将之写进了书中。

那个最顶尖的人,只显露过一次身手:狭路相逢,一拳把李逵打来傻坐着。李逵挺身而跃,他再一脚,把李逵踢来趴地上。李逵不怒,心服口服。

这人有个绰号，叫：没面目。

高手是暗处的光。他不放光时，你看到的是引车卖浆者流。

七

《刀子和刀子》出版后，有一位编辑读了，说这书受了武侠小说的影响。他是不大喜欢的。幸好，他不是我的责编。

而另有朋友读了，很有诚意地对我说，你可以写武侠。

我听了都笑笑，没有当回事。但这些话，却像一小颗种子，在我身体中生长着。生长了很多年。

《春山》之后，我写了《拳》。《拳》是一部武小说。

写《拳》是为了给《春山》配对，一文一武，对称而又很相异。

终于了了一个心愿。

但，武的门被一拳打开后，武的故事纷至沓来。隔着时间的薄暮，我看到隐逸的武者在和我对视。

八

我理想中的武小说,不出现武侠、武林、江湖这样的字眼。然而,它是以武为核心的。笼罩这部小说的,是日常的饭菜味、茉莉花茶香。没有一飞冲天的神功,功夫是常人的功夫,只不过,被发挥到了极致。

极致,是武小说的魅力,它应该同时体现孙过庭在《书谱》中指出的第二、第三种境界:务追险绝,复归平正。

对手、对抗、较量,是必不可少的。但不要混战。出其不意的一拳、一刀,应包含着必然的逻辑。

语言呢,要远离酷、帅、炫。朴素、结实、骨肉停匀,而又有情趣,能刻出日常生活的质感。

难度太高了。想了这么多,哪还敢动笔。

但,难度指向高度。这就像险峰对于攀登者,是挑战也是挑逗。

我用心写出了《隐武者》,作为对险峰的一声回应。

九

我约莫六七岁时,生活在外婆家,一个叫王滩的村庄。村里的人都姓王。距村头百十丈,有一处孤零零、沟渠环绕的竹林盘，竹林中住着一户外姓人，姓何。

王滩，邻近一片江滩。

江名斜江。江滩是白花花的鹅卵石，相当辽阔。石头缝里，还长着一簇簇的狗地芽。蔬菜断季时，村妇们就去讨狗地芽的嫩芽，兜在围腰里带回家，用开水漂过，凉拌了吃。

农民种田，妇女做家务，大娃去了村小念书，我就一个人在江滩上游逛。看水，拣扁平的石子打水漂，追乌鸦。

乌鸦结阵而来，几十、几百，"哇——哇——"地叫着，在远处降落了下来。

乌鸦踩在白石上，仿佛穿了黑衣的密密麻麻的小人，看着我，等着我。

我朝着乌鸦跑过去。每回都快跑拢了，能看到黑幽幽的鸦眼了，它们却一下子腾空而起，向着下游飞去了。

下游要流经一个富庶的镇子，叫作安仁镇。

镇上有一座迷宫般的刘氏大庄园。庄园里，有闻名全国的收租院。它的故事，写入了小学教科书。

《隐武者》的故事，也发生在斜江畔。

十

我不赞成把作家归类。但硬要归，我情愿把自己划为乡土小说家。

《隐武者》也可以算一本故乡书。

写成都的作家中,李劼人先生是一个特殊的存在。我以为他的《死水微澜》,是我国现代长篇小说中最好的三部之一。我在课堂上,以及所写的评论中,多次表达过对他的敬意。

《隐武者》的年代,大致跟他的《暴风雨前》相重叠。但《隐武者》并不是致敬之作。

自古,四川是一个封闭的盆地,成都是一座高墙环绕的城池。

李白有诗道,"尔来四万八千岁,不与秦塞通人烟。"

成都之得名成都,也有了2500年。

成都的故事,至少有十几种、几十种讲法。李劼人先生是一种,我是一种。

李劼人先生去世的那一年,我出生在成都的少城。

我和他的年龄,相隔了71年。

我们用不同的目光,打量同一个故乡。

我感觉他写的成都,和我写的成都,有点像两个地方、不同的居民。

也许,惟其如此,成都才值得一写再写吧。

十一

我写《隐武者》时,年龄已经老大了。

我是服老的。但,还是想变一变。我甚为佩服的一位老人,就是齐白石。

齐白石活到花甲之年,开始衰年变法。变法八年,由之前的冷逸且冷清的高格,自创出红花墨叶一派,渐渐热旺了起来。不仅没有衰气,以傅雷的评价来说,还多了婀娜妩媚的青春之美。

马里奥·普佐的《教父》中,有一句赞扬唐·柯里昂的话:"伟大的人不是生而伟大,而是越活越伟大。"用在齐白石身上,也正合适。

我的写作,《春山》为一变,是文人笔记小说。《拳》又一变,是为武小说。《隐武者》再一变,再向上,试图攀上武的峭壁,去述说我的生命观和历史观。

十二

2020年,我用几个月时间,辛辛苦苦写出《隐武者》的前三万字。

而后,我把这三万字都放弃了,重新再写。痛下决心的痛，不是形而上的，是切身的身体之痛。

写得痛苦，身体也很煎熬，却每晚睡得憨沉。原本睡前必服的安眠药，都扔在床头柜上，冷落了。

夏盛了，夏萎了。秋盛了，秋凋了。北风冷飕飕吹，壬寅年就到了。

壬寅是虎年，我属虎。

有天早晨，我在江浦路散步时，喃喃自语，胡诌了一副对联：

金刀剪出纸老虎
江浦春深隐武者

横批：锅盔熟了

2022春，成都温江江浦

图书在版编目（CIP）数据

隐武者 / 何大草著． -- 北京：北京联合出版公司，2022.10（2023.1重印）

ISBN 978-7-5596-6301-6

Ⅰ．①隐… Ⅱ．①何… Ⅲ．①长篇小说－中国－当代 Ⅳ．① I247.5

中国版本图书馆CIP数据核字（2022）第119110号

隐武者

作　　者：何大草
出 品 人：赵红仕
策　　划：乐府文化
责任编辑：李　伟
责任印制：耿云龙
特约编辑：刘　玲
营销编辑：云　子
封面设计：别境 Lab

北京联合出版公司出版
（北京市西城区德外大街83号楼9层　100088）
北京联合天畅文化传播公司发行
北京美图印务有限公司印刷　新华书店经销
250千字　787毫米×1092毫米　1/32　16印张
2022年10月第1版　　2023年1月第3次印刷
ISBN 978-7-5596-6301-6
定价：59.80元

版权所有，侵权必究。
未经许可，不得以任何方式复制或抄袭本书部分或全部内容。
本书若有质量问题，请与本公司图书销售中心联系调换。
电话：（010）64258472-800